天地外國經典文庫

To the Lighthouse

到燈塔去

[英] 弗吉尼亞 · 伍爾夫 著
Virginia Woolf

瞿世鏡 譯

總序

多元化是香港文化的特徵之一，作為中西文化的薈萃之地，香港文化人手中的讀物，既有四書五經、唐詩宋詞、胡適陳寅恪，也有聖經和莎士比亞、培根和狄更斯。香港文化發展史，其中必不可少的一部份內容就是文化交流史。所謂文化交流，於香港人而言，就是研究和介紹由外國先進思想衍生的普世價值，以及各國的優秀文學作品，作為發展香港文化的借鑒。用著名學者錢鍾書先生的話來說，就是「東海西海，心理攸同；南學北學，道術未裂。」[1] 翻譯家傅雷先生在〈翻譯經驗點滴〉一文中說：「中國人的思想方式和西方人的距離多麼遠。他們喜歡抽象，長於分析；我們喜歡具體，長於綜合。」[2] 可見，同為人類，中國人和西人「心理攸同」；作為不同人種，他們的思維方式各有短長。香港各大學設英國語言文學系、翻譯系、比較文學系，文學院有歐洲和日本研究專業，目的就在於此。在這方面，香港有着足以驕人的成就。茲舉一例。有學者考證，俄國大作家列夫·托爾斯泰最早的中譯本《托氏宗教小說》就是香港禮賢會出版的（時在清光緒三十三年即一九零七年），以此為嚆矢，托爾斯泰的各種著作以後呈扇形輻射到全國各地，被大量迻譯成中文出版，對我國文學界和思想界產生了深遠的影響。[3] 再舉一例，上世紀六、七十年代，香港今日世界出版社聘請了多位著名翻譯家、作家和詩人如張愛玲、余光中、劉以鬯、林以亮、湯新楣、董橋，迻譯了一批美國文學名著，其中包括《美國詩選》《老人與海》《湖濱散記》《人間樂園》等書，到九十年代，這一批書籍已成為名譯，由內地出版社重新印行，對後生學子可謂深致裨益。

本經典文庫的第一輯書目共十冊。所謂經典，即傳統的權威性著作。它們有別於坊間流行的通俗讀物，以深刻、恢宏、精警見稱，在文學史、哲學史、思想史上具有崇高地位，古今俱備，題材多樣。英國女作家伍爾夫（另譯：吳爾芙）的長篇小說《到燈塔去》，以描寫人物的內心世界見長，她是最早運用「意識流」手法進行小說創作的作家之一，語言富有詩意。法國作家加繆的小說《鼠疫》《局外人》，是冶文學和哲理於一爐的存在主義名著，他與同為存在主義作家的薩特齊名，在上世紀五十年代中亦因此而獲得諾貝爾文學獎。愛爾蘭小說家喬伊斯著有短篇小說集《都柏林人》，這部傳統短篇小說集與《尤利西斯》的創作手法南轅北轍，可見作家勇於創新，敢為天下先的膽識。希臘哲學家柏拉圖的《對話集》，既是哲學名著，也在美學史佔有重要地位，他在散文史上開辯難文學之先河。英國作家奧威爾的諷刺小說《動物農場》（另譯：《動物農莊》），與他的《一九八四》同為反烏托邦名著，在當今文學史上享有盛名。意大利作家亞米契斯的兒童文學作品《愛的教育》，早在上世紀初就由民初作家包天笑和夏丏尊譯為中文，是當時傳誦一時的日記體文學作品。本文庫選用夏丏尊的譯本，夏氏是我國新文學史上優秀的散文作家，譯筆暢達，是以初版迄今，兩岸三地重版不計其數。英國小說家毛姆的長篇小說《月亮和六便士》以法國印象派畫家高庚為原型，它刻畫的人物性格練達，冰雪聰明，筆致輕鬆流麗，幽默感人。英國小說家赫胥黎的長篇小說《美麗新世界》，與奧威爾的《一九八四》、俄國作家扎米亞金的《我們》，被譽為文學史上三部最有名的反烏托邦小說。本文庫收日本作家太宰治的小說《人間失格》（附《女生徒》），這位被稱為「日本無賴派」的代表性作家，在日本小說史上與川端康成、三島由紀夫一樣為人所熟悉。

由於歷史和語言的原因，香港的文化交流存在一定局限性，未能臻於全面。它較集中於英美和日本，其他地域文化如古希臘羅馬、印度、德、法、意、西班牙、俄羅斯乃至拉丁美洲則較少為有關人士顧及。顯然，這不利於開拓香港學子的視野，對他們的思想深度也有所影響。有見及此，我們與相關專家會商，擬定出一套外國經典文庫書目，經資深翻譯家新譯或重訂舊譯，向讀者推出一系列包括文學、哲學、思想、人文科學的經典譯著，分為若干輯次第出版。藉以供香港讀者重溫他們所諳熟的英美日作家、學者的著述，也得以新讀希臘、意大利、法國等國先哲的力作。以後各輯，我們希望能將這一批書目加以擴大，向有一定文化程度的讀者，尤其是青年學子提供更多的經典名著。

對迻譯各書的專家和撰寫導讀的學者，我們謹此表示深切的謝忱。

天地外國經典文庫編輯委員會

二零一八年六月一日

註釋：

[1]《談藝錄．序》，中華書局（香港）有限公司，一九八六年版。

[2]《傅雷談翻譯》第八頁，當代世界出版社，二零零六年九月。

[3] 戈寶權〈托爾斯泰和中國〉，載《托爾斯泰研究論文集》，上海譯文出版社，一九八三年版。

目錄

導讀

意識的海洋，那一點光

引言

陽光閃亮的清晨，女子在案前用鋼筆給摯愛留下書信，穿上大衣，匆匆離開了寓所。晨間風光明媚，陽光如閃粉般灑落，一地生姿。女子毫不在意，低頭專注的往前走，越過庭園、穿過樹林，走到粼粼波光的河邊。她的表情很冷靜，利落地撿拾河邊的大石頭，裝到兩邊口裝裏，一步步走進緩緩河中。鏡頭切換，她的肉身在水流裏，完全靜止，隨水流轉……

這是關於英國作家弗吉尼亞·伍爾夫（Virginia Woolf，一八八二—一九四一年，以下簡稱伍爾夫）的電影《此時此刻》（The Hours，二零零二年）的開場一幕，亦是我對她的最初印象，很好奇她何以死得如此堅決。伍爾夫在二十世紀英國文壇舉足輕重，是以「意識流」書寫小說的代表人物。由於自身經歷了被性侵、至親一再離世等悲慘遭遇，她一生都在嚴重的抑鬱症裏掙扎，在紊亂的自我意識中尋找出口。直到一九四一年春天，往衣服口袋塞滿石頭，投河自盡，春光正好，她隨着寒冬告別。

意識流——剎那的永恆

了解她的生與死，便理解她何以寫出「意識流」的文字。這位生性敏感細膩，命途多舛的女子，一生都在黑暗中尋找幽光，而她藉以尋找那點光的媒介，便是文字。

《到燈塔去》是伍爾夫的半自傳式小說，完成於一九二七年。故事分成三部曲，情節其實很簡單：第一部始於第一次世界大戰前夕，拉姆齊家的幼子詹姆士想看燈塔，一家人卻整天只與客人互動，計劃最終因天氣問題而作罷；第二部寫戰爭過後，這一家幾番經歷生離死別，已是殘破零落；第三部拉姆齊先生終於帶着兒女出航，圓這個未完之約。

簡潔的框架，故事情節倒是其次，她曾說：「我寫《到燈塔去》並無特別意義，一本小說非得要有一條線貫穿全書，才能使其構成一個整體。」重要的，其實是各個人物的精神意念。這跟獨白不同，獨白往往是有條理、有主題、有目的地向觀眾傳達信息；意識裏卻是封閉的空間，讓個人的思緒跳躍。意識流原是心理學概念，指人的意識在整合成為言語表達前，像行雲流水般自由躍動，蹤跡無定。放諸文學創作裏，就變成思緒的快速呈現，現實中的一秒定格，腦中想法已無限擴散，又如走馬燈光影紛飛。

伍爾夫作品的獨到之處，是瓦解文字的慣性。一般我們看到的文章結構，字句排列，她卻通通拆碎歸零，繼而編織成一些貌似不連貫，細讀卻又合情合理的句子，創造出人在肉身活動時，心靈精神的層面同步展開另一種活動的狀態，遠比物理世界更為豐厚而無所拘束。真實世界的一彈指，腦海波紋已掩映萬千。受到抑鬱症困擾，她無時無刻都活在焦慮之中，而意識流映射出嶄新的小說語言，是其嘗試從紊亂的思緒找尋自我昇華的方向。

到燈塔去——到燈塔去——

這個意念幾乎貫穿整個故事，像一首交響樂中不斷重複出現的主旋律。也是作者試圖透過這作品達到的，在一片渾如濁水的世界、紛雜的人性中打撈自我的本質，並將之飛昇：「她那燈光，就像只有她自己能夠做到的那樣，深入探索她的思緒和心靈，把其中的實質精煉提純……」

伍爾夫放棄作者全知的態度，改為從不同角色的意識去思考，多角度地探索。每個角色都有缺陷，又想以自身價值觀詮釋周遭的事物，並奉若真理，這是不可能的。生命的本質原就不完美，人性若美，又何需要天堂？海邊別墅彷彿是她的精神世界，裏面擺放着不同角色，在此輪流演出，自說自話，企圖從不完美的思緒尋出個所以然。

故事中的核心是拉姆齊夫婦，拉姆齊先生是位受人景仰的哲學家，靠着研究維持生計，他十分冷酷淡漠，欠缺感性，常以刻板的規則去了解世界。純然理性的性格令他掉進生活的盲點裏，哲學研究停滯不前，甚至面對妻子也難以良好溝通，與子女更是疏離。他認為一己之看法已足夠圓滿，對於兒子詹姆士到燈塔去的渴望，他一再粗暴的潑冷水。這裏代表着世俗認同的「男性／陽性」特質，崇尚理性、剛強，卻又缺乏想像力，無法與他人同情共感。

拉姆齊夫人是家庭主婦，跟丈夫的形象迥異。她是完美女性的化身，美麗而魅力滿滿，且擅於藉此贏取別人的信任和愛戴。她代表着「女性／陰性」的特質，感情充沛、親和、溫柔、博愛、想像力豐富，對人充滿同情心，擁有偉大的母性。然而，即便如此光明美好，卻不能撮合鄰居莉麗與威廉的姻緣，更無法保證兒女的幸福……

拉姆齊夫婦各自的形象，顯露了伍爾夫的思想主張，純粹「男性／陽性」或「女性／陰性」的力量、理性或感性的思維，雖各有其優點，同時亦有局限。無論傾斜哪一方，那種純粹是不完美的，並非一個人最好的狀態。所以她不主張一方要壓制另一方，反而推崇兩者的結合。每個人內在其實都同時存在兩方特質，她認為人若要對生命有更多感悟，擺脫自我限制，必須要取其兩者互補，追求理性與感性的融合，讓知性的土壤變得肥沃。只要正視內在，清晰體會自我這兩種本質，讓其和諧共融，才可以提升心靈達至理想的境界。伍爾夫以自己父母作為拉姆齊夫婦的原型，象徵人誕生時上天賦予的本性，還有成長中原生家庭的影響，血肉中那自然的人性。

拉姆齊家的鄰居莉麗，便是伍爾夫的化身，在故事中體現她的主張。她在故事裏是獨特的角色，既身在局內，又超然於局外徘徊、觀察，小心翼翼地理清生活的紋理。莉麗熱愛畫畫，從她出場就在留心拉姆齊一家，並構思着她的畫：「她又必須在形形色色的樹籬、房屋、母親和孩子之間摸索，來找出——她想像中的畫面。」

她是個特別的存在，同時兼具「男性／陽性」與「女性／陰性」的特質，有成熟女性的思維、思想獨立，勇於抗拒婚姻的枷鎖。在第一部中，她的特性在旁人眼中是怪異的，拉姆齊夫人視她的不婚為悲慘，甚至一再憐惜她沒有大眾讚賞的相貌，努力為她牽紅線。莉麗雖不以此為恥，但因未能清晰了解自我，仍未摸清生命的質感，此時的她是一片迷茫混沌的，靈感受到阻攔，始終畫不出心中絕佳的構圖。

縈迴幻景的完成——自我昇華

直到一戰之後，拉姆齊夫人去世，歷經苦難的拉姆齊先生受到亡妻的啟發，終於擺脫理性的綑綁。古板頑固的性情，融入了柔和的感性，消除他對妻子的誤解，衝開跟兒子詹姆士的隔膜，甚至願意陪同家人重啟燈塔之旅。當「男性／陽性」特質的理性，與「女性／陰性」特質的感性相融，抵消只傾斜一方的弊病，他變成勇敢、務實、自信的存在。

至於莉麗擺脫了夫人的蔭庇，反而開始能與男性交流，這裏代表莉麗在歲月流逝、生命錘煉之後，開始超越「女性／陰性」的框架，認知到自身的感性特質。而她走出感性之後，對拉姆齊先生的性格特質，由在第一部時毫不欣賞，此刻全然改觀。

理性與感性的力量各自超脫，解除對立關係，糅合成更好的特質，達成自我的昇華。這份了解，建立在歲月、人生經歷，尤其是苦難。人的精神唯有壓到絕處，才能敲破一些緊閉的門，在幽霾中讓光照進心房。伍爾夫不把故事定在盛世，而選擇以戰爭為牽動故事的繩索，正是如此心思。一戰是角色們思想的分水嶺，伍爾夫沒有直接描寫戰爭場面，但這道或遠或近的帷幔，只要一刀剖開，必然血淋淋的，然而置諸死地，我們才得以看見生天。顯然血紅暈開，才可點染黑白分明的世界，從灰暗中令生命重光。

是以小說的最後，拉姆齊家終於迎風起程，駛向海中的燈塔，目睹這一切的莉麗，渾身散發靈性的光芒。相隔十年，她完成了她的畫：「帶着一種突如其來的強烈衝動，好像在一剎那間她看清了眼前的景象，她在畫布的中央添上了一筆。畫好啦，大功告成啦。」莉麗「終於畫出了我在心頭縈迴多年的幻景。」無人知曉這是怎樣的一幅畫，也不需要知道。

可能有人說，弗吉尼亞．伍爾夫最後仍是奔向死亡，淹沒在絕望的迷津裏。但是，死亡並非終結，從小說文字可以看到，她是努力活着的。或者像電影裏所說：「你要把人生看透徹，一定要真實地面對人生，了解人生的本質，當你終於了解人生，就能真正地熱愛生命，然後才捨得放下。」

伍爾夫已默然隨水遠去，無人得知真相。我們心中那幅彷彿若有光的圖景，尚待努力完成；前往屬於我們的燈塔之旅，正要揚帆啟航。

葉泳詩（陳微）

葉泳詩，筆名陳微。香港中文大學中國語言及文學系、中文教育文憑（中學教育）畢業。火苗文學工作室成員。曾獲青年文學獎等獎項，現為寫作導師、媒體專欄作者。

第一部 窗

1

「好，要是明兒天晴，準讓你去，」拉姆齊夫人說。「可是你得很早起床，」她補充道。

這話對她的兒子說來，是一個非同尋常的喜訊，好像此事已成定局：到燈塔去的遠遊勢在必行，過了今晚一個黑夜，明日航行一天，那盼望多年的奇蹟，就近在眼前了。詹姆斯才六歲，即使在這樣的年齡，他已經屬於那個偉大的種族，他們不能把兩種不同的感覺分開，一定要讓對於未來的期望和它的喜悅與憂愁來給即將到手的事物蒙上一層雲霧，對於這種人來說，甚至在幼年時期，感覺的每一次變化轉折，都有力量去把那情緒消沉或容光煥發的瞬間結晶固定下來。詹姆斯·拉姆齊席地而坐，剪着陸海軍商店的商品目錄上的插圖，當他的母親對他講話時，他正懷着極大的喜悅修飾一幅冰箱圖片。連它也染上了喜悅的色彩。窗外車聲轔轔，刈草機在草坪上滾過，白楊樹在風中沙沙作響，葉瓣兒在下雨之前變得蒼白黯淡，白嘴鴉在空中鳴啼，掃帚觸及地板，衣裾發出窸窣聲——這一切在他心目中都是如此絢麗多彩，清晰可辨，可以說他已經掌握了一種個人的密碼，一門屬於他自己的神秘語言，雖然從外表上看來，他神色凜然，固執嚴厲，額角高高的，個性強烈的藍眼睛坦率正直、純潔無瑕，看到人類的弱點，他就微微地皺起眉頭，因此，他的母親瞧着他乾淨利索地剪下那幅冰箱圖片，在想像之中，彷彿看到他披着紅色的綬帶，穿着法官的長袍，坐在審判席上，或者在公眾事務的某種危機之中，掌管着一項嚴肅而重要的事業。

「可是，」他的父親走了過來，站在客廳窗前說道，「明天晴不了。」

要是手邊有一把斧頭，或者一根撥火棍，任何一種可以捅穿他父親心窩的致命兇器，詹姆斯在當時當地就會把它抓到手中。拉姆齊先生一出場，就在他的孩子心中激起如此極端的情緒，現在他站在那兒，像刀子一樣瘦削，像刀刃一般單薄，帶着一種諷刺挖苦的表情咧着嘴笑；他不僅對兒子的失望感到滿意，對妻子的煩惱也加以嘲弄（詹姆斯覺得她在各方面都比他強一萬倍），而且對自己的精確判斷暗自得意。他說的是事實，永遠是事實。他不會弄虛作假；他從不歪曲事實；他也從來不會把一句刺耳的話說得婉轉一點，去敷衍討好任何人，更不用說他的孩子們，他們是他的親骨肉，必須從小就認識到人生是艱辛的，事實是不會讓步的，要走向那傳說中的世界，在那兒，我們最光輝的希望也會熄滅，我們脆弱的孤舟淹沒在茫茫黑暗之中（說到這兒，拉姆齊先生會挺直他的脊樑，瞇起他藍色的小眼睛，遙望遠處的地平線），一個人所需要的最重要的品質，是勇氣、真實、毅力。

「但是說不定明兒會天晴——我想天氣會轉晴的，」拉姆齊夫人說，一面不耐煩地輕輕扭直她正在編織的紅棕色絨線襪子。要是她能在今晚把它織完，要是他們明天真的能到燈塔去，那襪子就帶去送給燈塔看守人的小男孩，他的髖關節患了結核病；她還要把一大堆舊雜誌和一些煙草一起送去，真的，只要她能找到甚麼擱着沒用反而使房間不整潔的東西，她就拿去送給那些可憐的人，他們一定煩悶極了，除了擦拭燈罩，修剪燈芯，整理他們那塊園地聊以自娛外，整天就坐在那兒，沒事可做。如果你被禁錮在一片網球場大小的岩石上，一困就是一個月，在暴風雨的季節也許更長一點，你會有甚麼感覺呢？她會這麼問道；而且沒有信件和報紙，甚麼人也見不到；如果你結了婚，你看不到自己的妻子，也不知道自己的兒女情況如何——不知道他們是否病了，是否摔斷了大腿或胳膊；一個星期又一個星期過去了，你看着單調不變的浪花飛濺，而後可怕的暴風雨來臨，窗戶上濺滿了浪花，鳥兒撞擊着那盞塔燈，整塊岩礁都在震動，你可不敢把頭探出門外，恐怕被巨浪捲入大海；要是遇到那種情況，你又會覺得如何呢？她特別向她的女兒們這樣提出問題。因此，她用一種相當不同的語氣接着説，必須盡可能給他們一些安慰。

「風向朝西，」無神論者塔斯萊一邊説，一邊伸開瘦骨嶙峋的手指，讓風從指縫裏穿過以便測試風向，因為在這傍晚時分，他正和拉姆齊先生在室外的平台上來來回回地散步。換句話説，要帆船向燈塔靠攏，這是最不利的風向。是的，他老是説些不中聽的話，拉姆齊夫人想道，這個人真討厭，他又在重複拉姆齊先生說過的話，那會使詹姆斯更加失望；但是，在另一方面，她又不願讓孩子們嘲笑他。他們都稱他為「無神論者」，「那個渺小的無神論者」。露絲譏笑他；普魯嘲弄他；安德魯、傑斯潑和羅傑挖苦他；甚至那條掉了牙的老狗貝吉也咬過他。塔斯萊之所以成為眾矢之的，照南希的説法，是因為他已經是一路追隨他們直到希布里堤群島的第一百一十位小夥子了，要是能讓他們清靜獨處，那可要好多了。

「胡説，」拉姆齊夫人十分嚴厲地説。他們從她那兒學到了誇大其詞的習慣，他們暗示（那倒也的確是事實）她邀請了太多的客人，甚至別墅裏都住不下了，不得不把一些客人安置到城裏去；撇開這些不談，她不能容忍任何人對她的客人無禮，尤其是對那些一貧如洗的青年男子，她的丈夫説他們「才藝超群」，他們是他的崇拜者，是到這兒來度假期的。她的確把所有的異性都置於她的卵翼之下，對他們愛護備至；她自己也說不上來，這是為了甚麼原因，也許是因為他們的騎士風度、英勇剛毅，也許是因為他們簽訂了條約、統治了印度、控制了金融，顯示了非凡的氣魄；歸根結蒂，還是為了他們對她的態度，一種孩子氣的信賴和崇敬；沒有一個女人會對此漠然置之而不是欣然接受；一位上了年紀的婦女，可以坦然接受青年男子的這種敬慕之情而不失身份，要是年輕姑娘受到這種崇拜，那可是一場災難——謝天謝地，她的女兒們可千萬別受到這種崇拜！——一位姑娘不會刻骨銘心地感受它的價值和內涵！

她回過身來嚴厲地訓斥南希。塔斯萊先生並未追隨他們，她說。他是被邀請來的。

他們得想個辦法來解決所有的問題。也許會有更簡單的辦法，更省力的辦法，她嘆息道。她在鏡中看到自己灰白的頭髮、憔悴的面容，才五十歲啊，她想道，也許她本來有可能把各種事情安排得好一點——她的丈夫；家庭經濟；他的書籍。至於就她個人而論，她對自己所作的決定，絕對不會有絲毫的後悔，她從不迴避困難，亦不敷衍塞責。她的女兒普魯、南希、露絲的目光離開了她們的餐盤，抬起頭來望着她，在她嚴厲地說了關於查爾士·塔斯萊的那幾句話以後，她有點兒令人望而生畏，她們現在只能默默地玩味着她們的非正統觀念，這些觀念是她們在和她不同的生活中培養出來的，也許就是在巴黎的生活，一種更為自由奔放的生活；她們認為不必老是關心照料那些男人，因為，對於尊敬婦女和騎士風度，對於不列顛銀行和印度帝國，對於戴指環的手指和飾花邊的結婚禮服，她們在心中都默然提出疑問，雖然對她們說來，這一切包含着某種在本質上非常美麗的東西，它喚醒了埋藏在她們少女心中的男子氣概，並且使她們在母親的注視之下，坐在餐桌旁邊，對她那種異常的嚴厲態度和極端的謙恭有禮肅然起敬，就像看到一位皇后從泥巴裏抬起一個乞丐骯髒的雙腳，用清水把它們洗淨，當她們說起那個討厭的無神論者一路追隨她們——或者更確切一點說，是被邀請——到這個群島來和她們共度假期時，母親的諄諄告誡，使她們肅然起敬。

「明天不可能到燈塔去，」塔斯萊啪的一聲合攏他的雙手說道。他正和她的丈夫一起站在窗前。真的，他也該說夠了！她真希望他和丈夫繼續談天，別來打擾她和詹姆斯。她對着他瞧。孩子們說，他駝背弓腰，兩頰深陷，真是個醜八怪。他連板球也不會玩；他笨拙地撥弄球板，推來擋去，瞎打一通。安德魯說他是個專愛挖苦別人的畜生。他們知道他最大的嗜好是甚麼，那就是和拉姆齊先生一起不停地來回蹉步，一面嘮嘮叨叨地說甚麼某人贏得了這個榮譽，某人獲得了那項獎金，某人是「第一流的」拉丁文詩人，某人「頗有才華，但我認為他的論斷基本上缺乏依據」，某人毫無疑問「是巴里奧的學者中首屈一指的人物」，某人暫時在布列斯托或貝特福德韜光養晦，等到他涉及數學和哲學某些方面的那篇論文公開發表之日，他勢必聞名遐邇，拉姆齊先生如果有意拜讀，他身邊正好有這篇大作第一部份的清樣。他們倆扯的淨是這些事兒。

想到塔斯萊先生的咬文嚼字，她自己有時候也忍俊不禁，啞然失笑。記得有一天，她順口說了句「大浪滔天」之類的話。是的，查爾士．塔斯萊說，是稍為有點兒風浪。「您的衣服都濕透了吧？」她問道。塔斯萊把衣服擰了擰，把襪子摸了一下說：「是有點兒潮，可沒濕透。」

但是，孩子們說，他們所厭惡的倒不是這些，不是他的容貌，不是他的言談舉止，而是他本身——他看問題的觀點。孩子們抱怨說，每當他們興高采烈地談論甚麼有趣的事情，譬如人物啦，音樂啦，歷史啦，或者說今日傍晚氣候宜人，為甚麼不在室外多坐一會兒啦，那個塔斯萊先生總要插嘴，唱幾句反調；他老是自吹自擂，貶低別人，你說東他偏說西，不把別人的意見全盤否定，他不會心滿意足，善罷甘休。他們說，他甚至會在參觀美術畫廊時問人家是否喜歡他的領帶。天曉得！露絲說，才不喜歡呢！

剛吃完飯，拉姆齊夫婦的八個兒女就像小鹿一般悄悄地溜走了，他們躲進了自己的臥室，那兒才是他們自己的小天地，在整幢屋子裏，再也沒有別的隱蔽之處，可以讓他們展開爭論了，他們在那兒把各種事情都一樁樁地議論一番：塔斯萊的領帶；一八三二年的英國議會選舉法修正案；海鷗與蝴蝶；各種人物等等。孩子們的臥室就在屋子的頂樓，各室之間僅有一板之隔，每一聲腳步響都清晰可聞，當孩子們喋喋不休地爭論之時，陽光照進了這一間間小閣樓，那瑞士姑娘[1]正在為她住在格立森山谷身患癌症奄奄一息的父親低聲啜泣，陽光把房間裏的球拍、法蘭絨襯衣、草帽、墨水瓶、顏料罐、甲蟲和小鳥腦殼都照亮了，陽光照射到一條條釘在牆上的海藻，使它們散發出一股鹽份和水草的味兒，在海水浴後用過的、黏着沙礫的毛巾上，也帶有這種氣味。

爭吵，分歧，意見不合，各種偏見交織在人生的每一絲纖維之中；啊，為甚麼孩子們小小年紀就已經開始爭論不休？拉姆齊夫人不禁為之嘆息。他們實在太喜歡評頭品足了，她的孩子們。他們簡直胡說八道，荒唐透頂。她拉着詹姆斯的手，離開了餐室；只有他不願和哥哥姐姐們一塊兒走開，總是依傍着母親。她覺得簡直有點兒荒謬——天曉得，人們的分歧已經夠多的了，他們為甚麼還要人為地製造分歧？真正的分歧，她站在客廳窗前想道，已經夠多的了，實在太多了。在那一瞬間，她想到人生的貧富懸殊，貴賤不同，區別何其顯著；她懷着一半內疚、一半崇敬的心情，想起了她的子女從她那兒繼承的高貴血統；因為，在她的血管中，不是奔流着那帶有神話色彩的意大利名門望族的高貴血液嗎？意大利的大家閨秀們，在十九世紀分散到英國各地家庭的客廳裏，她們談吐風雅，熱情奔放，令人傾倒；而她所有的機智、毅力和韌性，都是來自這些先輩，不是來自感覺遲鈍的英國人，或者冷酷無情的蘇格蘭人；然而，更加引起她深思的，卻是另外那個問題，她在這兒和倫敦每時每刻都親眼目睹的那種貧富懸殊的景象。當她挽着一隻手提包，親自去訪問一位窮苦的寡婦或一位為生存而掙扎的婦女之時，她手裏拿着筆記本和鉛筆，仔細地、分門別類地一項一項記錄每家每戶的收入和支出、就業或失業的情況，她希望自己不再是一位以私人身份去行善的婦女（她的施捨一半是為了平息自己的憤慨，一半是為了滿足自己的好奇心），她希望自己成為她不諳世故的心目中非常敬佩的那種闡明社會問題的調查者。

她站在那兒，握着詹姆斯的手，覺得這些問題好像永遠也解決不了。他們所嘲笑的那個年輕人，跟着她走進了客廳，他站在桌子旁邊，心神不定地玩弄着手裏的甚麼東西，惘然若失，她不必回頭去瞧，就能感覺到他手足無措的窘態。他們都走了——孩子們；敏泰．多伊爾和保羅．雷萊；奧古斯都．卡邁克爾；她的丈夫——他們全都走了。於是她轉過身來，嘆了口氣說：「塔斯萊先生，你不討厭和我一塊兒出去走一趟吧？」

她要進城去辦點小事情；她得先進裏屋去寫一兩封信，戴上她的帽子；這也許要花上十來分鐘。十分鐘後，她提着籃子，拿着一把女式陽傘，向塔斯萊示意，她已帶好必需物品，可以準備出發了，不過，當他們走過打網球的草地球場時，她必須停留一下，問問卡邁克爾先生可要帶些甚麼東西，他正在那兒沐日光浴，他那雙黃色的貓兒眼半睜半閉，也就像貓眼一樣，它們在陽光下反映出顫動的樹枝和飄過的浮雲，但是絲毫也沒有透露出內心的思想或感情。

他們要去進行一次偉大的遠征，她笑着說。他們要進城去。他可要點兒甚麼。「郵票？信紙？煙草？」她站在他身旁建議。可是，不，他甚麼也不要。他雙手十字交叉放在他的大肚子上，他瞇着眼睛，好像他很想有禮地回答她的一片殷勤（她頗有魅力，不過有點兒神經過敏），但是他辦不到，他沉醉在包圍着他們的令人昏昏欲睡的一片葱翠之中，他默默無言，懷着一種寬大仁慈的好心腸，懶洋洋地凝視着那些房子、整個世界、所有的人，因為，在吃午飯的時候，他曾經把幾滴藥水悄悄地注入他的玻璃杯中，孩子們認為，這就說明了為甚麼他原來乳白色的鬍鬚會染上一線像金絲雀的絨毛那樣鮮艷的黃色。不，甚麼也不要，他喃喃自語道。

在他們走向漁村的那條路上，拉姆齊夫人説，要是卡邁克爾先生沒締結那不幸的婚姻，他本來可以成為一位大哲學家。她端端正正撐着那把黑色的陽傘，帶着一種難以描摹的、有所期待的神態向前走，就像她要去會見在街角等待她的甚麼人似的。她透露了卡邁克爾先生的身世：他在牛津與一位姑娘陷入了情網，很早就結了婚；身無分文，去了印度；翻譯了一點詩歌，「我相信那挺美；」他想給男孩子們教點波斯文或梵文，可那又頂甚麼事？——結果他就躺在那兒草地上，就像他們剛才見到的那副模樣。

塔斯萊受寵若驚；他一貫受人冷待，拉姆齊夫人把這些話都給他説了，使他大為寬懷。他又恢復了自信。拉姆齊夫人獨具慧眼，竟然能賞識在窮困潦倒之中的男子的高度才華，並且承認所有當妻子的——她並不責怪那位姑娘，並且相信他們的結合曾經是幸福的——都要順從地支持她們丈夫的工作。她使塔斯萊有了一種前所未有的自豪感，他想，要是他們坐計程車的話，他情願自己來付車費。他可以給她拿着那個小小的手提包嗎？不，不，她說，她總是自個兒拿着它。她是這樣的。是的，他覺得她確實如此。他感覺到許多東西，某種使他情緒激動而又心煩意亂的東西，究竟是為了甚麼原因，他可說不上來。他真希望有一天她能看到他頭戴博士帽，身披博士袍，躋身於學者的行列中緩緩而行。他將成為一名研究員，一位教授，他覺得這一切都是可能的，他看見他自己——但是她在看甚麼？一個在貼廣告的人。那幅在風中劈啪作響的巨型廣告畫，漸漸地被平整地貼到牆上，廣告工人的糨糊刷子每揮動一次，就展現出一些新的大腿、鐵環、馬匹和炫人眼目的紅顏綠色，畫卷在美麗地、平坦地鋪展開來，直到那幅馬戲團的廣告覆蓋了半堵牆壁：一百名騎手，二十匹正在表演的海豹，還有獅子、老虎，……患近視的拉姆齊夫人伸長了脖子，把廣告上的文字唸出來……「即將訪問本市，」她唸道。叫個一條胳膊的男人那樣站在梯子頂端，這活兒可太危險了，她驚呼道——兩年前，他的左臂被割麥機切斷了。

「讓咱們大家都去！」她大聲說，一邊繼續往前走，好像那些騎手和馬匹使她充滿了孩子般的狂喜，並且使她忘卻了她對那廣告工人的憐憫。

「咱們都去，」他一個字一個字地說，機械地重複了她說過的話，然而卻帶着一種使她畏縮的忸怩不安。「讓咱們到馬戲團去。」不。他詞不達意。他感到不自然。但這是為甚麼？她覺得奇怪。他怎麼啦？這會兒她挺喜歡他。小時候沒人帶他們去看過馬戲嗎？她問道。從來沒看過，他回答說。好像她恰巧提了個他期望已久的問題；好像這些天來他一直渴望着對她傾訴，他們為甚麼沒看過馬戲。那是有九個兄弟姊妹的大家庭，全靠他父親操勞度日。「我父親是個藥劑師，拉姆齊夫人。他開着一個小藥房。」塔斯萊十三歲就獨自謀生了。他在冬天常常穿不上大衣。在大學裏，他從來也沒有能力「報答別人的殷勤款待」（這就是他所使用的生硬枯燥的語言）。他不得不讓他的各種日用品的使用期限比別人的延長一倍；他抽最廉價的煙草，那種粗煙絲，就像碼頭上那些老人吸的一樣。他埋頭苦幹——每天得幹上七個小時；他目前的研究課題是某種事物對於某人的影響——他們且說且走，拉姆齊夫人並未真正領會他的意思，只是斷斷續續地聽到一些詞兒……學位論文……研究員……審稿人……講師。她沒法聽懂他脫口而出的那些討厭的、學院式的術語，但是她暗自思忖，現在她終於明白了，為甚麼去看馬戲這個話題一下子打消了他的矜持態度，可憐的小夥子啊，使他在頃刻之間把有關他父母、兄弟、姊妹的全部情況和盤托出。她可得留心別讓他們再嘲弄他；她得把這個告訴普魯。她猜想，他喜歡對別人說起如何與拉姆齊一家去看易卜生的戲劇，而不是去看馬戲。他真是個一本正經的冬烘學究，是啊，一個叫人難以忍受的討厭鬼。雖然他們已經到了城裏，走在大街上，車輛在鵝卵石的街道上隆隆駛過，他還在滔滔不絕地談論住宅、教學、工人、幫助自己的階級、學術講座等等，直到她覺得他似乎已經完全恢復了自信，已經從馬戲團所引起的自卑感中解脫出來，而且（現在她又覺得挺喜歡他了）他已經準備告訴她關於——但是在這兒，兩側的房屋已遠遠被拋在後面，他們已來到了開闊的碼頭上，整個海灣展現在他們面前，拉姆齊夫人不禁喊道：「噢，多美！」她面對着一望無際的蔚藍色的海洋；那灰白色的燈塔，矗立在遠處朦朧的煙光霧色之中；在右邊，目光所及之處，是那披覆着野草的綠色沙丘，它在海水的激盪之下漸漸崩塌，形成一道道柔和、低迴的皺摺；那夾帶泥沙的海水，好像不停地向着杳無人煙的仙鄉夢國奔流。

那片景色，她停下了腳步，睜大了變得更加灰暗的眼睛說道，正是她的丈夫所最喜愛的。

她沉默了片刻。現在，她說，藝術家們已經來到了這兒。果然，離他們僅僅數步之遙，就站着一位畫家，他頭戴巴拿馬草帽，足登黃色皮靴，嚴肅、溫和、專注；儘管有十來個男孩在圍觀，他紅潤的圓臉上流露出怡然自得、心滿意足的表情；他凝視着前方的景色，每望一眼，就把畫筆的筆尖蘸一下調色板上一堆堆綠色或粉紅色的柔軟顏料。自從三年前畫家龐思福特先生來過之後，她說，所有的畫兒全是這般模樣：一片暗綠色的海水，點綴着幾艘檸檬黃的帆船，而在海灘上是穿着粉紅色衣裙的婦女。

當他們走過的時候，她審慎地瞥視那幅畫。她祖母的朋友們，她說，作起畫來可煞費苦心；他們先把顏料混和，然後研磨，再罩上濕布，使顏色保持滋潤。

因此，塔斯萊先生猜想，她的意思是要他看出那個人畫得馬馬虎虎。人家是這樣說的吧？那些色彩不協調？是這樣說的吧？有一種異乎尋常的感情，在這次散步過程中不斷地發展着；當他在花園裏要替拉姆齊夫人拿手提包的時候，這感情就開始萌發了；在城裏，當他想把自己的一切都告訴她的時候，這感情已經增強了；在這異常的感情影響之下，他看到自己的形象和他向來熟悉的一切事物，都有點扭曲變形了。這可是太奇怪了。

她帶他到一幢狹小簡陋的房子裏去，她要上樓一會兒，去看望一位婦女；他站在客廳裏等候。他聽見她輕快的腳步在上面響着；他聽見她說話的聲調高興活潑，後來又轉為低沉；他瞧着那些席子、茶葉罐和玻璃罩；他等得不耐煩了；他渴望走上歸途；他決定要替她拿着手提包；他聽見她走了出來，關上了門；他聽見她說，他們該把窗戶開着，把門關上，他們需要甚麼東西，當場就提出來好啦（她準是在對一個孩子說話）；她突然走了進來，默默地站在那兒（好像她剛才在樓上客套應酬了一番，現在要讓自己安靜自在一會兒），她在佩着藍色緞帶嘉德勳章的維多利亞女王肖像前面靜靜地佇立了片刻；他恍然大悟，是這麼回事兒，對，是這麼回事兒：她是他生平所見過的最美的人物。

她的眼裏星光閃爍，頭髮上籠着面紗，胸前捧着櫻草花和紫羅蘭——他在胡思亂想些甚麼呀？她至少五十歲了；她已經有了八個兒女。她從萬花叢中輕盈地走來，懷裏抱着凋謝的花蕾和墜地的羔羊；她的眼裏星光閃爍，她的鬈髮在風中飄拂——他接過了她的手提包。

「再見，愛爾西，」她說。他們在街上走着，她端端正正地撐着她的陽傘緩緩而行，好像盼着要到街角去會見甚麼人似的；查爾士．塔斯萊生平第一次感到無比驕傲；一個正在路旁挖排水溝的工人停下手來，垂着胳膊望着她；查爾士·塔斯萊第一次感到無比的驕傲，感覺到那吹拂着她鬈髮的微風，感覺到那櫻草花和紫羅蘭的香味，因為他正和一位美麗的婦女並肩而行，而且他還給她拿着手提包。

2

「明天燈塔可去不成了，詹姆斯，」他站在窗邊尷尬地說，但是為了尊重拉姆齊夫人，他盡量把聲調說得婉轉一點，至少帶點兒和藹可親的意味。

討厭的小夥子，拉姆齊夫人想道，為甚麼老是說那句話呢？

3

「也許睡了一宵醒來，你會發現太陽在照耀，鳥兒在歌唱。」她撫摸着那小男孩的頭髮，充滿同情地說。因為她看得出來，她丈夫刻薄地說明天不會晴朗，已經破壞了孩子的情緒。她發現，孩子熱烈地渴望要到燈塔去，而她的丈夫刻薄地說明日不會天晴，好像還沒說個夠，這個討厭的小夥子又來嘮叨一遍。

「也許明兒天會晴的，」她撫摸着他的頭髮說道。

現在她只好把詹姆斯剪下的冰箱圖片誇獎一番，並且把商品目錄一頁一頁地翻過去，希望能找到乾草耙或刈草機之類的圖片，那些叉尖兒和握手柄一定要技巧熟練、思想集中才能剪下來。這些年輕人都拙劣地模仿她的丈夫，她想，要是他說可能會下雨，他們就會說肯定有場龍捲風。

正當她翻着書頁尋找乾草耙或刈草機圖片的時候，她被突然打斷了。窗外粗嘎的低語聲，常常因為說話者把煙斗從嘴裏取出來或放進去而不規則地中斷，雖然她聽不見他們在談些甚麼（她坐在窗戶裏邊，那窗子向平台敞開着），那低語聲使她能夠肯定男人們正在平台上開懷暢談，這談話聲已持續了半個小時，網球落在球拍上篤篤地響，玩板球的孩子們不時突然發出尖銳的喊聲：「怎麼啦？怎麼回事兒？」在她聽到的這一連串高高低低的聲調之中，窗外的談話聲佔有特殊的地位，它使她感到寬慰，現在它卻停止了。巨浪落在海灘上單調的響聲，在她的心目中，多半是一種有規律的、鎮定的節拍，好像在她和孩子們坐在一塊兒的時候，令人安心地一遍又一遍地重複某一首古老催眠曲中的詞句，那是大自然在喃喃低語：「我在保護你——我在支持你，」但是，有時候，特別是當她的心思從她手中正在幹着的活兒稍微轉移開去，突然出乎意料地，那浪潮聲的含義就不那麼仁慈了，它好像一陣駭人的隆隆鼓聲，敲響了生命的節拍，使人想起這個海島被沖毀了，被巨浪捲走吞沒了，並且好像在警告她：她匆匆忙忙幹了這樣又幹那樣，可是歲月在悄悄地流逝，一切都不過是轉瞬即逝的彩虹罷了——那原來被別的聲音所湮沒、所掩蓋的浪潮聲，現在突然像雷聲一般在她的耳際轟鳴，使她在一陣恐懼的衝動中抬起頭來。

他們停止了談話，那就是她情緒突然變化的原因。過了一秒鐘，她就從那種神經緊張的狀態中解脱出來，好像為了補償她剛才那種不必要的感情損耗，她走向了另一個極端，她感到冷漠、有趣，甚至有點兒幸災樂禍，她猜測的結論是：可憐的查爾士·塔斯萊已經被她的丈夫駁得體無完膚。這對她説來是無關緊要的。如果她的丈夫需要犧牲品的話（而且他確實需要），她很高興把剛才和她的小兒子過不去的查爾士·塔斯萊交給他處置。

她抬起頭，又靜聽了片刻，好像她在等待某種聽慣了的聲音，某種規則的、機械的聲音；後來，她聽到了某種有節奏的聲音，一半像説話，一半像吟詩；她的丈夫一面在平台上來回躑躅，一面發出某種介乎感慨和歌詠之間的聲調；她的心情又感到寬慰了，她肯定一切都恢復正常了，就重新低頭注視放在膝上的那本商品說明書，找出一幅六刃摺刀的圖片，詹姆斯得非常小心，才能把它剪下來。

突然間一聲大叫，好像出自半睡半醒的夢遊者之口：

「冒着槍林彈雨」[2]

或者諸如此類的詩句，在她耳際強烈地震響，使她提心吊膽地轉過身來環顧四周，看看是否有人聽見他的喊聲。她很高興地發現只有莉麗．布里斯庫在場；那可沒甚麼關係。但是，看到那位姑娘站在草坪邊緣繪畫，這使她想起，她曾經答應把她自己的頭部盡可能地保持原來的姿勢，好讓莉麗把她畫下來。莉麗的畫！拉姆齊夫人不禁微笑。她有中國人一般的小眼睛，而且滿臉皺紋，她是永遠嫁不出去的；她的畫也不會有人重視；她是一個有獨立精神的小人物，而拉姆齊夫人就是喜歡她這一點；因此，想起了她的諾言，她低下了她的頭。

4

真的，他幾乎把她的畫架撞翻。他一面高呼「威風凜凜，我們策馬前行」，一面揮舞着雙手，向她直衝過來，但是，謝天謝地，他突然調轉馬頭，離她而去，她猜想，他就要在巴拉克拉伐戰役[3]中英勇犧牲啦。從來沒人像他這樣既滑稽又嚇人。但是，只要他繼續這樣手舞足蹈、大聲吟誦，她就是安全的；他不會停下來看她的畫。那可是一件叫莉麗·布里斯庫受不了的事兒。甚至當她注視着畫布上的斑塊、線條、色彩，注視着坐在窗內的拉姆齊夫人和詹姆斯之時，她神經的觸鬚仍對周圍的環境保持警惕，唯恐有人會躡手躡足地走過來，突然盯着她的畫瞧。現在她所有的感覺都敏銳起來，注意地看，使勁地看，直到牆壁和那邊的茄瑪娜花的顏色深深地映入她的眼簾。她注意到有人從屋裏出來，向她走來；但從走路的姿態可以看出，這是威廉·班克斯，因此，雖然她的畫筆在顫抖，她沒有（如果是塔斯萊先生，保羅·雷萊，敏泰·多伊爾或者實際上是別的甚麼人，她就會）把她的畫翻過來覆在草地上，她仍舊讓它立着。威廉·班克斯站在她身旁。

他們倆都在村子裏借宿，一塊兒走進走出，晚上在門口的蹭鞋墊上分手之際，他們曾經對那些湯，那些孩子，以及諸如此類的東西作過小小的評論，這使他們建立起一種互相諒解的關係。因此，當他現在帶着他那種評判的神態站在她身旁（他年齡大得可以做她的父親，是一位植物學家，一個鰥夫，身上總是帶着肥皂味兒，小心謹慎，十分乾淨），她只是站在那兒不動。他也站在那兒，她的皮鞋好極了，他發覺。那鞋可以讓足趾自然地舒展。和她住在一幢房子裏，他已經注意到她的生活是多麼有規律，她總是在早餐之前就出去作畫了，他想，她孑然一身，大概很窮，當然沒有多伊爾小姐的美貌或魅力，但她通情達理，頗有見識，所以在他眼中，她比那位年輕的小姐更勝一籌。譬如說，當拉姆齊先生對着他們怒形於色，一面指手畫腳，一面大聲呵叱時，他確信布里斯庫小姐心裏明白：

「甚麼人又闖禍啦。」

拉姆齊先生凝視着他們。他目光盯着他們，卻好像沒見到他們。那使他們倆覺得有點尷尬。他們倆無意之中看到了他們本來沒想到會看見的事情。他們侵犯了別人的隱私。因此，莉麗想道，班克斯先生可能是想找個藉口躲開，走到聽不見拉姆齊先生吟詩的地方去，所以他幾乎馬上就說，有點兒涼颼颼的，建議去散散步。對，她願意去散步。然而，她對她的畫又戀戀不捨地望了一眼。

茄瑪娜花呈鮮艷的紫色；那牆壁潔白耀眼。既然她看到它們是這般模樣，如果她不把它們畫成青紫和潔白，她就會覺得問心有愧，儘管自從畫家龐思福特先生來過之後，把一切都看成是蒼白、雅致而半透明的，已成為一種時尚。然而，在顏色底下還有形態。當她注視之時，她可以把這一切看得如此清楚，如此確有把握；正當她握筆在手，那片景色就整個兒變了樣。就在她要把那心目中的畫面移植到畫布上去的頃刻之間，那些魔鬼纏上了她，往往幾乎叫她掉下眼淚，並且使這個把概念變成作品的過程和一個小孩穿過一條黑暗的弄堂一樣可怕。這就是她經常的感覺——她得和概念與現實之間的可怕差距抗爭，來保持她的勇氣，並且說，「這就是我所見到的景象；這就是我所見到的景象，」借此抓住她的視覺印象的一些可憐的殘餘，把它揣在胸前，而有成百上千種力量，要竭力把這一點兒殘餘印象也從她那兒奪走。就在此刻，在涼颼颼的秋風裏，她正要開始揮筆作畫，其他的雜念紛至沓來：她自己的能力不足，她多麼渺小可憐，她要在布羅姆頓路為她的父親操持家務，她還得盡力控制住自己強烈的衝動，別去拜倒在拉姆齊夫人腳下（謝謝老天爺，迄今為止，她一直克制住了），並且對她説——但是，又能對她説些甚麼呢？「我愛上你了？」不，這不真實。「我愛上了這一切，」説時她把手向那籬笆、屋子和孩子們一揮。這多荒謬，這是不可能的。一個人不可能把自己的真實思想表達出來。因此，現在她把她的畫筆整整齊齊一支靠一支放進盒子裏，並且對威廉．班克斯説：「天氣突然轉涼了，太陽發出的熱量好像也減弱了。」她一邊説一邊環顧四周。因為還有足夠的光線，草地仍保持着柔和的深綠色，那幢房子在點綴着怒放的紫花的一片葱翠之中顯得十分醒目，白嘴鴉在蔚藍的蒼穹下悲鳴。然而，有甚麼東西在流動，在空氣中展開銀翼一閃而過。畢竟已經是九月了，是九月中旬，而且是六點鐘以後的黃昏時分。於是他們按照習慣的路線漫步走過花園，穿過網球場，越過蒲葦叢，走到厚實的樹籬的缺口處，那兒用火紅的鐵柵防護着，它就像燃着煤塊的火盆一般通紅。在籬笆的缺口之間，可以見到海灣的一角，那藍色的海水，看上去比以往任何時候更加湛藍。

出於某種需要，他們每天傍晚總要到那兒去走一遭。好像在陸地上已經變得僵化的思想，會隨着海水的漂流揚帆而去，並且給他們的軀體也帶來某種鬆弛之感。起初，那有節奏的藍色的浪潮湧進了海灣，使它染上了一片藍色，令人心曠神怡，彷彿連軀體也在隨波逐流地游泳，只是在下一個瞬間，它就被咆哮的波濤上刺眼的黑色漣漪掩蓋，令人興味索然。然後，在那塊巨大的岩礁背後，幾乎在每天傍晚，都會噴出一股白色的泉水，它噴射的時間是不規則的，因此，你就不得不睜着眼睛等待它，而當它終於出現之時，就感到一陣欣悅；在你等待的時候，你會看到，在蒼白的、半圓形的海灘上，一陣陣湧來的浪潮，一次又一次平靜地蛻下了一層層珠母的薄膜。

他們倆站在那兒微笑。他們先是被奔騰的波濤，後來又被一艘破浪疾駛的帆船激起了一種共同的歡樂感覺。那條帆船在海灣裏劃開一道彎曲的波痕，停了下來，船身顫抖着，讓它的風帆降落；然後，出於一種要使這幅畫面完整的自然本能，在注視了帆船的迅速活動之後，他們倆遙望遠處的沙丘，他們剛才所感到的歡樂蕩然無存，一種憂傷的情緒油然而起——因為那畫面還有不足之處，因為遠處的景色似乎要比觀景者多活一百萬年（莉麗想道），早在那時，這片景色就已經在和俯瞰着沉睡的大地的天空娓娓交談了。

望着遠處的沙丘，威廉·班克斯想起了拉姆齊：想起了在威斯特摩蘭的一條小徑，想起了拉姆齊，帶着那種似乎是他的本色的寂寞孤僻，獨自一人沿着那條道路躑躅。他的散步突然被打斷了，威廉．班克斯回想起來（這肯定是由於某種確實發生過的意外事件），被一隻伸出翅膀來保護一窩雞雛的老母雞打斷了。拉姆齊停下腳步，用手杖指着老母雞說「漂亮——漂亮」，一束奇異的光照進了他的心窩。班克斯想道，那表明他性情質樸，同情弱者，但是，他好像覺得，也就是在那條岔道上，就在那兒，他們的友誼中斷了。在那以後，拉姆齊結了婚。後來出於某種原因，他們的友誼的核心消失了。他說不出這究竟是誰的過錯，只是，過了一陣，重敘友情代替了另結新歡。正是為了敘舊，他們又重逢了。然而，在他和沙丘之間這一番默默無聲的對話中，他堅持認為，他對拉姆齊的友情絲毫也沒有減退；他的友誼，就在那兒，好像一個年輕人的軀體，在泥土裏躺了一個世紀，他的嘴唇依舊鮮紅，這就是他的友誼，敏銳而現實地，橫陳在海灣對岸的沙丘中。

他為這友誼焦慮不安，也許是為了擺脱他自己心中那種憔悴不堪的感覺而焦慮不安——因為拉姆齊在一群活蹦亂跳的孩子中生活，而班克斯是沒兒沒女的鰥夫——他焦慮不安，但願莉麗．布里斯庫不要貶低拉姆齊（在他自己的領域中，他是個偉大的人物），而同時又能理解他們之間的關係。他們之間的友誼早已開始，在威斯特摩蘭的一條岔道上，當那隻母雞卵翼牠的小雞之時，他們的友誼枯竭了；

此後拉姆齊結了婚，於是他們就分道揚鑣，當然，誰也沒有過錯，只是存在着某種趨勢，當他們重逢之時，仍有這種貌合神離的趨勢。

是的。就那麼回事兒。他說完了。他從那片景色轉過身去。他轉身往回頭那條道路走去，走上了汽車道。要不是那些沙丘給他揭示了埋藏在泥沼之中的、嘴唇鮮紅的友誼的遺骸，他決不會注意到那些他原來不去注意的事情——例如，凱姆，那個小姑娘，拉姆齊最小的女兒，她正在沙灘上採香愛麗絲花。她任性得可怕。她不願聽保姆的話，「給這位先生一朵鮮花。」不！不！不！她就是不給！她捏緊拳頭。她直跺腳。班克斯感到衰老而凄涼。他的一片友情，不知怎麼被她誤解了。他的模樣必定已經憔悴不堪了。

拉姆齊一家並不富裕。他們究竟如何設法維護這一切，可真是個奇蹟。八個孩子！靠哲學研究來養活八個孩子！這兒是孩子們中的另一個。這回是傑斯潑，他悠閒地走過，去打一會鳥，他說。他走過時漫不經心地和莉麗握握手，就像是握住一隻打氣筒的柄，這使班克斯先生酸溜溜地說，她可真是大家的寵兒。現在還得考慮教育問題(不錯，也許拉姆齊夫人還有些她自己的事要考慮)，更不必說那些「了不起的傢伙」全是些身材高大、瘦骨嶙峋、毫不留情的年輕人，他們平時要消耗多少鞋襪啊。至於要搞清他們的名字和長幼次序，他可實在辦不到。他私下用英國國王和女王的名字來稱呼他們——任性的凱姆，冷酷的詹姆斯，公正的安德魯，美麗的普魯——普魯將會有美麗的姿容，他想，她沒法長得不美，而安德魯會有聰明的腦袋。當他走上了汽車道而莉麗給他的各種評語加上一個是或非的結論之時（她熱愛他們所有的人，她熱愛這個世界），他衡量着拉姆齊的境遇，憐憫他，嫉妒他，似乎他看到拉姆齊年方弱冠就享有離群索居、嚴肅穩重的聲譽，而現在他確實像展開翅膀咯咯叫的母雞一般受到子女的拖累，因而拋棄了他過去的一切榮譽。他們的確給了他一些樂趣，威廉·班克斯承認這一點；如果凱姆給他的衣服插上一枝鮮花，或者爬上他的肩頭去看一幅維蘇威火山爆發圖，那肯定是十分愉快的；但是，他的老友們不會不感覺到，他們也毀壞了一些東西。現在一位陌生人會怎麼想？這位莉麗·布里斯庫會怎麼想？誰能不注意到他身上滋長起來的那些壞習慣？也許是怪癖，是弱點？如此有才華的人物，竟然會處於如此低下的精神境界，實在令人吃驚——不過這句話太苛刻了——他竟然如此依賴於人們的讚揚。

「噢，但是，」莉麗說，「想一想他的工作吧！」

每當她「想起他的工作」，她總是在想像中清清楚楚地看到自己面前一張廚房裏用的大桌子。這是安德魯幹的好事。她問他，他爸爸寫的書是講甚麼的。「主體、客體與真實之本質，」安德魯說。她說，老天爺，她可不懂那是甚麼意思。「那末你就想像一下，廚房裏有張桌子，」他對她說，「而你卻不在那兒。」[4]

因此，現在每當她想起拉姆齊先生的工作，她眼前總會浮現出一張擦洗乾淨的廚桌。目前它就懸浮在一棵梨樹的椏杈上，因為他們已經來到了果園。她費勁地努力集中思想，不是把注意力集中在有銀色節疤的樹皮上，或者那魚形的樹葉上，而是集中在一張廚桌的幻影上，一張那種擦洗乾淨的木板桌子，帶着節節疤疤的木紋，完整紮實就是它多年來所顯示的優點，現在它就四腳朝天地懸空在那兒。當然囉，如果把美麗的黃昏，火紅的晚霞，湛藍的海水和銀色的樹皮濃縮成一張白色的四條腿的桌子，如果一個人老是這樣看到事物生硬的本質，如果他就是如此來消磨時光（而這樣做是最優秀的思想家的標誌），這樣的人物自然就不能用普通的標準來加以衡量。

班克斯先生喜歡她，因為她叫他「想想他的工作」。他已經想過了，他經常想，反覆想。不知道有多少次，他曾經說：「拉姆齊先生是四十歲以前達到事業高峰的那些人中的一個。」當他只有二十五歲的時候，他就在他寫的一本小書裏對哲學作出了肯定無疑的貢獻；此後所寫的文章，或多或少是同一個主題的擴展和重複。無論如何，對某種事業作出貢獻的人，畢竟為數不多，他說着就在梨樹旁邊停了下來。這話可說得用詞得體、異常精確，公正不阿。突然間，好像他一揮手就把她的感情釋放了出來，她對他的印象已經積累了一大堆，現在她對他的全部感受，像沉重的雪崩一般傾瀉出來。那是一種激動的情緒。然後，在一陣煙霧之中，升起了他存在的實質。那是另一種感覺。她被自己強烈的感受驚愕得發呆了；那是他的嚴峻，他的善良所激起的感覺。我尊敬您（她在內心默默地對他說），在各方面完全尊敬您；您不慕虛榮；您完全無私；您比拉姆齊先生更好；您是我所認識的最好的人；您沒有妻室兒女（她渴望着要去撫慰他孤獨的心靈，但是不帶任何性感）；您為科學而生存（不由自主地，在她眼前浮現出一片片馬鈴薯標本）；讚揚對您說來是一種污辱；您真是個寬宏大量，心地純潔，英勇無畏的人啊！然而，同時她又想起，他竟然路遠迢迢帶一個貼身男僕到這兒來；他不許狗兒爬上椅子；他會滔滔不絕地談論蔬菜裏的鹽份和英國廚師烹調手藝的拙劣（直到拉姆齊先生砰地一聲關上了門，拂袖而去）。

這又如何解釋，所有這一切？你如何去判斷別人，如何去看待他們？你如何把各種因素綜合起來，得出結論，斷定你對某人的好惡？那些評語究竟又有甚麼意義？現在她站在那兒，對着那棵梨樹發愣。對於這兩位男子的印象，接二連三地湧上心頭。要跟上她的思路，就好像要跟上一個難以筆錄的說話極快的聲音，而這就是她自己的聲音在說話，她要避免對不可否認的、永恆的、矛盾的事物作出立即的反應，甚至那梨樹樹皮上的裂縫和節瘤，也不可改變地永久留在那兒了。您有偉大之處，她繼續說下去，但是拉姆齊先生卻沒有這種偉大；他心眼兒小，自私，虛榮，個人主義；他被寵壞了；他是個暴君；他把拉姆齊夫人折磨得要死；但他具有您（她對班克斯先生說）所沒有的東西；他不懂得人情世故；他對日常瑣事一無所知；他愛狗和他的孩子們。他有八個孩子，班克斯先生卻一個也沒有。那天晚上，他不是披上兩件衣服，讓拉姆齊夫人給他理髮，把他的頭髮剪到一隻烤布丁的盆子裏去嗎？這許多念頭紛至沓來，像一群蚊子一般上下飛舞。它們是各自分離的，但是全被控制在一個看不見的、有彈性的網中——它們在莉麗的頭腦裏飛舞，在梨樹的椏枝間飛舞（那隻擦洗過的廚桌的幻象，她對拉姆齊先生的智力深深仰慕的象徵，仍舊懸浮在那兒），直到她越轉越快的念頭由於太過緊張而分裂了，她才感到鬆了口氣。在近處傳來一聲槍響，在槍聲的餘波之中，飛起了一群受了驚嚇、吱吱喳喳、騷動不寧的椋鳥。

「傑斯潑！」班克斯先生說。他們轉身朝椋鳥飛越平台的方向走去，尾隨着空中驚散疾飛的鳥群，穿過了高高的籬笆的缺口，一直走到拉姆齊先生跟前。他憂鬱地對着他們哼了一聲。「誰又闖禍啦！」

正在吟詩的拉姆齊先生完全沉浸在自我陶醉之中，他的雙眸激動得閃閃發光，他那憂鬱而緊張的挑戰的目光，現在突然和他們的目光相遇了，互相凝視了片刻，在快要認出他們的一剎那間，他顫抖了；於是他想舉起手來遮住臉龐，但手剛舉到一半，又停了下來，好像在急躁的、羞愧的痛苦之中，他要閃避、甩開他們正常的目光，好像他懇求他們把明知不可避免的事兒延宕片刻，好像他的吟誦被人打岔所引起的孩子氣的憤恨給他們留下了深刻的印象；然而，甚至在他被人撞見的一剎那間，他也沒有徹底垮下來，而是決心要執着於這種痛快的情緒，這種既使他羞愧又使他沉醉的不合規範的狂熱吟誦——他突然轉過身去，砰地一聲對着他們關上了他私室的門。莉麗·布里斯庫和班克斯先生不安地仰望天空，發現剛才被傑斯潑的槍聲驚散的那群椋鳥，正棲息在那幾棵榆樹的樹梢上。

5

拉姆齊夫人抬起頭，望見威廉．班克斯和莉麗經過窗前。「如果明兒天不放晴，」她說，「還有後天呢。現在……」她邊說邊在心裏思忖：莉麗那雙斜嵌在蒼白而有皺紋的小臉蛋上的中國式眼睛挺秀氣，不過要一個聰明的男人才會發現。「現在站起來，讓我量一量你的腿。」因為，也許他們明天會到燈塔去，她必須看一看那襪統是否還需要加長一二英寸。

她嫣然微笑，因為這時在她腦袋裏閃過的可是個好主意——威廉和莉麗應該結婚。她拿起那雙混色毛線襪子，襪口上帶着十字交叉的鋼針，去量詹姆斯的腿。

「親愛的，站着別動。」她說。出於嫉妒，詹姆斯不願意為燈塔看守人的小孩當量襪子的標尺。他故意煩躁不安地動來動去。如果他老是那個樣子，她怎麼能看出襪子是太長還是太短呢？她問道。

她最小的孩子，她的寶貝兒，給甚麼鬼迷了心竅？她抬起頭來，看見了那個房間，看見了那些椅子，覺得它們破舊不堪。那些椅墊的芯子，像那天安德魯説過的那樣，漏得遍地都是。但是，買了好椅子，讓它們整個冬天放在這兒濕淋淋地爛掉，又有甚麼好處？她問道。在冬天，這兒只有個老媽子看屋，這房子肯定會淅淅瀝瀝地漏水。沒關係，房租正好是兩個半便士一天，孩子們挺喜歡它。讓她的丈夫遠離他的圖書館、講座和弟子們三千英里，或者，如果她必須說得確切一點的話，三百英里，對他可是件大好事；何況這兒還有接待賓客的房間。那些草席、行軍床和搖搖晃晃的桌椅，在倫敦早已服役期滿——在這兒它們倒是挺不錯；還有一兩張照片，還有一些書。書，她想，是會自動增加的。她可從來沒時間看書，哎喲！甚至那些別人送她的書，上面還有詩人的親筆題詞「贈給必須服從她願望的夫人」……「比海倫更為幸福的當代佳人」……說來也丟人，這些書她從來也沒讀過。還有克羅姆的《論意識》和貝茨的《論波里尼細亞人的野蠻風俗》（「親愛的，站着別動，」她說）——那些書不論哪一本都不能送到燈塔去。到了一定的時候，她猜想，這屋子會破舊不堪，以至於不得不採取一些措施。如果他們肯聽她的話，在進屋以前把腳擦一下，別把海灘上的泥沙帶進來，那也許是個辦法。她不得不讓他們帶螃蟹進屋，如果安德魯真的要解剖牠們的話；或者傑斯潑相信用海藻也可以煮湯，你可沒法阻擋；或者是露絲選中的東西——貝殼、蘆葦、石塊；因為她的孩子們都有點兒天才，但各人的嗜好大不相同。而結果呢，當她拿襪子去量詹姆斯的腿時，她嘆了口氣，把整個房間從地板到天花板打量一番，結果就是如此：秋來暑往，年復一年，屋裏的傢具日益破舊，草席在褪色，糊牆紙的碎片在風中劈啪作響，你再也分辨不出那紙上印着玫瑰的花紋。還有，如果一幢房子所有的門戶都是永遠開着，而整個蘇格蘭沒有一個鎖匠會修理門上的插銷，東西肯定都會霉爛。每一扇門都開着。她聽了一下。客廳的門開着；大廳的門開着；聽起來好像臥室的門也開着；而樓梯平台上的窗肯定開着，因為那是她自己開的。窗必須開着，門必須關起來——就這麼簡單的事兒，難道他們就沒人記得住？她常常在晚上走進女僕的房間，發現窗戶都關着，屋子像烤爐一樣密不透風。只有那個瑞士姑娘瑪麗的房間是個例外，她寧可不洗澡也不能沒有新鮮空氣。在家鄉，她曾經說過：「那些山巒多麼美麗。」她的父親正在遠方奄奄待斃，拉姆齊夫人知道。他就要離開他的子女，讓他們當孤兒了。她一邊責備婢女，一邊示範（該怎麼鋪床，怎麼開窗，像一個法國女人一樣，把雙手一會兒合攏，一會兒伸開），在這個姑娘說話的時候，她身旁所有的被褥都悄悄地自動摺疊好了，就像一隻鳥兒在陽光下飛翔了一陣之後，牠的翅膀悄悄地自己收攏，牠的藍色的羽毛一下子由明亮的藍鋼色變成了淡紫。她默默地站在那兒，因為沒話可說。他患了喉癌。她在回想——她如何站在那兒，那姑娘又如何說，「家鄉的山巒多麼美麗」，但是沒有希望，無論如何沒有希望。她感到一陣煩躁，厲聲對詹姆斯說：

「站着別動。別不耐煩。」他馬上明白她是真的發火了，就把腿站直了讓她量。燈塔看守人索爾萊的小男孩可能個兒要比詹姆斯矮小得多，即使把這個情況也估計在內，那襪子還至少短了半英寸。

「太短了，」她說，「實在太短了。」

從來沒人看上去顯得如此沮喪，愁苦而陰鬱，在黑暗之中，在從地面的陽光通向地底的深淵的豎井裏下墜的途中，也許一滴淚珠湧上了眼角；淚珠兒往下淌；湧來湧去的潮水接納了它，又平靜了下來。從來沒人看上去顯得如此沮喪。

但是，人們在議論，難道除了外表的憂傷，就沒甚麼別的了嗎？她的美貌和丰采後面——有甚麼東西隱藏着？他用槍打碎了自己的腦袋嗎，他們問道。他在他們結婚之前的那個星期中死去了嗎——那另一位更早的情人？人家聽到了有關他的流言蜚語。或者真的沒發生過甚麼事情？除了一個美麗無比、不受干擾的外表，就再也沒甚麼別的了？因為，當她遇到偉大的熱情、愛情的騷亂和事業的挫折之時，她本來可以在一些親密無間的場合，輕易地透露出她自己也知道、感覺到或經歷了的這一切，但她卻始終守口如瓶。她當時就知道——沒聽人說她就知道。她單純的心靈一下子就猜測到聰明人往往會搞錯的事情。她單純的心靈，使她的思想自然而然地飛撲到事實真相之上，像石塊的下墜一樣乾脆，像飛鳥的降落一般精確。而這事實真相，已被愉快、輕鬆、坦然地接受了——這也許僅是假象而已。

有一次，班克斯先生在電話裏聽到她的聲音大為動心，雖然她不過是在告訴他火車的時刻表罷了。「大自然用來塑造您的那種黏土可實在罕見呀，」他說。他在想像之中，清清楚楚地看到她站在電話線的另一端，像希臘雕塑一樣體態優美、身材挺直，眼珠碧藍。和這樣一位女性通電話，似乎是多麼不相稱呀。希臘神話中賜人以美麗和歡樂的三位格雷絲女神，似乎在綠草如茵、長滿了長春花的園地裏攜手合作，才塑造出那張臉龐。他該搭十點三十分的火車到厄斯頓去。

「但她像個孩子似地絲毫也沒意識到自己的美貌，」班克斯先生說，一邊把電話聽筒掛回原處。他穿過房間，到窗前去看那些工人在他的屋子後面建造旅館的工程進展如何。當他看到在那尚未竣工的牆壁之間，工人們穿梭往來亂成一團，他又想起了拉姆齊夫人。他想，總有一些不協調的因素，摻雜到她臉上的和諧氣氛中去。她把一頂打獵用的草帽隨手往頭上一戴；她穿着一雙雨靴奔過草地去抓住一個淘氣的孩子。因此，如果你想到的僅僅是她的美貌，你還得想起那些顫動着的、活生生的東西（他看到那些工人把磚塊運到腳手架的一條小木板上），並且把它添進那幀肖像中去。或者，如果你僅僅把她當作一個女人來看待，你就會賦予她一些奇特的怪癖——她不喜歡被人傾慕——或者她有某種潛在的願望，要拋棄她優雅高貴的儀表，好像美貌和所有男子們對美貌的讚揚都叫她厭煩，而她別無所求，但願能和其他人一樣，平平常常。他不知道。他可不知道。他得去幹活了。

她在編織那雙紅棕色的絨線襪子。那隻鍍金的畫框，披在畫框上的那條綠色的紗巾，那幅鑒定過的米開朗琪羅[5]的不朽傑作，把她頭部的輪廓可笑地襯托出來。拉姆齊夫人平靜下來，剛才那種嚴厲的態度消失了，她把小男孩的頭抬起來，吻一下他的額角。「讓我們另外找一張圖片來剪吧，」她說。

6

出了甚麼事兒？

誰又闖了禍啦。

她從沉思中猝然驚醒，長時期毫無意義地留在她腦海中的話語，現在有了具體的含義。「誰又闖了禍——」她的近視眼注視着她的丈夫，他現在正向着她直衝過來。她堅定的目光凝視着他，直到他走近眼前，她才明白（那句詩的簡單的韻律，在她的頭腦中自動地對偶）：出了甚麼事兒，誰又闖了禍啦。但她一輩子也甭想猜得出來究竟是怎麼回事。

他哆嗦，他顫抖。他所有的虛榮心，他對自己輝煌的才華所有的驕傲自滿，他像閃電雷鳴一般的磅礴氣勢，他像一隻兀鷹一般帶領着他的隊伍穿越死亡的幽谷[6]之時那種勇猛的氣概，已經被粉碎了，被摧毀了。冒着槍林彈雨，威風凜凜，我們躍馬前行，衝過死亡的幽谷，排槍齊射，大炮轟鳴——突然間他和莉麗·布里斯庫、威廉·班克斯面對面地撞見了。他哆嗦，他顫抖。

她無論如何不會在此刻和他攀談。從他避開去的目光，還有那一些他個人的怪僻行徑，從這些熟悉的信號之中可以看出，他好像要把自己隱藏起來，躲入一角不受侵犯的地方，好讓自己在那兒恢復心理上的平衡；她心裏明白：他被人激怒了，惹火了。她拍拍詹姆斯的頭，把她對於丈夫的感覺也傳給了孩子。當她看到他把陸海軍商店的商品説明書中一位紳士的白襯衫用粉筆塗成黃色之時，她想，如果他將來成為一位大畫家，她會多麼高興。為甚麼他就不能當畫家？他的額角可長得好極啦。後來，當她的丈夫再一次打她面前經過，她舉目一望，發現那種精神崩潰的表情已經被掩蓋起來了；家庭的溫暖氣氛佔了上風；生活的習慣又婉轉低吟它消愁息怒的韻律，因此，當他重新再走過來時，他特意停下腳步，在窗前彎下了腰，突然異想天開地用一條小樹枝嘲弄地搔搔詹姆斯赤裸的小腿。她責備他剛才不該把「那個可憐的年輕人」塔斯萊先生打發走。塔斯萊必須到屋裏去寫他的學位論文，他說。

「總有一天，詹姆斯也得寫他的學位論文，」他諷刺地加上一句，用他手中的樹枝輕拂孩子的腿。

心裏痛恨他的父親，詹姆斯揮手擋開那根樹枝。拉姆齊以一種他所特有的方式，嚴厲和幽默兼而有之，用那條小樹枝來逗弄他小兒子裸露的腿部。

她想要把這雙討厭的襪子織完，明天好去送給索爾萊的小孩，拉姆齊夫人說。

他們明天完全不可能到燈塔去，拉姆齊先生粗暴地打斷她說。

他怎麼知道？她反問道。風向是經常會改變的。

她說的話極端沒道理，那種愚蠢的婦人之見使他勃然大怒。他方才躍馬穿越死亡的幽谷，卻被人驚破了美夢，氣得顫抖；而現在，她卻蔑視事實，使他的孩子們把希望寄託在完全不可能發生的事情上，實際上，這就是說謊。他氣得在石階上跺腳。「真該死！」他說。但是，她說了些甚麼呢？不過說明日可能天晴罷了。可能明日就是晴天。

氣溫在下降，風向又朝西，這就不可能。

如此令人吃驚地絲毫不顧別人的感情而去追求真實，如此任性、如此粗暴地扯下薄薄的文明的面紗，對她說來，是對於人類禮儀的可怕的蹂躪。因此，她迷惑地茫然凝視，她低頭不語，好像讓那傾盆而下、有棱有角的冰雹，那濕透衣裙的污水，都濺落到她身上而不加反抗。她沒甚麼可說的。

他默默地站在她身旁。他終於非常謙卑地說，如果她高興的話，他願意去問問海岸警衛隊的氣象哨。

再也沒有比他更受她尊敬的人了。

她已樂於接受他的意見啦，她說。他們不必準備夾肉麵包了——不過如此而已。既然她是一位女性，自然而然地他們就整天來找她：某人要這個，另一位要那個；孩子們正在成長；她經常感覺到，她不過是一塊吸飽了人類各種各樣感情的海綿罷了。剛才他還說，真該死。他說過肯定會下雨。可是現在他又說，明天不會下雨；

於是一個平安的天國之門，立即就在她面前開啟了。他是她最尊敬的人。她覺得自己還不配給他繫鞋帶。

剛才那陣暴躁的脾氣，（在吟詩的想像境界中）帶領他的隊伍衝鋒陷陣時那種手舞足蹈的樣子，已經使他感到羞愧，拉姆齊先生不好意思地又戳了一下他兒子的光腿，這時，好像他已經獲得她的允許而可以告退了，他的舉動使他的妻子很奇特地聯想起動物園中的大海獅，在吞食了給牠的魚兒之後，牠向後翻個筋斗退回水中，笨拙地游開去，使池中的水向兩旁激盪。拉姆齊先生潛入了一片暮色之中。傍晚的空氣已經變得更為稀薄，它正在把樹葉和籬笆的形體悄悄地吞沒，似乎是作為補償，它又把一種白天所沒有的色澤和幽香償還給玫瑰和石竹花。

「誰又闖禍啦？」他又說了一聲，他邁着大步走開了，在平台上踱來踱去。

然而，那聲調已經起了多麼奇妙的變化啊！那聲調宛如杜鵑的鳴啼；「在六月裏，他的聲音走了調；」好像他正在重新試試調門兒，他在作暫時性的試探，要找出一句話來表達一種新的情緒，而手頭只有這句話，他就用上了它，儘管它有點不太悦耳。不過這聽起來可有點滑稽——「誰又闖禍啦」——用那樣的聲調來說，幾乎像一個問句，帶着優美的韻律，一點確信的語氣也沒有。拉姆齊夫人不禁微笑。

他在踱來踱去的時候，嘴裏還哼着它，過了不久，毫無疑問，他漸漸地把它忘了，他終於沉默了。

他安全了，他又恢復了他孑然獨處不受干擾的狀態。他停下腳步點燃了煙斗，對窗內的妻兒瞧了一眼，好比坐在一列特快火車中看書的人，舉目一望，看到窗外有一個農場、一棵樹、一排茅舍，覺得就好像是一幅插圖。他的目光重新回到書頁上，那插圖正好證實了書中的內容。他的信心加強了，他的心情滿足了。就這樣，拉姆齊的目光並未分辨出他所看到的究竟是他的兒子還是妻子，對他們兩人的一瞥鼓舞了他，滿足了他，使他的思想集中到他卓越的頭腦正在竭力思考的問題上去，獲得一種完全清晰透闢的理解。

那是一個卓越的腦袋。如果思想就像鋼琴的鍵盤，可以分為若干個音鍵，或者像二十六個按次序排列的英文字母，那麼他卓越的腦袋可以穩定而精確地把這些字母飛快地一個一個辨認出來而不費吹灰之力，一直到，譬如說，字母Q。他已經達到了Q。在整個英國，幾乎沒有人曾經達到過Q。他在插着天竺葵的石甕面前停留了片刻。他看到他的妻兒一起坐在窗內，但現在看來非常遙遠，就像正在拾貝殼的孩子們，他們天真無邪地集中注意力於腳邊微不足道的東西，而對於他所看到的厄運，他們卻毫無戒備。他們需要他的保護，他就來保護他們。但是，Q以後又如何？接下去是甚麼？在Q以後有一連串字母，最後一個字母，凡胎肉眼是幾乎看不見的，但它在遠處閃爍着紅光。在整整一代人中，只有一個人能夠一度到達Z。儘管如此，要是他自己能夠達到R，就很不錯了。這兒至少是Q。他的腳跟牢牢地立在Q上。對於Q，他是有把握的。Q，是他所能夠闡明的。假如Q就是Q——後面是R——想到這兒，他把煙斗在石甕的柄部響亮地敲了兩三下，磕去了煙灰，他的思考又繼續下去。「接着就是R……」他打起精神。他堅持不懈。

能夠拯救帶着六片餅乾和一壺淡水在波濤洶湧的大海上漂泊的一船難友的優秀素質——毅力、公正、遠見、忠誠和技巧，會來幫助他。下一步就是R——R又是甚麼？

一扇百葉窗，像一條蜥蜴的眼皮一樣，在他強烈注視的雙眸之上閃爍開合，使他看不清字母R的真相。在那眼皮合攏的黑暗的一剎那間，他聽到了人們說——他是個失敗者——R是他不可企及的東西。他永遠也達不到R。向R衝刺，再來一次。R——

他具有優秀的素質，這會使他在越過千里冰封、萬籟俱寂的北極地區的一次孤獨的探險遠征中成為領隊、嚮導和顧問。這種人物的性格，既不盲目樂觀，又不悲觀失望，能夠沉着鎮定地觀察未來，正視現實。這些素質會再一次來幫助他。R——

那條蜥蜴的眼皮又在閃爍開合。牠的額角上青筋凸露。在石甕中的天竺葵變得令人驚奇地清晰可見，出乎意料地，他能夠看見，在它的葉片中間，展現出那兩類人物之間古老的、明顯的差別；一方面是具有超人力量的紮紮實實穩步前進的人物，他們按部就班地埋頭苦幹，堅持不懈，從頭至尾按順序把二十六個字母全部複寫出來；另一方面是有天賦、有靈感的人物，他們奇蹟般地在一剎那間把所有的字母一氣呵成地全部攻克——那是天才的方式。他不是天才；他沒有那種天賦；但是他有，或者說應該有，精確地按順序複寫從A到Z每一個字母的能力。目前他停留在Q。進軍，接下去就向R進軍。

雪花開始飄揚，雲霧籠罩山巔，他知道自己將在黎明之前死去，決不會玷辱探險隊長身份的種種情緒，悄悄湧上他的心頭，使他的雙眸黯然失色，當他在平台上躑躅一圈的兩分鐘之內，甚至使他顯出衰邁蒼老的模樣。但他不願躺在那兒束手待斃；他要尋找一片懸崖峭壁，他要站在那兒，凝視着暴風雪，直到生命的最後時刻，他的目光仍力圖穿透那茫茫的黑暗，他要站着死去。他將永遠也達不到R。

他呆若木雞，站在開滿了天竺葵的石甕旁邊。他問自己：在十億人之中，究竟能有幾人，可以達到Z？當然，一位希望渺茫的隊長，可能會如此自問，並不叛離他以往經歷的征途而坦然回答：「也許只有一個。」在一代人中間，只有一個。如果他不是那個人，他就該受到責備嗎？如果他已經踏踏實實地埋頭苦幹，已經毫無保留地竭盡全力，是否還要受到非難？他的聲譽能夠維持多久？是否可以允許一位垂死的英雄，在他瞑目之前想一想，此後人們將如何來評論他？他的英名也許能延續兩千年之久。而兩千年又意味着甚麼？（拉姆齊先生凝視着籬笆，諷刺地問道。）如果你從山頂上遙望那虛度的漫長歲月，它到底又意味着甚麼？你腳下踢到的那顆石子，也會比莎士比亞活得更久。他自己的微弱光芒，會不很輝煌地照耀一兩年，然後會融合在某個更大的光芒之中，而那光芒，又會再融合到一片更加巨大的光芒中去。（他的目光向籬笆中間，向虬蟠錯雜的枝椏中間望去。）如果在死亡使他的肢體僵硬而失去活動能力之前，他確實略有意識地把凍得麻木的手指舉到眉梢，並且挺起胸膛去迎接死亡，那末，當搜索部隊來到之時，他們就會發現，他以一個軍人的美好姿態，在他的崗位上以身殉職了，而他所率領的探險隊伍畢竟已經攀登到一定的高度，可以看到歲月的虛度和星球的隕落，誰還能去責備那孤立無援的探險隊的隊長呢？拉姆齊先生挺起胸膛，巍然屹立在石甕旁邊。

如果，他這樣佇立片刻，想到了自己的聲譽，想到了搜索部隊，想到了充滿感激之情的追隨者們在他的遺骸之上建立起來的紀念石堆[7]，有誰會來責備他呢？最後，如果他已經竭盡全力、歷盡艱險，昏然入睡而不在乎是否還會復蘇（他現在覺得足趾有點刺痛而感到他還活着，而且基本上並不反對活下去），但他需要同情，需要威士忌酒，需要立即向別人傾訴他痛苦的經歷，誰又能來責備這位注定要滅亡的探險隊長呢？當那位英雄卸下鎧甲，佇立窗前，凝視他的妻兒，誰能不暗暗慶幸？起初，她離得很遠，漸漸地越來越近，直到嘴唇、書本和頭顱都清晰地映入他的眼簾，儘管他感到極其孤獨，並且想到了那虛度的歲月和隕落的星球，他覺得她依然嫵媚可愛、新奇動人。最後，他把煙斗放進口袋裏，在她面前低下了他漂亮的腦袋——如果他向這位絕代佳人致敬，誰又能責備他呢？

7

但他的兒子痛恨他。詹姆斯痛恨他走到他們跟前來，痛恨他停下腳步俯視他們；他痛恨他來打擾他們；他痛恨他得意洋洋、自命不凡的姿態；痛恨他才華過人的腦袋；痛恨他的精確性和個人主義（因為他就站在那兒，強迫他們去注意他）；而他最痛恨的是他父親情緒激動時顫抖的鼻音，那聲音在他們周圍震動，擾亂了他們母子之間純潔無瑕、單純美好的關係。他目不轉睛地低頭看書，希望這能使他的父親走開；他用手指點着一個字，想要把母親的注意力吸引回來。他憤怒地發現，他的父親腳步一停，他母親的注意力馬上就渙散了。但是他枉費心機。沒有甚麼辦法可以使拉姆齊先生走開去。他就站在那兒，要求取得他們的同情。

拉姆齊夫人剛才一直把兒子攬在懷中懶洋洋地坐着，現在精神振作起來，側轉身子，好像要費勁地欠身起立，而且立即向空中迸發出一陣能量的甘霖，一股噴霧的水珠；她看上去生氣蓬勃、充滿活力，好像她體內蘊藏的全部能量正在被融化為力量，它在燃燒、在發光（雖然她安詳地坐着、重新拿起了她的襪子），而那個缺乏生命力的不幸的男性，投身到這股甘美肥沃的生命的泉水和霧珠中去，就像一隻光禿禿的黃銅的鳥嘴[8]，拚命地吮吸。他需要同情。他是個失敗者，他說。拉姆齊夫人晃動一下手中的鋼針。拉姆齊先生的目光沒有離開她的臉龐，他重複地說，他是個失敗者。她反駁他說的話。「查爾士．塔斯萊認為……，」她說。但他並不就此滿足。他需要更多的東西。他需要同情，首先要肯定他的天才，然後要讓他進入他們的生活圈子，給他以溫暖和安慰，使他的理智恢復，把他心靈的空虛貧乏化為充實富饒，而且使整幢房子的每一個房間都充滿生命——那間客廳；客廳後面的廚房；廚房上面的臥室；臥室上面的育兒室；它們都必須用傢具來佈置，用生命來充實。

查爾士．塔斯萊認為他是當代最偉大的形而上學家，她說。但他需要更多的東西。他需要同情。他要得到保證，確信他處於生活的中心；確信他是人們所需要的人物；不僅僅在這兒是如此，而且在全世界都是如此。她晃動閃閃發光的鋼針，胸有成竹地挺直了身軀，把客廳和廚房都變得煥然一新，叫他在那兒寬心釋慮，踱進踱出，怡然自得。她笑容可掬，織着絨線。站在她兩膝之間的詹姆斯，毫不動彈，只覺得在她體內驟然燃燒起來的全部力量，正在被那黃銅的鳥嘴拚命地吮吸，被那刻薄的男性的彎刀無情地砍伐，一次又一次，他要求得到她的同情。

他是一個失敗者，他重複道。那麼，你看一下吧，感覺一下吧。晃動手中閃閃發光的鋼針，她環顧四周，看看窗外，看看室內，看看詹姆斯，沒有一絲一毫的懷疑，她以她歡快的笑聲，泰然自若的神態，充沛的精力（就像一個保姆拿着一盞燈穿過一間黑屋，來使一個倔強的孩子安心），來向他保證：一切都是真實的；屋子裏充滿着生命；花園裏微風在吹拂。如果他絕對地信任她，就沒有任何東西可以傷害他；無論他（在學術領域中）鑽得多麼深，攀得多麼高，他會發現，她幾乎一秒鐘也沒有離開過他。如此誇耀她自己追隨左右、關心愛護的能力，拉姆齊夫人覺得她幾乎連一個自己能夠加以辨認的軀殼也沒留下；[9]她的一切都慷慨大方地貢獻給他，被消耗殆盡，而詹姆斯呢，直挺挺地站在她的兩膝之間，感覺到她已昇華為一棵枝葉茂盛、碩果纍纍、綴滿紅花的果樹，而那個黃銅的鳥嘴，那把渴血的彎刀，他的父親，那個自私的男人，撲過去拚命地吮吸、砍伐，要求得到她的同情。

聽夠了她安慰的話語，像一個心滿意足地入睡的孩子，他恢復了元氣，獲得了新生，他用謙卑的、充滿感激的眼光瞧着她，最後終於同意去打一盤球；他要去看看孩子們玩板球。他走了。

頃刻之間，拉姆齊夫人好像一朵盛開之後的殘花一般，一瓣緊貼着一瓣地皺縮了，整個軀體筋疲力盡地癱軟了，（在極度疲憊的狀態之中）她只剩下一點兒力氣，還能動一動指頭來翻閱格林童話，她感到一陣悸動，就像脈搏的一次跳動，已經達到它的頂點，現在又緩緩地靜止下來，她感到了那種成功地創造的狂喜悸動。

當他走開去的時候，這脈搏的每一次跳動，似乎都把她和她的丈夫結合在一起，而且給他們雙方都帶來一種安慰，就像同時奏出一高一低兩個音符，讓它們和諧地共鳴所產生的互相襯托的效果一樣。儘管如此，當琴瑟和諧的樂聲消散之際，拉姆齊夫人重新回過頭來閱讀格林童話，她不僅覺得肉體上的疲勞（不僅是此刻，從此以後，她常常有這種疲勞的感覺），她的疲勞之中，還帶有某種出於其他原因的令人不快的感覺。當她在大聲朗讀漁夫老婆的故事之時，她並不確切地知道這種感覺從何而來，在翻轉書頁之時，她停了下來，聽見一股海浪沉悶地濺落，帶有一種不祥的預感，這時她理解到了她產生不滿之感的原因，但她也決不會允許自己用語言把它表達出來：她不喜歡感到她自己比她的丈夫優越，即使是在一刹那間也不行；不僅如此，當她和他說話之時，她不能完全肯定她所説的都是事實，這可叫她受不了。大學需要他，人們需要他，他的講座和著作極其重要——對於這一切，她從未有過片刻的懷疑；但是，他們兩人之間的關係，他那樣公開地在眾目睽睽之下來求助於她，這使她感到不安；因為，這樣人們就會説他依賴於她，而實際上他們應該懂得：在他們兩人之中，他是無可比擬地更為重要的一個；她對於世界的貢獻，和他的貢獻相比，是微不足道的。而且，還有另外一點——她往往不敢告訴他事實的真相，例如，她不敢告訴他：溫室屋頂的修理費用也許會達到五十英鎊；關於他的著作的實際情況，她也不敢提起，恐怕他會猜測到他的新著並不是他最好的作品，她本來就有點兒懷疑那本書並非傑作（那是她從威廉．班克斯那兒聽來的）；此外還有一些日常生活中的小事，也得躲躲閃閃地隱藏起來，孩子們都看到了這種情況，並且成為他們精神上的負擔——所有這一切，都削弱了琴瑟和諧的完整、純潔的樂趣，使這協調共鳴的樂聲在她的耳際陰鬱、單調地消散。

一個人影投射到書頁上；她抬頭一看，是奧古斯都．卡邁克爾先生，恰恰在這個節骨眼兒上，拖着腳步懶洋洋地走過；正當她想起人與人之間的關係是多麼不恰當，想起最完美的事情也白璧有瑕，想起她不能忍受這個考驗：她有實事求是的天性，為了愛她的丈夫，她卻不得不違背事實；正當她痛苦地感覺到自己幹了可憐的蠢事，感到誇張和謊言阻礙了她去發揮真正的作用——正當她如此不體面地因為覺察到自己的優越地位而感到煩惱之時，卡邁克爾先生穿着他的黃拖鞋沒精打采地走過，而她身上的某種精靈卻使她認為，她必須向他打個招呼：

「進屋去嗎，卡邁克爾先生？」

8

他一聲不吭。他是抽鴉片的。孩子們說他已經讓鴉片把他的鬍鬚也熏黃了。也許確實如此。她覺得那可憐的人很不幸，他每年要到他們這裏來，作為對現實的一種逃避；然而，她每年都有同樣的感覺：他不信任她。她說，「我要進城去。要我給您帶點郵票、紙張或煙草嗎？」而她覺得，他總是畏縮地拒絕。他不信任她。這是他妻子幹的好事。她想起了他妻子對他的惡劣態度。在聖約翰胡同那個可怕的小房間裏，當她親眼看見那可惡的婆娘把他從屋子裏趕出去時，她簡直嚇得目瞪口呆。他蓬首垢面；他的外衣染上了污漬；他像一個無所事事的老年人那樣疲憊厭倦；而她居然會把他趕出房間去。她用令人討厭的腔調說道，「現在我要和拉姆齊夫人談一會兒，」於是，拉姆齊夫人看到他一生中數不盡的苦難似乎都浮現在眼前了。他連買煙草的錢也沒有嗎？他不得不伸手向她要錢嗎？要兩個半先令？要十八個便士？啊，想起那個女人使他遭受的種種屈辱，她簡直難以忍受。可現在他總是避開她，（她猜不透這是出於甚麼原因，也許是因為那個女人虧待了他，使他對於女性敬而遠之。）他從來不把任何事情告訴她。但她還能為他再做些甚麼呢？已經給他騰出了一個陽光充足的房間。孩子們都待他挺好。她從來沒有對他有過一絲一毫不歡迎的表示。實際上，她往往特意去對他表示友好：您要郵票嗎？您要煙草嗎？這本書也許您會喜歡？她常用諸如此類的方式來對他表示關心。畢竟——畢竟（想到這兒，她不知不覺地挺直身軀，她難得注意到的自己的美麗姿容，就展現在她眼前），畢竟，一般來說，她不費吹灰之力就能使人們喜歡她。例如，喬治．曼寧和華萊士先生，儘管他們是知名人士，他們會在黃昏時分來到她這兒，安靜地在爐火旁邊和她娓娓而談。她不能不察覺到，她具有火炬般光彩照人的美，她把這美的火炬帶到她所進入的任何一個房間。儘管她盡可能用紗巾把它掩蓋起來，儘管她的美強加於她的那種單調的負擔使她畏縮，她的美還是顯而易見的。她受人讚賞。她被人愛慕。她曾走進坐着哀悼者的房間，人們在她面前涕泣漣漣。男子們，還有婦女們，向她傾訴各種各樣的心事。他們讓自己和她一起得到一種坦率純樸的寬慰。卡邁克爾先生竟然避開她。這使她感到異常不快。這傷了她的心。而且是不明顯地、不恰當地傷了她的心。在她對她的丈夫感到最強烈的不滿之時，碰到這不愉快的事情，這使她耿耿於懷。現在卡邁克爾先生穿着黃拖鞋，腋下夾着一本書，懶洋洋地拖着腳跟走過，對她的邀請漠然點了點頭。她感覺到他不信任她；她感到她想給他人以幫助和安慰的種種願望，不過是虛榮心罷了。她如此出於本能地渴望幫助別人、安慰別人，是為了使自己得到滿足，是為了使別人對她讚嘆：「啊，拉姆齊夫人！可愛的拉姆齊夫人……拉姆齊夫人，可真沒説的！」並且使別人需要她，派人來邀請她，大家都愛慕她。她心中暗暗追求的不就是這些東西嗎？因此，卡邁克爾先生像現在那樣避開她，走到一個甚麼角落裏去，沒完沒了地吟他的離合詩，[10]她不僅覺得她助人為樂的天性被人冷落了，並且使她意識到她本身的某些渺小之處，感覺到人與人之間的關係，即使在最好的情況下，也多麼美中不足，多麼卑鄙，多麼自私自利。憔悴而疲憊不堪，她確切無疑地知道（她的面頰瘦削，頭髮灰白）她已經不再是一個使別人的眼睛迸射出喜悦的光芒的美人兒了，她最好還是集中思想去講那個漁夫和他老婆的故事，以便使那個極其敏感的孩子，她的幼子詹姆斯，平靜下來（她的子女中再也沒有像他那樣敏感的了）。

「那個漁夫變得心情沉重，」她大聲朗讀。「他不願意去。他想，『這是不應該的。』然而，他還是去了。當他來到海邊，海水是深紫的、藍黑的、灰暗的、混濁的。它不再是黃綠色的了，但它是平靜的。當他站在海邊説道——」

拉姆齊夫人真希望她的丈夫不要選擇這樣的時刻在他們面前停下腳步。為甚麼他不像他剛才所說的那樣，去看孩子們玩板球呢？但他沒說話；他瞧了一眼，點了點頭，表示讚許，又繼續往前走去。他悄悄地走了過去，他看見他前面的籬笆一次又一次圍繞着他腳步的停留而旋轉，象徵着某種結論；他看見他的妻和孩子；他重新看到那些經常點綴他思想進程的、插着蔓延開去的紅色天竺葵的石甕，在天竺葵的葉瓣之間，書寫着（好像它們是一張張的紙片）、記載着快速閱讀時潦草地記錄下來的筆記——他看到了這一切，忽然想起了《泰晤士報》上一篇文章中關於每年訪問莎士比亞故鄉的美國人的估計數字。如果莎士比亞從未存在過，他問道，這個世界的面貌和今天的現狀會大不相同嗎？文明的進展是否取決於偉大的人物？現在普通人的命運，是否要比古埃及法老王時代人們的命運好一點？然而，他又思忖，普通人的命運，是否就是我們藉以衡量文明程度的標準呢？也許並非如此。或許最偉大美好的文明，有賴於一個奴隸階級的存在。倫敦地下鐵道中開電梯的工人，永遠是不可缺少的。這想法使他感到不快。他仰起了頭。為了避免這種結論，他要想個辦法來削弱藝術的支配地位。他要論證，這個世界是為芸芸眾生而存在的；各種藝術僅僅是強加在人類生活之上的裝飾品而已；它們並沒有表現出人生的真諦。對於生活來說，莎士比亞也不是必不可少的。他自己也搞不清，究竟為甚麼他要貶低莎士比亞而去祖護永遠站在電梯門口的工人。他憤然從樹籬上揪下一片葉瓣。所有這些論點，到了下個月，都將裝在盤子裏獻給卡迪夫學院的青年學子，他想，在這兒，在他家的陽台上，他不過是在搜尋糧秣、用點野餐罷了（他扔掉了他剛才怒氣沖沖揪下來的那片樹葉），就像一個人騎在馬上，一面順手摘下一叢玫瑰，或者採下幾枚核桃來塞滿他的兜兒，一面晃晃悠悠安閒自得地穿過童年時代就熟悉的鄉村的阡陌田壟；這拐彎的岔道，那籬邊的階梯，那穿越田野的捷徑，這一切都是他所熟悉的。他往往帶着他的煙斗，把一個黃昏就這麼消磨過去，一面思考着，一面在這些古老而熟悉的狹路小巷和公共草坪往復徘徊，這些地方使他浮想聯翩，那兒使他想起一次戰役的戰史，這兒使他聯想到一位政治家的生平，還有詩歌和軼事，甚至還有人物形象，這位思想家，那位戰士，等等；這一切都非常生動而清晰，但是最後這些小巷、田壟、草地、果實纍纍的核桃樹和開滿紅花的樹籬，把他引向那條道路另一端的拐彎處，他總是在那兒跳下馬來，把它繫在一棵樹上，獨自步行前進。他走到草坪的邊緣，眺望下面的海灣。

這就是他的命運，他獨特的命運，不管它是否符合他的願望：他就這樣來到了一小片正在被海水緩慢地侵蝕的土地，站在那兒，像一隻孤獨的海鳥，形單影隻。

這就是他的力量，他的天賦——他突然間把過剩的才華全部揚棄，收斂起幻想、降低了聲調，使他的外表更為直率、簡樸，甚至在肉體上也是如此，但他並未喪失思想的敏銳，就這樣，他站在那片小小的懸崖上，面對着人類的愚昧和黑暗：海水在侵蝕、沖垮我們腳下的那片土地，而我們對此卻毫無知覺——這就是他的命運，他的天賦。當他下馬之時，他已經拋棄了一切浮誇的態度和姿勢，丟掉了所有的核桃和玫瑰之類紀念品，他奔放的想像力收斂了，以至於他不僅把他的聲譽，甚至把自己的姓名也拋到九霄雲外，即使在那樣孤寂的狀態之中，他仍舊保持着一種不放縱幻想和不沉溺於幻景的警惕性，就是這種求實的姿態，使他在威廉·班克斯身上（間歇地）、在查爾士·塔斯萊身上（奉承地）、現在又在他的妻子心裏（她抬起頭來望見他站在草坪的邊緣）深深地激起仰慕、同情和感激之情，就像插進海底的一根航標，海鷗在它上面棲息，浪花拍打着它，它孤單地屹立在浪潮之中履行它的職責，標明了航道，在滿載旅客的歡樂的航船中，激起一種感激之情。

「但是八個孩子的父親可沒有選擇的餘地，」他聲音不高地喃喃自語，他的冥想中斷了，他轉過身來，嘆了口氣，舉目尋找正在給他的幼兒朗讀故事的妻子的倩影，他裝滿了他的煙斗。他要是能夠執着地關注人類的愚昧，人類的命運以及海水侵蝕我們腳下的土地這些現象，他可能會獲得某種結果；但他卻轉過身來，從日常生活瑣事中去尋求安慰，這和他剛才面臨的那種莊嚴的主題相比，是如此渺小，以至於使他想要忽視、貶低這種安慰，似乎被人發現他在一個悲慘的世界中過着幸福生活，對一位光明磊落的男子漢來說，這是一種最可恥的罪惡。確實如此，他大體上是幸福的：他有他的妻子；他有他的兒女；他已應邀於六個星期之後去對卡迪夫學院的青年學子講幾句關於洛克、休謨、貝克萊[11]以及法國大革命之原因的「廢話」。但是，這件事以及他從其中獲得的樂趣，他從他的講演，從青年人的熱情，從他妻子的美麗，從斯旺齊學院、卡迪夫學院、愛克斯特學院、南安普敦大學、凱特密內斯特大學、牛津大學、劍橋大學對他的讚揚中所獲得的榮譽和滿足——這一切都必須用「講幾句廢話」這幾個謙遜的字眼來加以貶低和掩飾，因為，實際上他並未完成他原來應該完成的事業。這是一種掩飾；這是一個不敢公開承認他自己感覺的人所用的遁詞。他不能説：這是我所喜歡的——這就是我的本色；而威廉·班克斯和莉麗·布里斯庫感到相當惋惜和彆扭，他們感到迷惑不解：他為甚麼必須如此矯揉造作地掩飾？為甚麼他老是需要別人捧他？為甚麼他在思想的領域中如此勇敢，而在生活的領域中如此懦弱？他既可敬又可笑，多麼令人驚奇！

訓導和説教是超出人類能力的事情，莉麗猜想。（她正在收拾畫具，把它們放到一邊去。）如果你被人們所推崇；你肯定會不知不覺就栽個跟頭。他要甚麼，拉姆齊夫人就給甚麼。要是情況突然變化，肯定會使他心煩意亂，莉麗説。他從他的書堆裏鑽了出來，發現我們在玩耍和閒聊。請想一想，這和他所思考的東西相比，是個多麼大的變化，莉麗説道。

他正對着他們逼近過來。他突然止步，默然注視着大海。現在他又轉身離去了。

9

是的，這太令人惋惜了，班克斯先生説，他目送拉姆齊先生離開。（莉麗曾經説過，拉姆齊先生使她吃驚——他喜怒無常，情緒的變化如此突然。）是的，班克斯先生説，拉姆齊的舉動異乎尋常，實在令人惋惜。（他喜歡莉麗．布里斯庫；他可以和她相當坦率地談論拉姆齊。）正是為了這個原因，他説，年輕人不愛讀卡萊爾[12]的作品。一個脾氣暴躁、吹毛求疵的老傢伙，為了點雞毛蒜皮的小事就大動肝火，為甚麼我們非得聽他教誨不可？這就是班克斯先生心目中當代年輕人的論調。

如果你認為卡萊爾是人類偉大的導師之一，他的行為就太令人惋惜了。莉麗慚愧地說，從她在學校唸書的時候起，直到現在，她還沒看過卡萊爾的作品。但她認為，拉姆齊先生以為他的小指頭有點疼痛，整個世界就會完蛋，這倒叫人更喜歡他。他的那種態度，她並不介意。他又騙得了誰呢？他相當露骨地要求你去捧他，崇拜他。他要的那點小花樣兒，誰也騙不了。她所討厭的，是他的狹隘和盲目，她說話時目光追隨着他的身影。

「有點兒偽君子的味道？」班克斯先生問道，他也目送拉姆齊先生的背影。他不是正在想到他的友誼，想到凱姆不肯給他一朵鮮花，想到所有那些男孩和女孩嗎？他想到他自己的屋子也很舒適，但是，自從他的妻子死後，不是有點冷冷清清嗎？當然，他還有他的工作……儘管如此，他還是很希望莉麗同意拉姆齊像他所說的那樣，「有點兒偽君子的味道。」

莉麗繼續收拾她的畫具，她一會兒舉目仰望，一會兒垂首俯視。舉目仰望，她看見他在那邊——拉姆齊先生——向他們走來，搖搖晃晃、隨隨便便、漫不經心、神思恍惚。有點偽君子的味道？她把班克斯的話重複了一遍。噢，不——他是最誠懇、最真摯的人（他走了過來），最好的人；但是，當她垂首俯視，心中思忖：他一心一意只考慮自己的事情，他是個暴君，他不公正；她故意繼續低着頭，因為，和拉姆齊一家待在一起，只有這樣，她才能保持情緒穩定。只要你舉目仰望，看見了他們，他們就會被一陣她稱之為「愛」的激情所淹沒。他們成了那幻想的，然而又具有洞察力的彌漫着激情的宇宙的一部份，那是透過愛的目光所看到的世界。蒼穹與他們貼近，小鳥在他們中間歡唱。而更加使她感到激動的是，當她看到拉姆齊先生逼近過來又退了回去，看見拉姆齊夫人和詹姆斯坐在窗內，看見白雲在空中浮動，樹枝在風中搖曳，她想到了生活是如何由彼此相鄰而各自獨立的小事組合而成，凝聚為一個完整、起伏的波濤，而人就隨着這波濤翻騰起伏，在那兒，一下子沖刷到海灘上。

班克斯先生等着她答覆他對於拉姆齊的評價，而她卻想說幾句話來批評拉姆齊夫人，她想說，拉姆齊夫人也有她盛氣凌人之處，令人不勝驚訝，或者就說幾句大意如此的話，當她看到班克斯先生心醉神迷的模樣，她就根本不必要再說甚麼了。儘管他已年過六旬，儘管他有潔癖而缺乏個性，好像披着潔白的科學外衣，莉麗看出他對拉姆齊夫人注視的目光中流露出一種狂熱的陶醉，而這種陶醉，莉麗感覺到，其份量相當於十來個年輕人的愛情（也許拉姆齊夫人從未激起過這麼多年輕人的愛慕）。這就是愛情，她想，（一面假裝去挪動她的油畫布）這就是經過蒸餾和過濾不含雜質的愛情；一種不企圖佔有對方的愛情；就像數學家愛他們的符號和詩人愛他們的詩句一樣，意味着把它們傳遍全世界，使之成為人類共同財富的一部份。的確如此。如果班克斯先生能夠説明為甚麼那個女人如此令他傾心，如果他能説明為甚麼看到她在給孩子唸故事會有一種解決了某種科學難題一樣滿意的效果，以至於使他俯首沉思，感覺到好像他已經證明了某種關於植物消化系統的確切不移的理論，感到野性已被馴服、混亂已被制止，如果班克斯先生能夠説明這一切，毫無疑問，他會讓全世界都來分享這種感情。

這樣一種狂喜的陶醉——除了陶醉，還能用甚麼別的字眼來稱呼它呢？——使莉麗·布里斯庫完全忘記了她剛才想要説的話。它無關緊要；是關於拉姆齊夫人的甚麼話。與這狂喜的陶醉相比，它黯然失色了，班克斯先生的默然凝眸，使她深受感動；因為，再也沒有甚麼東西能夠像這種崇高的力量、神聖的天賦那樣，給她帶來慰藉，消除她對於人生的困惑，奇蹟般地卸脱人生的負荷。當這悠然神往的狀態還在延續之時，你決不會去擾亂它，正如你不會去遮斷透過窗戶橫灑到地板上的一道陽光。

人間居然會有如此純潔的愛，班克斯先生竟然對拉姆齊夫人懷有如此崇高真摯的感情（她凝視着他默然沉思），真是大有裨益而令人興奮。她故意用一塊破舊的抹布謙卑恭順地把她的油畫筆一支一支擦淨。她託庇於這對於全體女性的敬慕之情；她覺得自己也受到了讚頌。讓他去凝眸沉思吧；她要悄悄地瞥一眼她的畫兒。

她簡直可以掉下眼淚。糟糕，真糟，實在糟透啦！當然，她本來可以用另一種方式來畫：色彩可以稀薄蒼白一點；形態可以輕忽飄渺一點；那就是畫家龐思福特先生眼中看到的畫面。然而，她看到的景象並非如此。她看到色彩在鋼鐵的框架上燃燒；在教堂的拱頂上，有蝶翅形的光芒。所有這些景色，只留下一點兒散漫的標記，潦草地塗抹在畫布上。這幅畫可千萬不能給人看；甚至永遠也不能掛起來。塔斯萊先生說過的話，又在她的耳際悄悄地縈迴：「女人可不會繪畫，女人也不能寫作……」

她現在終於想起了，她剛才想要說的幾句關於拉姆齊夫人的話。她不知道該怎麼說才好；但這話肯定帶點兒批評的意味。那天晚上，她可被她專橫的態度惹火啦。她順着班克斯先生凝注拉姆齊夫人的視線望去，她想，沒有一個婦女會像他那樣去崇拜另一位女性；她們只能在班克斯先生給予她們雙方的庇蔭之下尋求安身之所。

她順着他的視線望去，並且加上了她自己不同的目光，她認為，正在俯首讀書的拉姆齊夫人毫無疑問是最可愛的人；也許是最好的人；然而，她和人家在那兒看到的那個完美的形象，仍然有所不同。但為甚麼不同，又如何不同？她心中自問，一邊刮去她的調色板上那一堆堆藍色和綠色的油畫顏料，現在它們對她來說，好像是沒有生命的泥塊，但是她發誓，明天她要給它們以靈感，使它們按照她的旨意在畫布上活動，流動，給畫面增添光彩。她和那完美的形象究竟有何不同？她內在的靈魂究竟是甚麼？如果你在沙發的一角發現一隻團皺的手套，憑藉那扭曲的手指這個特徵，你就可以毫無疑問地斷定，這隻手套必定是拉姆齊夫人的。那末，我們藉以認識她的靈魂的基本特徵是甚麼？她就像一隻振翅疾飛的鳥；一支直奔靶心的箭。她是任性的；她是專橫的（當然囉，莉麗提醒自己說，我是在考慮她處理同性之間關係的態度，而我自己比她年輕得多，是個小人物，住在離這兒遠遠的布羅姆頓路，難怪她對我的態度如此任性）。她打開臥室的窗扉。她關上所有的門戶。（她試圖在自己的心目中開始描繪拉姆齊夫人的氣派。）她深夜來到莉麗的臥室門口，在門上輕輕一敲，她身上裹着一件舊的皮外套（她美貌而不修邊幅——總是穿得很草率，但很合適），不論甚麼她都能給你重新扮演一番——查爾士·塔斯萊把他的傘給丟啦；卡邁克爾先生帶着鼻音輕蔑地抱怨；班克斯先生在嘮叨：「那些蔬菜中的礦物質都丟失啦。」這一切，她都能熟練地扮演給你看，甚至還會惡作劇地加以歪曲誇大；她走到窗前，裝假說她該走了——已是拂曉時分，她能看到太陽在冉冉上升，——她轉過半個身子，顯露出更加親密的表情，仍舊在不斷地笑着，她堅持說，莉麗必須結婚，敏泰也必須結婚，她們都必須結婚，無論她在世界上得到甚麼榮譽（但她對莉麗的畫不屑一顧），或者獲得甚麼勝利（也許拉姆齊夫人曾享有過這種勝利），說到這兒，她神色黯然，回到她的椅子裏，又接着說，這是不容置疑的：一位不結婚的婦女（她輕輕地把莉麗的手握了片刻），一位不結婚的婦女錯過了人生最美好的部份。整幢房子裏好像擠滿了熟睡的孩子，拉姆齊夫人在凝神諦聽：燈罩遮掩着微弱的燈光，睡着的孩子們輕輕地發出均勻的呼吸聲。

噢，但是，莉麗反駁道，她還有她的父親；她的家庭；如果她有勇氣說出來的話，甚至還有她的繪畫呢。然而，這一切和婚姻大事相比，似乎如此微不足道，如此女孩子氣。夜晚已經消逝，晨曦揭開了簾幕，鳥兒不時在花園裏啁啾，她拚命鼓足勇氣，竭力主張她本人應該排除在這普遍的規律之外；這是她所祈求的命運；她喜歡獨身；她喜歡保持自己的本色；她生來就是要作老處女的；這樣，她就不得不遇到拉姆齊夫人無比深邃的雙目嚴厲的一瞥，不得不當面聆聽拉姆齊夫人坦率的教誨（她現在簡直像個孩子）：她親愛的莉麗，她的小布里斯庫，可真是個小傻瓜。後來，她記得，她把她的頭靠在拉姆齊夫人的膝蓋上笑個不停，想到拉姆齊夫人帶着毫不動搖的冷靜態度，硬要自作主張把她完全無法理解的命運強加於她，她幾乎歇斯底里地大笑起來。拉姆齊夫人坐在那兒，淳樸而又嚴肅。她已經恢復了她對拉姆齊夫人的認識——這就是那隻手套的扭曲的手指。但是，人家的目光已滲透到甚麼神聖的禁區之中？莉麗．布里斯庫終於舉目仰望，拉姆齊夫人坐在那兒，完全沒意識到莉麗大笑的原因，仍舊堅持她的主張，但現在已不露一絲任性的痕跡，取而代之的是一種爽朗的情緒，宛若終於雲開霧散的天空——就像月亮的清輝四周那片皎潔的夜空。

難道這就是智慧？這就是學問？難道這又是美麗的謊言，為了把一個人的全部理解力在尋求真理的途中絆羈在金色的網兜裏？或者拉姆齊夫人胸中隱藏着某種秘密，而莉麗．布里斯庫確信，人們有了它，才能使世界繼續存在下去？沒人像她那樣，東奔西走，僅能餬口。但是，如果他們知道這秘密，他們能把他們所知道的告訴她嗎？坐在地板上，她的胳膊緊緊地摟着拉姆齊夫人的膝蓋，莉麗微笑着思忖，拉姆齊夫人永遠也不會理解她那種壓抑感的原因究竟何在。她在想像中看到了，在那位軀體和她相接觸的婦女的心靈密室中，像帝王陵墓中的寶藏一樣，樹立着記載了神聖銘文的石碑，如果誰能把這銘文唸出來，他就會懂得一切，但這神秘的文字永遠不會公開地傳授，永遠不會公諸於世。要是你闖進那心靈的密室，裏面究竟有甚麼憑藉愛情和靈巧才能理解的藝術寶藏呢？有甚麼方法，可以使一個人和他所心愛的對象，如同水傾入壺中一樣，不可分離地結成一體呢？軀體能達到這樣的結合嗎？精巧微妙地糾結在大腦的錯綜複雜的通道中的思想，能夠這樣結合一致嗎？或者，人的心靈能夠如此結合嗎？人們所說的愛情，能把她和拉姆齊夫人結為一體嗎？她渴望的不是知識，而是和諧一致；不是刻在石碑上的銘文，不是可以用男子所能理解的任何語言來書寫的東西，而是親密無間的感情本身，她曾經認為那就是知識，她把頭依靠在拉姆齊夫人的膝上想道。

甚麼也沒有發生。甚麼也沒有，甚麼也沒有！當她把頭靠在拉姆齊夫人膝上時，甚麼也沒發生。然而，她知道，知識和智慧就埋藏在拉姆齊夫人心中。那末，她不禁自問，如果每個人都是如此密不透風，你怎麼會對別人有所了解呢？你只能像蜜蜂那樣，被空氣中捉摸不住、難以品味的甜蜜或劇烈的香氣所吸引，經常出沒於那圓丘形的蜂巢之間；你獨自在世界各國空氣的荒漠中徘徊，然後出沒於那些發出嗡嗡聲的騷動的蜂巢之中；而那些蜂巢，就是人們。拉姆齊夫人站了起來。莉麗也站了起來。拉姆齊夫人走了。接連好幾天，好像在一場大夢之後，你感覺到你所夢見的人物發生了一些微妙的變化，那種蜜蜂的嗡嗡聲，比拉姆齊夫人所說的任何話語還清晰生動，仍在莉麗的耳際縈迴，而且，當拉姆齊夫人坐在客廳窗前的柳條椅子裏，在莉麗眼中看來，她帶有一種威嚴的儀表，就像一座圓丘形拱頂的聖殿。

莉麗的目光和班克斯先生的目光平行，直射坐在那兒朗讀的拉姆齊夫人，詹姆斯就倚在她的膝邊。現在她還在凝眸直視，但班克斯先生已經收回了他的視線。他戴上眼鏡，後退幾步。他舉起他的手。他微微地瞇起他清澈的藍眼睛，當莉麗猛然醒悟，看見他的視線正對準着甚麼目標，她像一條狗看見一隻舉起來要打牠的手那樣畏縮了。她本來想把她的畫立刻從畫架上揭下來，但她對自己說，你必須鎮靜。她振作精神，來忍受別人注視她的作品這種可怕的考驗。你必須，她說，你必須……。如果這畫非給人看不可，還是給班克斯先生看吧，他沒別人那麼可怕。這幅畫是她三十三年的生活凝聚而成，是她每天的生活和她多年來從未告人，從不披露的內心秘密相混合的結晶，讓別人的眼睛看到它，對她來說，是一種莫大的痛苦。同時，它又是一種極大的興奮。

不可能有更冷靜、更安詳的態度了。班克斯先生掏出一把削鉛筆的小刀，用骨質的刀柄輕輕地敲着畫布。那個紫色的三角形用意何在，「就在那邊？」他問道。

這是拉姆齊夫人在給詹姆斯唸故事，她說。她知道他會提出反對意見——沒有人會説那東西像個人影兒。不過她但求神似，不求形似，她說。那麼，為甚麼要把它畫上去呢，他問道。究竟為甚麼？——在那兒，那個角落裏，色彩很明亮；這兒，在這一角，她覺得需要有一點深暗的色彩來襯托，此外別無他意。質樸，明快，平凡，就這麼回事兒，班克斯先生很感興趣。那末它象徵着母與子——這是受到普遍尊敬的對象，而這位母親又以美貌著稱——如此崇高的關係，竟然被簡單地濃縮為一個紫色的陰影，而且毫無褻瀆之意，他想，這可耐人尋味。

但這幅畫不是畫他們兩個，她說。或者說，不是他所意識到的母與子。還存在着其他的意義，其中也可以包括她對那母子倆的敬意。譬如說，通過這兒的一道陰影和那邊的一片亮色來表達。她就用那種形式來表達她的敬意，如果，如她模糊地認為的那樣，一幅圖畫必須表示一種敬意的話。母與子可能被濃縮為一個陰影而毫無不敬之處。這兒的一片亮色，需要在那邊添上一道陰影來襯托。他仔細考慮一番。

他很感興趣。他完全真心誠意地以科學的態度來接受它。事實上，他的偏見表現在另一方面，他解釋道。他的客廳裏最大的那幅畫深受畫家們的讚賞，現在比他購進時要值錢，畫的是肯內特海岸櫻花盛開的樹林。他曾在肯內特海岸度過他的蜜月，他說。莉麗必須來看一下那張畫，他說。但是現在——他轉過身來，把他的眼鏡推上額際，用一種科學的態度來審視她的油畫。既然問題在於物體之間的關係，在於光線和陰影，老實說，這是他從來沒考慮過的問題，他願意聽她解釋一下——她究竟想要用它來表現甚麼？他用手指點着展現在他們面前的景色。她瞧了一眼。她沒法給他指出，她究竟想要表現甚麼，要是她手裏不是捏着一支畫筆，甚至連她自己也看不清楚。她重新擺出原先在繪畫時的姿勢，瞇着視力模糊的雙眼，帶着恍惚的神態，把她作為一個女性所有的感覺都壓抑下去，集中精神關注某種更有普遍意義的東西；她又一次置身於她曾經清楚地看見的那片景色的魔力之下，現在她又必須在形形色色的樹籬、房屋、母親和孩子之間摸索，來找出——她想像中的畫面。她想起來了：怎樣把右邊的這片景色和左邊的那一片銜接起來，這可是個問題。為了達到這個目的，她可以把這根樹枝的線條往那邊延伸過去，或者用一個物體（也許就用詹姆斯）來填補那前景的空隙。但如果她那樣下筆，整幅畫面的和諧一致就有被破壞的危險。她住口不說了；她不願叫他聽得煩膩；她把畫布輕輕地從畫架上取了下來。

但這幅畫已被人看過了，它已被人從她這兒接受過去了。那位男子已經和她分享了某種極其內在的東西。她總算遇見了知音，這可要感謝拉姆齊夫婦，並且要歸功於當時的時間和地點，歸功於這個帶有某種她從未想像到的力量的世界——她從未想像過，她可以不再孤零零地獨自穿過這長長的走廊，而是與某人攜手同行——這是世界上最新奇的感覺，最令人興奮的感覺——她撥動她的畫盒的鎖鉤，她用力過猛了，那鎖鉤好像無休止地繞着那畫盒旋轉，繞着那草坪、班克斯先生、還有那直衝過來的小淘氣鬼凱姆旋轉。

10

凱姆在畫架旁邊擦身而過，她不會為了班克斯先生和莉麗．布里斯庫停下腳步，顯然班克斯先生很希望自己也有這樣一個女兒，伸出手來想拉住她；她甚至不會為了她的父親停下腳步，她在他的旁邊擦身而過；她母親在她衝過去時喊道：「凱姆！我要你停一會兒！」但這也不能使她停留。她往前直奔，像一隻小鳥、一顆彈丸、一支飛箭，是甚麼欲望在驅使她，是甚麼力量在推動她，是甚麼目標在吸引她？誰能説明其中的原因？究竟為甚麼，為甚麼？拉姆齊夫人瞧着她的女兒，心中暗自思忖。也許是一個幻影——一片貝殼、一輛小車、樹籬遠處一個神話王國的幻影，在吸引着她；或者僅僅是由於跑得快而感到光榮自豪；誰也不知道究竟是為了甚麼。但是，當拉姆齊夫人第二次喊道：「凱姆！」那枚火箭中途墜落了，凱姆停下腳步，慢吞吞地走回來，半路上順手揪下一片樹葉，來到了母親身邊。

拉姆齊夫人不知道她的女兒在夢想些甚麼，她只看見她站在那兒出神地想她自己的事兒，使她不得不把話重新説一遍——去問問瑪德蕾特：安德魯、多伊爾小姐和雷萊先生都回來了沒有？這些話就像石子投進了井裏，它們如此奇異地盤旋扭曲，如果井水是清澈的話，甚至可以看見它們迂迴曲折地下沉，在孩子的心底裏留下一幅天曉得甚麼樣的圖案花紋。拉姆齊夫人心裏沒底：凱姆會給那廚娘捎個甚麼樣的口信呢？説實在的，只有經過耐心的等待，聽着廚房裏一個面頰紅潤的老婦人在喝盤子裏的湯，拉姆齊夫人才最終使她的女兒發揮鸚鵡學舌的本能，把瑪德蕾特的話一字不漏地聽了下來，又等待着，讓她用一種乾巴巴的唱歌一般的聲調把那些話複述出來。凱姆把身體的重心一會兒放在左腳上，一會兒放在右腳上，重複廚娘的回話：「不，他們還沒回來。我已經叫愛倫把吃茶點用的杯盆撤下來啦。」

那麼，敏泰．多伊爾和保羅．雷萊還沒回來。拉姆齊夫人認為，這只能意味着一件事情：她或者接受了他的求婚，或者拒絕了他，二者必居其一。吃完午飯就出去散步直到現在——雖然安德魯和他們在一起——這又能意味着甚麼呢？除非她已經作出了正確的抉擇，拉姆齊夫人想道（她是非常、非常喜歡敏泰的），接受了那個好小夥子的請求，他可能並無才華，然而，拉姆齊夫人思忖（她發覺詹姆斯在拉她的衣角，催她講漁夫和他老婆的故事），憑她自己的心願，她寧可選個笨拙的小夥子，也不要那種撰寫學位論文的才子，譬如說，查爾士．塔斯萊。現在，她肯定已經作出了某種抉擇：或者接受，或者拒絕。

她唸道：「第二天，那漁夫的老婆先醒來，剛好天亮，她在床上看到眼前一片美麗的農村景色。她的丈夫還在伸懶腰……。」

但是，如果敏泰同意整個下午單獨陪伴他在鄉間漫遊，現在她又怎麼能說她不願接受他的求婚呢？——因為安德魯可能會離開他們去捉蟹的——但也許南希和他們在一塊兒。她試圖回憶午飯之後他們站在大門口的情景。他們站在那兒，仰首望天，不知道下午天氣如何。一半是為了掩飾他們的羞怯，一半是為了鼓勵他們出遊，因為她同情保羅，她說道：

「在幾英里以內，一絲雲彩也沒有。」當時她就聽到跟在他們後面出來的查爾士·塔斯萊在暗笑。但她是故意那樣說的。她在自己的心眼裏從這個人看到那一個，她沒法肯定，當時南希是否在場。

她繼續唸下去：「啊，老婆子，」那個漁夫說，「為甚麼我們要做國王？我才不想當國王呢。」「好吧，」漁夫的老婆說，「要是你不想當國王，我想。去找那條比目魚吧，因為我要當國王。」

「要末進來，要末出去，凱姆，」拉姆齊夫人說。她知道凱姆被「比目魚」這個詞兒吸引住了，但要不了多久，她就會和往常一樣坐立不安，把詹姆斯惹惱了吵起架來。凱姆飛快地跑開了。拉姆齊夫人繼續朗讀，她鬆了口氣，因為她和詹姆斯志趣相投，他們在一起融洽而愉快。

「當漁夫來到海邊，天空陰沉灰暗，海水咆哮沸騰，發出腐爛的臭味。他走到海邊站住，開口說道：

『魚兒魚兒，在海裏，
請你過來，我求你；
我的老婆依莎貝兒，
不要我求的心願兒。』

『好，那末她要求甚麼呢？』那魚兒問道。」現在敏泰他們在甚麼地方啊？拉姆齊夫人邊讀邊想。這兩件事很容易同時進行；因為漁夫和他老婆的故事就像給一支曲調輕柔地伴奏的低音部份，它時常出乎意料地穿插到那旋律中來。應該在甚麼時候告訴她呢？如果甚麼也沒發生，她要嚴肅地和敏泰談一次。她可不能這樣在鄉間到處閒逛，即使有南希和他們作伴也不行。（她又一次試圖回想他們沿着那條道路離去時的背影，想數一數他們究竟是幾人同行，但她記不清楚。）她得對敏泰的父母——那隻貓頭鷹和那條撥火棍——負責。在她朗讀的時候，她給他們起的綽號闖入了她的腦海。貓頭鷹和撥火棍——對啦，要是他們聽到——而且他們肯定會聽到——敏泰待在拉姆齊家時，曾經被人看到如此這般，等等，等等——他們會生氣的。「他在下議院當上了議員，而她能幹地幫助他爬到社會的上層，」她重複了在一次宴會之後回家途中她為了使她丈夫高興而說過的話，這句話使敏泰父母的形象現在又在她的記憶中浮現出來。哎唷，我的天哪，拉姆齊夫人自言自語，他們怎麼會生出這樣一個不相稱的女兒呢？他們怎麼會有這樣一個男孩子般的野姑娘敏泰呢？她穿的襪子上破了好大一個洞！她家的女僕總是不斷地用畚箕清除那隻鸚鵡撒在地上的沙子，她家的談話內容幾乎總是局限於那隻鳥兒的豐功偉績，——也許這很有趣，但畢竟是很狹隘的話題。她怎麼會在那種異乎尋常的環境中生存的呢？自然啦，你得請她來吃午飯，用茶點，進晚餐，最後還得請她來待上幾天，結果她同她的母親，那隻貓頭鷹，發生了一點摩擦。接下來是更多的拜訪和談話，更多的沙子，到最後，實際上她已經說了許許多多關於鸚鵡的謊言，夠她受用一輩子的啦。（那天晚上宴會之後回家時，她就那麼對她丈夫說的。）不管怎樣，敏泰來啦。……是的，她到他們家來作客啦，拉姆齊夫人想道。她懷疑，在這紛繁複雜的思緒中，似乎暗藏着甚麼刺人的荊棘；她把這纏結的思緒解開，發現原來是這麼回事兒：有一次，一個女人指責她「奪走了她的女兒對她的愛」；多伊爾夫人說過的一番話，又使她回想起那種指責。喜歡支配別人，喜歡干涉別人，喜歡別人照她的意思來辦事，——那就是對她的指責，而她覺得，這種指責是最不公正的。她看上去就「像那個樣子」，這叫她又有甚麼辦法呢？沒有人能夠指責她竭力要給人留下深刻的印象。她經常為自己的寒傖而感到羞愧。她並不盛氣淩人，也不專橫任性。要是說她關心的是醫院、下水道和牧場，倒是更為確切。對於這種事情，她的確易動感情。要是她有機會的話，她會抓住別人的脖子，強迫他們去關注這些問題。在整個島上沒有一所醫院，這簡直是丟人。在倫敦，牛奶送到你家門口時，已被塵土污染成棕色了。應該宣佈這是非法的，在這兒應該建立一個模範牧場和一所醫院——這兩件事她但願能夠親自辦到。但怎樣才能辦到呢？像她這樣拖兒帶女的，能行嗎？等孩子們年齡大一點，等他們都上學了，也許她就會有時間。

噢，可是她永遠不願詹姆斯長大一丁點兒！也不願凱姆長大。這兩個孩子是她的掌上明珠，她希望他們能夠永遠保持現狀，永遠是淘氣的魔鬼、歡樂的天使，永遠別看到他們發育成腿兒長長的龐然怪物。甚麼也彌補不了這個損失。她剛給詹姆斯唸到「有許多帶有銅鼓和軍號的兵士」，他的目光變得黯淡起來，她想，他們為甚麼要長大成人，而失去所有這一切呢？他是她所有的子女中最有天賦、最敏感的一個。但是，她想，所有的孩子都大有前途。普魯，和其他孩子相比，是個十分完美的小天使，現在有些時候，特別是在晚上，她的美麗簡直令人吃驚。安德魯——

甚至她的丈夫也承認他有非凡的數學天才。南希和羅傑，他們倆現在都是野孩子，整天在鄉間遊逛。至於露絲，她的嘴太大了點兒，但她的雙手卻有着奇妙的天賦。如果他們家要開詩畫字謎遊藝晚會，就由露絲來縫製服裝，準備一切道具；她最喜歡鋪設桌子，佈置花卉，照料一切。拉姆齊夫人不喜歡傑斯潑獵鳥；但這不過是成長過程中的一個階段罷了；孩子們都要經歷各種各樣的階段。她把頦部貼在詹姆斯的腦袋上問道，他們為甚麼成長得這麼快呢？他們為甚麼要去上學呢？她但願永遠有一個小娃娃留在身邊。懷裏抱着個娃娃，她就是最幸福的了。那末，要是人們說她專横任性、盛氣凌人、頤指氣使，如果他們願意這麼說，她可不在乎。她的嘴唇撫摸着詹姆斯的頭髮，她想，他長大後，永遠不會像現在這樣快樂了。但是，她又自己打斷了這種念頭，因為她想起了她的丈夫會多麼憤怒，要是她說出那樣的話來。但這仍舊是事實。他們現在比將來任何時候都要更加幸福。一套十個便士的小茶具，會使凱姆高興幾天呢。當他們早晨醒來之時，她就聽到他們在她頭頂上方的樓板上跺腳、喧鬧。他們吵吵嚷嚷地沿着走廊跑來。然後，門一下子打開了，他們湧了進來，像鮮艷的玫瑰，清醒地睜大着眼睛，好像到飯廳裏來尋找他們的早餐（他們一生中天天如此），是件了不得的大事情。就這樣，諸如此類的事一樁接着一樁，一整天就這麼過去了，直到她上樓去祝他們晚安，發現他們都鑽進了放下蚊帳的小床裏，就像在放滿櫻桃和木莓的鳥窩中的小鳥一樣，還在編造一些故事，來描述一些無關緊要的事情——他們白天聽到的、或者在花園裏偶然看到的事情。他們每個人都有自己小小的寶藏……。於是她下樓來對她的丈夫說，為甚麼他們要長大成人，而失去所有這一切天真的樂趣呢？他們不會再感到如此幸福的了。他生氣了。為甚麼對人生抱這種悲觀的態度？他說。這種想法不合理。這是很奇怪的；然而她相信這是事實：儘管他有時憂鬱絕望，但總的說來，他比她更幸福，對前途更為樂觀。他接觸人生的煩惱要比她少一些——也許原因就在於此。他永遠有他的工作可以作為他的精神支柱。她自己並非像他所指責的那樣「悲觀主義」。她只是想到了生活——而且是想到呈現在她眼前的短暫的一段時間——她五十年的生涯。生活——它就展現在她眼前。生活，她想道——但她沒有結束她的思索。她向生活瞥了一眼，因為她清晰地意識到它的存在，某種真實的、純粹屬於個人的東西，她既不和子女又不和丈夫分享的東西。他們之間一直在互相較量，她處於一方，生活處於另一方，而她總是盡可能地去戰勝對方，就像對方要戰勝她一樣；有時候，他們之間也展開談判（當她一個人獨自坐着的時候）；她記得也有妥協和解的場面；但說來也真怪，就大體而論，她必須承認，生活是可怕的、充滿敵意的，它會迅速地向你猛撲過來，如果你讓它有機可乘的話。還有那些永遠存在的問題：苦難、死亡、貧困。總有某一個女人正在患癌症而奄奄一息，甚至在眼前就有。她不得不對這些孩子們說：你們必須經歷所有這一切人生的考驗。她曾經對八個孩子無情地說明那個問題（而溫室修理費的帳單將達到五十英鎊）。她知道他們將面臨甚麼——愛情的歡樂，事業的抱負，孤獨地在陰暗的地方忍受不幸的煎熬——正是為了這個原因，她經常有這種感覺：為甚麼他們要成長起來，而失去童年的一切幸福呢？後來，向生活揮舞着手中的利劍，她自言自語道：胡說！他們將會獲得完美的幸福。她在這兒考慮如何使敏泰和保羅結婚，她又感覺到人生的險惡；因為，不論她對自己和生活之間的較量有何感受，她有着並非人人都會遭遇的經歷（這是她自己也無以名之的隱痛）；她被某種力量驅使着前進，她知道速度太快了，幾乎對她自己來說，似乎這也是一種逃避，她要說：人們必須結婚；人們必須生兒育女。

她這樣做是否不很妥當，她捫心自問。她回顧了自己在過去一兩個星期中的所作所為，拿不準她是否真的曾經給敏泰（她才二十四歲）施加過任何壓力，促使她作出抉擇。她感到不安。她沒有對此加以嘲笑嗎？結婚需要具備——噢，各種各樣的條件（溫室的修理費要五十英鎊）；其中有一條——她不必明言——那是最基本的；那是她和她的丈夫之間的事情。他們倆有那種默契嗎？

「然後，那漁夫穿上他的褲子，像個瘋子似地逃跑了，」她朗讀道。「但是，在外面，狂風暴雨來勢如此兇猛，使他幾乎站不住腳，房屋被掀翻了，大樹連根拔起，地動山搖，岩石滾進了大海，天空一片漆黑，雷閃雷鳴，黑色的海浪滾滾而來，就像教堂的尖塔和高聳的山峰，浪尖兒上泛着白沫。」

她翻過一頁，那故事只剩下最後幾行了，因此，她想把它講完，雖然已經超過了就寢時間。園中的暮色使她明白，時間已不早了。逐漸變得蒼白的花朵和葉瓣上灰黑的陰影湊合在一起，在她心中喚起一種憂慮的感覺。起初她想不起這憂慮之感從何而來，後來她想起來了：保羅、敏泰和安德魯還沒回來。她在心目中重新喚起這幾個人的形象，他們站在大廳門口的陽台上，抬頭仰望天空。安德魯拿着他的網兜和籃子，這表明他要去捕魚捉蟹。這意味着他會爬到一塊凸出到大海中的岩石上去；他會脫離他的遊伴。或者，他們三人在歸途中，在斷崖峭壁的羊腸小徑上排成單行前進之時，其中有人會不慎失足。他會滾下山溝，摔得粉身碎骨。因為天已經黑了。

但她不讓自己的聲音在講故事的時候有一絲一毫的改變。她合上書本，再加上最後幾句話，彷彿這是她自己杜撰出來的。她凝視着詹姆斯的眼睛說：「直到現在，他們還在那兒生活着呢。」

「故事講完了，」她說。她看見，在他的眸子裏，對於那故事的興趣消失了，某種其他的事物取而代之；那是某種猶豫不定的、蒼白的東西，就像一束光芒的反射，立即使他凝眸注視，十分驚詫。她回過頭來，她的目光越過海灣望去，就在那兒，毫無疑問，穿過波濤洶湧的海面，有規律的燈光先是迅速地閃了兩下，然後一道長長的、穩定的光柱在煙光瑩凝之中直射過來，那是燈塔發出的光芒。塔上的燈已被點燃了。

他馬上就會問她，「我們將要到燈塔去嗎？」她就不得不回答：「不，明天不去；你爸爸說不能去。」幸虧瑪德蕾特進來找他們了，她匆匆忙忙的腳步聲，分散了他們的注意力。但是，當瑪德蕾特抱他出去的時候，他繼續回首凝視，她肯定他心裏在思忖，咱們明天不會到燈塔去了；她想，他一輩子都會記住這件事情。

11

是的，她想，孩子們是永遠不會忘記的。她把他已經剪好的圖片收集起來——一隻冰箱，一架刈草機，一位穿晚禮服的紳士。正因為孩子們記性好，你的一言一行都舉足輕重，切不可馬虎大意，等到他們都去睡了，你才能鬆口氣。現在她不必再顧忌任何人了。她能夠恢復她的自我，不為他人所左右了。正是在現在這樣的時刻，她經常感到需要——思索；嗯，甚至還不是思索，是寂靜；是孤獨。所有那些向外擴展、閃閃發光、音響雜然的存在和活動，都已煙消雲散；現在，帶着一種嚴肅的感覺，她退縮返回她的自我——一個楔形的黑暗的內核，某種他人所看不見的東西。雖然她正襟危坐，繼續編織，正是在這種狀態中，她感到了她的自我；而這個擺脫了羈絆的自我，是自由自在的，可以經歷最奇特的冒險。當生命沉澱到心靈深處的瞬間，經驗的領域似乎是廣袤無垠的。她猜想，對每個人來說，總是存在着這種無限豐富的內心感覺；人人都是如此，她自己，莉麗，奧古斯都．卡邁克爾，都必定會感覺到：我們的幻影，這個你們藉以認識我們的外表，簡直是幼稚可笑的。在這外表之下，是一片黑暗，它蔓延伸展，深不可測；但是，我們經常升浮到表面，正是通過那外表，你們看到了我們。[13]她內心的領域似乎是廣闊無邊的。有許多她從未見識過的地方；其中有印度的平原；她覺得她正在掀開羅馬一所教堂厚厚的皮革門簾。這個黑暗的內核可以到任何地方去，她非常高興地想，因為它無影無蹤，沒人看得見它，誰也阻擋不了它。在個人獨處之時，就有自由，有和平，還有那最受人歡迎的把自我的各部份聚集在一起，在一個穩固的聖壇上休息的感覺。一個人並不是經常找到休息的機會，根據她的經驗（這時她用鋼針織出某種纖巧的花樣），只有作為人的自我，作為一個楔形的內核，才能獲得休息。拋棄了外表的個性，你就拋棄了那些煩惱、匆忙、騷動；當一切都集中到這種和平、安寧、永恆的境界之中，於是某種戰勝了生活的凱旋的歡呼，就升騰到她的唇邊；她的思路在那兒停住了，她的目光向窗外望去，遇見了燈塔的光柱，那長長的、穩定的光柱，那三次閃光中的最後一次，那就是她的閃光，因為，總是在此時此刻，在這種心情之下，她注視着這燈塔的閃光，就會情不自禁地把自己和某種東西，特別是她所看到的東西，聯繫在一起；而這件東西，這穩定的、長長的光柱，就是她的光柱。她經常發現她自己坐在那裏瞧着，坐在那裏瞧着，手裏幹着活兒，直到她自己和她所瞧的東西——例如那燈光——化為一體。而且，她會把一些埋藏在她心底裏的話，升騰到那光柱之上——「孩子們不會忘記的，孩子們不會忘記的」——這話她會一遍一遍地重複，並且再加上一句：它會結束的，會結束的，她說。那一天會來到的，會來到的，她突然接着說，我們將在上帝的掌握之中。

但她馬上因為說了這話而對自己生氣了。是誰說的？這可不是她；她是迷了心竅，才說出這種違心的話。她的目光離開了她手中編織的襪子，她抬頭望見燈塔的第三道閃光，對她來說，這好像是她自己的目光和自己的目光相遇，那燈光，就像只有她自己能夠做到的那樣，深入探索她的思緒和心靈，把其中的實質精煉提純，剔除了那個謊言，一切謊言。通過讚揚那燈光，她毫無虛榮心地讚揚了自己，因為她像那燈光那樣嚴峻，那樣探索，那樣美麗。這可真怪，她想，如果一個人孑然獨處，這個人多麼傾向於無生命的事物：樹木、溪流、花朵；感覺到它們表達了這個人的心意；感覺到它們變成了這個人；感覺到它們了解這個人，在某種意義上說，和這個人化為一體；感覺到一種如此騷動不安的柔情（她凝視那長長的穩定的光柱），就好像是在顧影自憐。在那兒升起了——她停下手中的鋼針凝目注視——在心底裏捲起了一縷輕煙，在她生命之湖的水面上，飄起一層霧靄，化為一位新娘，去迎接她的愛人。

是甚麼使她說出那樣的話：「我們將在上帝的掌握之中！」？她覺得奇怪。在一片真誠之中，滲入了這言不由衷的話語，這使她警覺，惹她生氣。她又回過頭來編織襪子。怎麼可能有甚麼上帝，來創造這個世界呢？她問道。通過她的思想，她總是牢牢地抓住這個事實：沒有理性、秩序、正義；只有痛苦、死亡、貧困。她知道，在這個世界上，無論甚麼卑鄙無恥的背信棄義行為，都會發生。她也明白，世界上沒有持久不衰的幸福。她帶着堅定的神態編織着襪子，她微微撅起嘴唇，不知不覺地，在一種習慣性的嚴峻神態之中，她臉部的線條僵硬而沉靜，當她的丈夫經過之時，儘管他想到胖得驚人的哲學家休謨[14]陷入了泥沼而格格地竊笑，他也不能不注意到她的美貌帶有一種內在的嚴峻。這使他感到悲傷，而她那疏遠冷漠的表情傷了他的心，當他經過的時候，他覺得自己沒法去保護她，當他走到樹籬旁邊，他感到悶悶不樂。他愛莫能助。他只能袖手旁觀。真的，他只會越幫越忙，使她的情況更糟，這是可惡的事實。他煩躁不安——他的怒火一觸即發。剛才說起那燈塔，他就動了肝火啦。他的目光凝視那道樹籬，盯着它虬蟠錯雜的枝葉，盯着它的一片黑暗仔細地瞧。

拉姆齊夫人經常覺得，一個人為了使自己從孤獨寂寞之中解脫出來，總是要勉強抓住某種瑣碎的事物，某種聲音，某種景象。她側耳靜聽，此時萬籟俱寂，板球賽已經結束，孩子們正在沐浴，只有大海的濤聲不絕於耳。她停止了編織；她舉起紅棕色的長襪子，讓它在她手中晃盪了一會兒，以便仔細端詳。她又看見了那燈光。她的審視帶有某種諷刺意味，因為，當一個人從沉睡中醒來，他和周圍事物的關係就改變了。她凝視那穩定的光芒、那冷酷無情的光芒，它和她如此相像，又如此不同，要不是還有她所有那些思想，它會使她俯首聽命（她半夜醒來，看見那光柱曲折地穿越他們的床鋪，照射到地板上），她着迷地、被催眠似地凝視着它，好像它要用它銀光閃閃的手指輕觸她頭腦中一些密封的容器，這些容器一旦被打開，就會使她周身充滿了喜悦，她曾經體驗過幸福，美妙的幸福，強烈的幸福，而那燈塔的光，使洶湧的波濤披上了銀裝，顯得稍為明亮，當夕陽的餘暉褪盡，大海也失去了它的藍色，純粹是檸檬色的海浪滾滾而來，它翻騰起伏，拍擊海岸，浪花四濺；狂喜陶醉的光芒，在她眼中閃爍，純潔喜悦的波濤，湧入她的心田，而她感覺到：這已經足夠了！已經足夠了！

他回過身來看見了她。啊！她真美，比他在任何時候所能想像的還要美。但他不能和她講話。他不能驚擾她。既然詹姆斯已經離去，她終於獨自坐在窗前，他渴望要去和她談話。但他毅然決定：不，他決不去打擾她。現在她姿容絕世，淒然沉思，在精神上和他距離遙遠。他不願去驚醒她，他在她面前經過之時默不作聲。她看上去竟然如此疏遠冷漠，雖然這傷了他的心，但她是可望而不可即的，他對她愛莫能助。而且，他會再一次默然經過她的面前，要不是就在那一瞬間，她出於自願，給了他那種她知道他永遠也不會開口要求的幸福——她召喚他，並且從畫框上取下了那條綠色的圍巾，走到了他的身邊。因為她知道，他希望他能保護她。

12

她把綠色的圍巾披在肩上。她挽住了他的手臂。他太漂亮了，她說；她開始說起園丁肯尼迪，他一下子變得如此英俊，使她簡直不忍辭退他。在暖房前面靠着一把梯子，周圍黏着幾小塊油灰，因為他們就要修理暖房了。是的，當她和丈夫一路散步過去，她覺得那個特別令人憂慮的禍根，早已埋伏在那兒了。在他們散步之時，她的話兒已經到了嘴邊：「修理費用要五十鎊呢。」但她沒說，因為一提起錢的問題，她就失去了勇氣。她另外找個話題，說起傑斯潑射鳥的事兒。他馬上安慰她說，對於一個男孩子說來，那是很自然的，他相信傑斯潑不久就會找到更好的消遣辦法。她的丈夫是如此明智，如此公正。因此她說：「是的，所有的孩子都要經歷各種發展階段。」她開始考慮那個大花壇中的大利花，不知道明年花開得如何。她又問他，是否聽到孩子們給查爾士·塔斯萊起的綽號。無神論者，他們稱他為渺小的無神論者。「他可不是個舉止優雅的楷模，」拉姆齊先生說。「差得遠哪，」拉姆齊夫人說道。

她認為最好還是讓他自行其是，拉姆齊夫人說，同時她心裏懷疑，把花的球莖交給僕人是否有用，他們會不會去種植呢？「噢，他還有他的學位論文要寫呢，」拉姆齊先生說。關於那篇論文的事情她全知道，拉姆齊夫人說，其內容是關於某人對於某事的影響。除了這篇論文，別的他甚麼也不談。「嗯，他就完全指望這篇論文啦，」拉姆齊先生說。「求求老天爺；可別叫他愛上了普魯，」拉姆齊夫人說。要是她和塔斯萊結婚，他就剝奪她的繼承權，拉姆齊先生說。他的目光並不去注視他的妻子正在仔細察看的花朵，而是望着它們上方一英尺左右的地方。塔斯萊並無惡意，他接着說，而他幾乎馬上就要說，無論如何，他是在英國崇拜他的著作的唯一青年——但他忍住了，沒把它說出來。他不願再拿他的著作來煩擾她了。這些花卉好像值得讚賞，拉姆齊先生說。他向下俯視，注意到一些紅色和棕色的東西。是的，這些是她親手種的花，拉姆齊夫人說。問題在於，如果她把這些花的球莖都交給園丁，肯尼迪會去種植嗎？他可懶得沒法治，她接着說，一面向前走去。如果她整天手裏拿着把鏟子在旁邊督促他，他有時還幹點活。他們就這樣信步而行，走向那火紅色的鐵柵欄。「你在教你的女兒們誇大其詞，」拉姆齊先生責備她說。她的姨媽卡米拉比她更善於誇張，拉姆齊夫人說。「據我所知，從來沒人把你的卡米拉姨媽當作品德高尚的楷模。」拉姆齊先生說。「她是我所見過的最美的女人，」拉姆齊夫人說。「最美的不是她，是別人，」拉姆齊先生說。普魯將要比她美得多，拉姆齊夫人說。拉姆齊先生說他一點兒也看不出來。「好，那末今天晚上你就瞧一瞧吧，」拉姆齊夫人說。他們停住了。他希望能促使安德魯更用功點。如果他不用功，他就會錯過得獎學金的一切機會。「噢，獎學金！」她說。拉姆齊先生認為，她用這樣輕忽的口吻來說獎學金這樣嚴肅的事情，可有點兒傻。他將為安德魯感到驕傲，如果他得到獎學金的話，他說。如果他得不到獎學金，她也同樣為他感到驕傲，她回答說。對此他們總是意見分歧，但這沒有關係。她就喜歡他如此相信獎學金的作用；而他也喜歡她不管安德魯幹甚麼，她都為他感到驕傲。突然間，她想起了在懸崖峭壁邊緣上的那些羊腸小徑。

不是已經很晚了嗎？她問道。他們還沒回來。他漫不經心地打開他的掛錶。只有七點多鐘。他讓錶蓋開着，過了一會兒，他決定把剛才他在陽台上的感覺告訴她。首先，這樣大驚小怪是毫無道理的，安德魯能夠照應他自己；然後，他要告訴她，剛才在陽台上散步之時——說到這兒他有點窘，好像他私自闖入了她孑然獨處、神魂飛馳、遠離塵世的精神世界……但她緊緊地挽住了他。他想對她說些甚麼呢？她問道。她猜想，他會說起到燈塔去的事；他會表示遺憾，因為他剛才說了一聲「真該死」。不。他不喜歡她剛才看上去如此淒涼寂寞，他說。不過是在出神罷了，她反駁道，覺得臉上有些發燒。他倆都感到彆扭，好像不知道該繼續散步呢還是回去。她剛才給詹姆斯唸童話來着，她說。不，在這方面他們沒有共同的感受；這個話題他們談不下去。

他們走到了裝着火紅色鐵柵欄的兩簇樹籬之間的空隙處，又可以見到那座燈塔了，但她不讓自己去瞧它。要是她知道剛才他在瞧着她，她想，她就不會讓自己坐在那兒沉思了。她不喜歡會使她想起曾經有人看到她坐着出神的任何東西。因此，她回過頭去瞧那城鎮。那些燈火波動奔流，宛若被一陣微風穩穩地托起的一股銀光閃爍的水珠。所有的貧窮和苦難，都化為那一片光芒，拉姆齊夫人想道。城鎮、港口和船隻的燈火，像一個懸浮在那兒的幻影般的網，標出了沉沒在茫茫暮色之中的物體。如果他不能分享她的思緒，拉姆齊先生對自己說，他就獨自走開吧。他要繼續思索，和自己講講休謨如何陷入泥沼的故事；他要大笑一場。不過他首先要說，為安德魯擔憂可真是杞人憂天。當他在安德魯那樣的年齡，他就經常整天在鄉間漫遊，除了口袋裏有一片餅乾之外，甚麼也不帶，也沒人為他擔憂，恐怕他會從懸崖上摔下去。他大聲地說，他想，如果明天天氣很好，他倒願意出去遊逛一整天。班克斯和卡邁克爾可真叫他受夠啦。他希望能夠離群索居。好吧，她說。她並不提出異議，這可叫他生氣。她知道他永遠也不會這樣幹的。他的年齡太大了，他不可能在口袋裏帶片餅乾出去一整天。她擔心孩子們的安全，就是不為他擔心。他們站在兩簇裝着火紅色鐵柵欄的樹籬之間，他遙望着海灣的彼岸，心裏思忖：多年以前，那時他們還沒結婚，他曾經走了一整天，在一個小酒店裏吃了一點麵包和乾酪，權充午餐。他曾經一口氣工作十個小時；只有一個老婦人不時進屋來照管一下爐子。那就是他最喜愛的鄉村，就在那兒，那些沙丘漸漸地隱沒在夜色之中。你可以走上一整天，也遇不到一個人，在好幾英里路之內，沒有一所房子，一座村莊。獨自一個，你就能絞盡腦汁來思索，解決一些問題。在那兒，有一些自古以來人跡罕至的小小的沙灘。海豹豎起牠們的身軀盯着你瞧。有時候，他似乎覺得，在那野外的一座小屋子裏，獨自一人，他就可以——他的思緒突然中斷，他嘆了口氣。他沒那個權利。他可是八個孩子的父親啊——他提醒自己。要是他還想把現狀稍為改變一下，他就是個不知足的畜生和惡棍。安德魯將成為一個比他更好的人。普魯將成為一個美人兒，這是她母親說的。他們會稍稍阻擋住那股洪流。但整個說來，那是件小小的傑作——他的八個孩子。他想，他們的存在表明，他並不完全詛咒這個可憐渺小的宇宙，因為在這樣一個黃昏，他瞧着眼前的這片土地在夜色中漸漸縮小，那個小島似乎小得可憐，它的一半已經被海水吞沒了。

「可憐、渺小的地方，」他喃喃自語，嘆了口氣。

她聽見了。他說了最憂鬱的話。但她注意到，他說過這樣的話之後，往往馬上顯得比平時更為興高采烈。這些措詞不過是一種文字遊戲而已，她想，要是她說了他所說的話的一半，她就會用槍打碎自己的腦殼。

這樣玩弄辭藻真叫她生氣，於是她用一種實事求是的口吻對他說，這是一個十全十美的、可愛的黃昏。他無病呻吟些甚麼呢，她一半好笑，一半埋怨地問道，因為她猜到了他在想些甚麼——要是他沒結婚，他會寫出更好的著作。

他可沒抱怨，他說。她知道他沒抱怨。她知道他沒甚麼可以抱怨的。他一把抓住她的手，舉到他的唇邊，帶着強烈的感情親吻了它。這使她熱淚盈眶。他立刻放下了她的手。

他們轉身離開了這片景色，挽着手臂，開始走上那條長着銀綠色長矛似的植物的小徑。他的胳膊差不多像個小夥子的胳膊，拉姆齊夫人想道，瘦削而堅定。她高興地想，雖然他已年逾花甲，還是多麼強健，多麼豪放，多麼樂觀。像他那樣，確信世界上有各種各樣可怕的事情，但這似乎毫不使他氣餒，反而叫他高興，那可多麼奇怪。這不是很奇怪嗎？她在心中琢磨。她似乎覺得，他有時確實與眾不同：對於平凡的瑣事，他生來就視而不見、聽而不聞、不置一詞；但對於不平凡的事情，他的目光像兀鷹一般敏銳。他透闢的理解能力，常常使她吃驚。但是，他注意到那些花朵了嗎？不。他注意到這片景色了嗎？不。他注意到自己親生女兒的美麗了嗎，或者，他是否注意到他的盤子裏是塊布丁還是烤肉？和他們一起坐在餐桌旁邊，他心不在焉，就像在做夢一般。她擔心，他那種大聲自語、高聲吟詩的習慣，恐怕是發展得越來越厲害了；因為有時候這使人發窘——

最美好、最光明的日子，已經消逝！

可憐的吉廷斯小姐，當他對着她吼出那詩句之時，她幾乎大吃一驚。儘管拉姆齊夫人馬上會站在他一邊，去對抗世界上所有吉廷斯之類的傻瓜，然而，她想……，她親昵地輕輕揑緊他的胳膊，因為上山時他跑得太快了，她要停留一會兒，看看海岸邊隆起的沙丘，是不是新的鼴鼠窩。然後，她一邊彎腰凝視，一邊想道，一個像他這樣偉大的腦袋，必然處處和我們的有所不同。她所認識的任何一個偉大的人物，她想（她肯定是一隻兔子而不是鼴鼠鑽進了沙丘），都是像他那個樣子。只要聽聽他發表的高談闊論，看看他的堂堂儀表，對小夥子們就大有裨益（雖然對她來說，講堂裏的氣氛幾乎沉悶壓抑到難以忍受的地步）。但除了射殺那些兔子之外，她不知道還有甚麼別的辦法，可以鏟平那些小丘。那可能是兔子；也可能是鼴鼠。總之，有某種動物，正在破壞她的櫻草花。舉目仰望，她透過稀疏的枝葉，看見了閃閃繁星的第一束光芒。她要她的丈夫也看上一眼，因為那景象使她感到強烈的喜悅。但她抑制住自己。他從來不觀賞景色。如果他瞧上一眼，他只會嘆一口氣說：可憐、渺小的世界啊！

當時他說了聲「很好」，以便取悅他的夫人，並且假裝在欣賞那些花卉。但是，她知道得很清楚，他並不欣賞那些花，或者甚至還沒有意識到它們的存在。這不過是為了討好她罷了……。啊，那不是莉麗．布里斯庫和威廉．班克斯在一塊兒散步嗎？她的近視眼盯着退回去的那一對兒的背影直瞅。沒錯，真是他們倆。這不是意味着，將來他們會結合嗎？對，他們倆必須結婚！多好的主意！他們倆必須結婚！

13

班克斯先生在他和莉麗．布里斯庫穿過草坪時說，他曾到過阿姆斯特丹，看過倫勃朗[15]的名畫。他曾到過馬德里，但很不湊巧，那天是耶穌受難日，普拉多藝術館不開門。他曾到羅馬去過。布里斯庫小姐沒去過羅馬？噢，她一定得去一次——對她說來，那將是一番美妙的經歷——那兒有西斯廷大教堂的壁畫，米開朗琪羅的真蹟，還有巴圖阿畫廊的喬托[16]名畫。他的夫人多年來一直體弱多病，因此他們不過是浮光掠影，沒有盡興暢遊。

她到過布魯塞爾。她到過巴黎，那只不過是一次倉促的短期逗留，去探望她患病的姑媽。她到過德累斯頓，那兒有許多名畫她還沒參觀過。然而，莉麗反省說，也許還是不去參觀更好，那些名畫只會使你對自己的作品完全灰心失望。班克斯先生認為，一個人可能會抱着這種觀點走得太遠了。我們不可能個個都是提香[17]，我們也不可能人人都成為達爾文；同時，要是沒有我們這些凡夫俗子，他懷疑是否會有達爾文和提香這樣的人物。莉麗很想恭維他幾句，她很想說，班克斯先生，您可不是凡夫俗子。但他不要別人恭維（大多數男人都喜歡受人恭維，她想），她對於自己的一時衝動覺得有點不好意思，就沒把話說出來。另一方面，他卻說道，也許他說的話對於繪畫並不適用。莉麗克服了她的羞怯，真誠地說，她將永遠致力於繪畫，因為她對此感到興趣。對，班克斯先生說，他相信她會堅持下去的。當他們走到草坪的盡頭，他問她是否在倫敦難以找到繪畫的題材。他們回過身來，看見了拉姆齊夫婦。那就是結婚，莉麗想道，一個男人和一個女人，瞧着一個小姑娘扔球。這就是拉姆齊夫人那天晚上試圖告訴我的事，她想。拉姆齊夫人披着綠色的圍巾，他們倆緊挨着站在一起，瞧着普魯和傑斯潑扔壘球。說不清是甚麼道理，也許就在他們倆剛從地鐵走出來或者在拉門鈴的時候，某種使人們成為象徵、成為代表的意識，突然降臨到他們身上，使他們在暮色之中佇立着，觀看着，使他們成為婚姻的象徵：丈夫和妻子。然後，過了一會兒，那個超越真實人物的象徵性的輪廓又隱退了，當班克斯和莉麗遇到他們時，他們又成了拉姆齊先生和夫人，正在看孩子們扔壘球。拉姆齊夫人像平時一樣笑吟吟地歡迎他們（噢，她又以為我們將要結婚了，莉麗想），她說，「今晚我可勝利了，」言下之意，是指班克斯先生同意和他們共進晚餐，不回他的宿舍去吃他的廚師用恰當的烹飪方法燒出來的蔬菜了；儘管拉姆齊夫人笑容可掬，當那壘球被拋到高空，他們的目光追隨着它，卻不見它的影蹤，只見那顆星星和懸垂的樹枝，在這片刻之間，他們還是有一種甚麼東西被粉碎了的感覺，一種空虛的感覺，一種不踏實的感覺。在逐漸昏暗的暮色之中，他們看上去都顯得單薄、飄渺，距離遙遠。後來，普魯突然從廣闊的空間衝了回來（因為，好像一切物體都已經完全消融在夜色中了），她全速衝到他們中間，漂亮地用左手高高地接住了那隻壘球，她的母親說，「他們還沒有回來嗎？」於是，那令人心神恍惚的寂靜境界，就被打破了。拉姆齊先生覺得，現在他可以自由自在放聲大笑了，他想到休謨曾經陷入泥沼，一位老婦人要他唸一遍主禱文才肯救他出來，不覺格格地暗笑，走到他的書房裏去了。拉姆齊夫人叫普魯重新回來扔球，因為她已經走開了。她問道：

「南希跟他們一塊兒出去了嗎？」

14

〔毫無疑問，南希是和他們一塊兒去的了。吃過午飯，南希離開餐廳，準備到她的閣樓上去逃避那可怕的家庭生活，這時，敏泰．多伊爾伸出她的手，用默默無言的眼色邀請她同行。既然敏泰相邀，那末，她想她應該去。她並不想去。她完全不想捲入這件事情。當她們沿着通向那懸崖的道路漫步前進之時，敏泰一直拉着她的手。後來她放開了她的手。隨後她又把它拉起來。她到底想要甚麼？南希想道。當然，人們總是想要些甚麼東西。敏泰拉着她的手時，南希不由自主地看到整個世界在她下方展開，宛如透過雲霧看見了君士坦丁堡，於是，不論你多麼昏昏欲睡，你必定要詢問：「那就是聖索非亞嗎？」「這就是君士坦丁堡海港嗎？」因此，敏泰拉着她的手時，南希就提出了疑問：「她究竟想要甚麼？就是要那個嗎？」那個又是甚麼呢？（當南希俯視展現在她腳下的生活時）從雲霧之中，這兒聳出一個塔尖，那兒露出一座殿宇；一些說不出名堂的顯著突出的東西。但是，當他們沿着山坡往下跑，敏泰撒開了她的手，所有那一切，那殿宇，那塔尖，那曾經聳出雲端的任何東西，都沉沒在茫茫霧海中消失了。據安德魯觀察，敏泰挺能走路。她的衣着打扮也比大多數女人來得合理。她穿着短裙和黑色的燈籠褲。她會一下子跳進小溪，踉踉蹌蹌地衝到對岸。他喜歡她急躁的性格，但他知道這種脾氣不行——總有一天，愚蠢魯莽的行為會叫她送命的。她好像甚麼也不怕——除了公牛。只要看到田裏有一頭公牛，她就舉起雙臂，尖聲喊叫，拔腳飛奔，當然，這樣做恰恰會激怒那頭公牛。但她毫不在乎地承認她的弱點；這你也必須承認。她知道她在公牛面前是個糟糕的膽怯鬼，她說。她想，她在嬰兒時期，一定在她的童車裏被牛撞過。她對於自己說了些甚麼、幹了些甚麼，都滿不在乎。現在，她突然往懸崖的邊緣縱身一跳，開始唱了起來：

詛咒你的眼睛，詛咒你的眼睛。

他們都不得不參加那合唱，一起高呼：

詛咒你的眼睛，詛咒你的眼睛。

但是，如果在他們走上海灘之前，潮水湧了進來，淹沒了他們捕魚捉蟹的那一整塊狩獵場地，那可沒命了。

「那準沒命，」保羅跳起來表示同意。當他們步履艱難地向下蜿蜒滑行之時，他不停地引用《旅遊指南》：「這些島嶼，由於它們的景色像公園一般美麗如畫，由於它們的珍奇海貝範圍廣闊、豐富多彩，它們受到了理所應得的讚賞。」但是，安德魯在小心翼翼地選擇道路走下懸崖之時，覺得這一切全不合適：高呼「詛咒你的眼睛」；在他背上拍一下，稱他為「老夥計」；還有所有那些玩意兒，全都不合適。帶女人出去散步，可是糟糕透頂。在海灘上，他們曾經一度分手，他走到延伸到大海中的一塊稱為「教皇的鼻子」的岩石上，脱下了鞋子，把襪子捲起來塞進鞋肚裏，撇下那一對兒不管了；南希蹚過淺灘到她自己那塊岩石上去尋找她的水潭，也撇下那一對兒不管了。她蹲下來，摸到了光溜溜的橡皮似的海葵，它們像一團膠凍一樣黏在岩石邊上。她蹲着出神，把小水潭變成一片汪洋大海，把鰷魚當作鯊魚和鯨魚，她舉起手來，就像在這小小的世界上空一片巨大的浮雲，遮蔽了陽光，她就像上帝一樣，給千百萬既無知又無辜的生物帶來了黑暗和荒涼。然後，她突然移開手掌，讓陽光傾注下來。在延伸出去的、十字形的、白晃晃的沙灘上，一隻昂首闊步的鰲蝦，就像一艘飾着彩帶，披着裝甲的奇異的艨艟（她還在擴大那水潭），滑進了山腳邊巨大的罅隙。然後，她的目光悄悄地從水潭上方掃過，停留在波光粼粼的海空相交之處，凝視着那條波動的地平線和那些樹幹，輪船噴出的煙霧，使那些樹幹在地平線上搖晃顫動，波浪來勢兇猛地席捲過來，又不可避免地退了回去，她像被催眠似地着了迷，大海的廣袤和水潭的渺小（它又縮小了）這兩種感覺在其中交織，使她覺得她的軀體、她的生命、世界上一切人的生命都無限渺小，永遠化為烏有；這強烈的感覺好像把她的手腳都束縛住了，使她動彈不得。她就這樣，聽着大海的濤聲，蹲在那兒俯視着水潭，默然沉思。

安德魯大聲叫嚷說，潮水湧進來了，因此，南希水花四濺地跳躍着蹚過淺淺的海水，走到了岸邊，出於她急躁的個性和迅速活動一下的欲望，她奔跑着衝上了海灘，就在那兒，在一塊岩石後面——噢，天哪！保羅和敏泰在互相擁抱，也許正在接吻。南希怒不可遏，極其憤慨。她和安德魯默不作聲地穿上鞋襪，對於那件事一聲不吭。真的，他們姐弟倆相互之間都沒好氣兒。安德魯嘟嘟囔囔地抱怨南希看到那隻鰲蝦（或者不論牠是甚麼東西）沒叫他來看。他們覺得，無論如何，這不是他們的過錯。他們並不希望會發生這樣可怕的討厭事情。儘管如此，安德魯想到南希竟然也是個女的，就覺得很氣惱，南希想到安德魯竟然是個男的，也很不快。他們整整齊齊穿上鞋，把鞋帶的蝴蝶結兒紮得特別緊。

當他們重新走到懸崖的頂峰，敏泰才突然喊道，她把祖母給她的別針丟了——她祖母的別針，她唯一的裝飾品——那是一棵垂柳，它是（他們一定還記得）用珠子鑲嵌而成的。他們一定見過它，她說着，淚珠淌下了她的臉頰。她的祖母一直把那別針扣在她自己的帽子上，直到她臨終那一天。現在她卻把它丟了。她寧可丟掉任何別的東西，也不願丟了這個寶貝！她要回去找它。他們都返回去，摸索探尋，眼睛盯着地上到處找。他們把頭俯得很低，短促地、粗聲粗氣地說話。保羅·雷萊發瘋似地在他們坐過的岩石周圍拚命找。保羅叫安德魯「從這一點到那一點之間徹底搜查一遍」，安德魯心裏想，為了一隻別針這樣亂成一團，可實在不行。潮水正在迅速地湧進來，大海馬上會淹沒他們一分鐘前坐過的地方。他們想要現在就找到它，實在毫無希望。敏泰突然恐懼地尖聲喊叫：「我們要被潮水切斷歸路啦！」好像真會有這樣的危險！她似乎在把她對於公牛的恐慌重演一遍——她不能控制她的感情，安德魯想。女人沒有控制自己的能力。可憐的保羅就不得不安慰她一番。那兩位男子漢（安德魯和保羅馬上顯得很有丈夫氣概，和平時大不相同）簡單地商量了一下，決定把雷萊的手杖插在他們剛才曾經坐過的地方，等退了潮再回來尋找。現在不可能再幹甚麼別的了。他們向她保證，如果那別針是掉在那兒，明天早晨它一定還在那兒，但敏泰在走向懸崖頂峰的一路上還在抽泣。這是她祖母的別針，她寧可丟了別的東西，也不願把它給丟了。然而，南希覺得，也許她丟了別針確實傷心，但她不只是為了那個才哭泣，她是為了甚麼別的原因才哭的。她覺得，大家都可能坐下來哭一場。但是，她不知道究竟是為了甚麼原因。

保羅和敏泰一起往前走，他安慰着她，他說他善於尋找東西，很有點名氣。當他還是個小男孩，他就找到過一塊金錶。明兒天蒙蒙亮他就起床，他肯定會找到它。他好像覺得到那時天幾乎還是黑的，他獨個兒在海灘上，不知怎麼的，好像有點兒危險。他開始向她保證，無論如何他會找到它的，她卻說，她不要聽他一早起床那一套；那別針已經丟了；她心裏明白；那天下午她把它戴上去的時候，就有一種預感。他暗自決定，他可別告訴她，明兒一早，大家還在睡覺，他就從屋裏溜出來，要是找不到的話，他就到愛丁堡去買一枚同樣的別針，但要比它更漂亮些。他要證明一下他的能耐。當他們走到視野開闊的山坡上，就看見那城鎮的燈火在他們下方閃耀，那些燈火突然間一盞接着一盞亮了起來，就像他即將遇到的一連串事情——他的婚姻、他的兒女、他的房屋；當他們走上了那條被高大的灌木遮蔽的大路，他又想，他們倆將一起退隱到與世隔絕的地方，他總是帶領着她，她緊緊地偎倚着他（就像她現在那樣），他們倆不停地往前走去。他們在十字路口拐了彎，他想，他已經有了多麼驚人的經歷呀，他一定要把它告訴甚麼人——當然是拉姆齊夫人——想到他剛才幹了些甚麼，他自己也大吃一驚。他向敏泰求婚的時候，是他一生中最幸福的時刻。他要直接找拉姆齊夫人説一説，因為他不知道怎麼會感覺到，就是她促使他做了這件事情。她曾經使他認為，他甚麼都能辦到。除了她以外，沒有別人把他當回事兒。但她使他相信，他無論想幹甚麼，都能辦到。他覺得她的目光今天一整天都追隨着他（雖然她一句話也沒説），好像她在説：「對，你能辦到。我相信你。我盼望你成功。」她使他感覺到了這一切，他們一回去（他尋找在海灣上那所別墅的燈光），他就要走到她跟前説：「我已經把那事兒辦成了，拉姆齊夫人，多謝您啦。」他們拐了個彎，走進了通向屋前的小巷，他能看到樓上窗戶裏燈光在閃動。他們一定回來得太晚了。人家都準備吃晚飯了。整幢屋子燈火通明，從黑暗之處來到燈光之中，使他覺得滿眼看上去一片光華，當他走上屋前的汽車道時，像孩子般地喃喃自語：燈光，燈光，燈光，然後又茫然地重複道，燈光、燈光、燈光，當他們走進屋子時，他臉色呆板而毫無表情地愣然環顧。老天爺，他伸手摸摸領帶，心中想道，我可千萬別叫自己看上去像個傻瓜。）

15

「對，」普魯說，她字斟句酌地回答了她母親提出的問題：「我想南希是和他們一塊兒去的。」

16

嗯，那麼說來，南希是和他們一塊兒去的了，拉姆齊夫人想道。她正在對鏡梳妝。她放下一把髮刷，拿起一把梳子，聽到有人敲門，就說了聲「進來」（傑斯潑和露絲走了進來），她在心裏琢磨，南希和他們在一塊兒，這究竟是增加了還是減少了發生甚麼事故的可能性；看來可能性是減少了。不知道為甚麼，拉姆齊夫人有一種非理性的直覺：如此規模的慘案，畢竟是不可能發生的。他們不可能都被淹死的。她又一次感到自己孤立無援地面對着自己的老對手——生活。

傑斯潑和露絲説，瑪德蕾特想要知道，是否必須等一等再開晚飯。

「又不是等英國女王，」拉姆齊夫人用強調的語氣説。

「也不是等墨西哥女皇，」她又加了一句，並且對傑斯潑莞爾一笑，因為他有着和母親相同的壞習慣：他也喜歡誇大其詞。

她對露絲説，當傑斯潑把口信捎下去的時候，如果她高興的話，她可以代她挑選今晚要戴的首飾。有十五個人坐着準備吃飯，你就不能叫人老等着。他們這麼晚還不回來，她開始生氣了，因為他們實在太不懂事了。她除了為他們感到焦急以外，還生他們的氣，因為他們偏偏要在今晚遲到。既然班克斯先生終於賞臉同意和他們共進晚餐，她就希望這頓晚餐特別成功；何況廚娘瑪德蕾特又做了她的拿手好菜——都勃牛肉[18]。一切都取決於是否能及時上菜。那牛肉，肉桂葉[19]和酒——一切都必須煮得火候恰當，並且及時端上桌面，要推遲開飯是不可能的。他們偏偏要在今晚外出，遲遲不歸，而菜非得端出去不可；不得不給他們把菜煨着；那都勃牛肉就全給糟蹋了。

傑斯潑給她選了一串乳白色的項鏈；露絲選了串金的。在她黑色的禮服襯托之下，哪一串更好看呢？究竟哪一串更美，拉姆齊夫人望着鏡子裏的脖子和肩膀（她避免看自己的臉），心不在焉地說。兩個孩子在她的首飾盒裏翻來翻去，她望着窗外那幅經常使她覺得有趣的畫面——那些白嘴鴉在空中飛翔，想要決定究竟在哪一棵樹上棲息。每當牠們快要降落之時，牠們似乎一下子改變了主意，又重新飛向空中。她想，這是因為那頭老白嘴鴉，那個當爸爸的，她給牠取了個名兒叫約瑟夫，是一隻三心二意、脾氣怪癖的鳥兒。牠是一隻其貌不揚的老鳥，翅膀上的羽毛掉了一半。牠就像她曾經看見過的那種頭戴高帽、衣衫襤褸，在小酒店門口吹喇叭的老紳士。

「瞧！」她笑着說。牠們確實是在爭吵。約瑟夫和瑪麗在爭吵。總之，牠們又起飛了，空氣被牠們烏黑的翅膀搧向兩旁，並且撕裂成精緻的、偃月形的碎片。那些翅膀抖動着向外，向外，向外飛去——她從來沒法加以精確地描繪，來使自己中意——對她說來，這是一種最可愛的景象。你瞧那邊，她對露絲說，希望她能比自己看得更清楚些。因為，你的孩子往往會把你自己的觀察稍為往前推進一步。

但是，到底選哪一串？他們把她的首飾盒內所有的隔底盤兒都打開了。選那串意大利金項圈呢，還是詹姆斯叔叔給她從印度帶來的乳白色項鏈？或者她應該戴那串紫石英的？

「挑吧，最親愛的，挑吧，」她說，希望他們趕快挑。

不過她讓他們有充份的時間來選擇：她特別喜歡讓露絲挑了這件又選那件，把她的珠寶放到她黑色的禮服前面來比試，因為她知道，這每晚例行的挑選首飾的小小儀式，是露絲所最喜歡的。露絲特別重視為她母親挑選首飾，自有她隱秘的理由。究竟是甚麼理由，拉姆齊夫人也拿不準，她站着不動，一面讓露絲把她選中的項鏈給她扣上搭鉤，一面回顧她自己往昔的歲月，推測像露絲這般年齡的姑娘深深地埋藏在心裏的、對於自己母親難以言傳的感情。正如一切個人自己感受到的感情一樣，拉姆齊夫人覺得，它使人惆悵。你所能作出的報答，和這種感情相比，是多麼不相稱啊；露絲的感受，和她的實際情況相比，又多麼不成比例啊。露絲會長大成人，如此深情的露絲，會遭受痛苦的，她想。她說她準備好了，他們要下樓了，她要傑斯潑挽着她的手臂，因為他是一位紳士，她要露絲給她拿着手帕，因為她是一位女士（她把手帕遞給她）。還有甚麼呢？噢，對了，可能會冷的：帶條圍巾吧。給我挑一條圍巾，她說，因為她知道露絲會感到高興的，這注定要遭受痛苦的孩子。「瞧，」她站在樓梯口的窗前說，「那些鳥又在那兒了。」約瑟夫已經棲息在另一棵樹梢上。「如果牠們的翅膀被打斷了，」她問傑斯潑，「你認為牠們會痛苦嗎？」為甚麼他要射死可憐的約瑟夫和瑪麗呢？傑斯潑在樓梯上支支吾吾答不上來，他覺得受到了訓斥，但是並不嚴厲；她不理解射鳥的樂趣；他們又感覺不到這種樂趣；作為母親，她處於這個世界的另一部份；不過，他倒是挺喜歡聽她講約瑟夫和瑪麗的故事。她使他笑了起來。她怎麼知道牠們是約瑟夫和瑪麗呢？難道她以為每天晚上都是這幾隻鳥兒飛到這幾棵樹上來嗎？他問道。說到這兒，她像所有的成年人一樣，突然一點兒也不理睬他了。她在傾聽餐廳裏咭咭呱呱的談笑聲。

「他們回來了！」她驚呼道。她馬上覺得，她對他們的不滿情緒，比她解除了憂慮的感覺更加強烈。然後，她暗暗納悶：雷萊究竟向敏泰求婚了嗎？她要下樓去，他們就會告訴她的——但是，不。有這些人在座，他們甚麼也不會對她說的。因此，她得下樓去，先開始吃晚飯，然後耐心等待。於是，就像一位女王，發現她的臣民已集合在大廳裏，她居高臨下望着他們，來到他們中間，並且默然認可他們的讚頌，接受他們的頂禮膜拜（當她經過的時候，保羅連一絲肌肉也沒動，只是出神地瞪着前方），她走下樓梯，穿越餐廳，微微頷首，好像她接受了他們無法表達的心意——他們對她美貌的讚嘆。

但她停下了腳步。有一股焦味兒。是他們把都勃牛肉給煮糊了嗎？她心裏有點懷疑。天哪，可千萬別煮糊了！那響亮的鑼聲，莊嚴地、權威地宣佈：所有分散在各處的人們，在閣樓上，在寢室裏，在他們各自休憩之處看書、寫作、梳頭、整裝的人們，必須把這一切都擱下來，把那些零零碎碎的東西留在他們的盥洗台和梳妝枱上，把小說放在床頭櫃上，把涉及隱私的日記也收起來，這些全得暫時撂下，大家集合到餐廳來進晚餐。

17

我虛度年華，有何收穫？拉姆齊夫人想道。她在餐桌的首席就座，瞧着那些湯盤兒在桌上形成許多白色的圓圈。「威廉，坐在我旁邊，」她說。「莉麗，」她沒精打采地說，「坐在那兒。」他們有愛情的歡樂——保羅．雷萊和敏泰．多伊爾——

而她，只有這個——一隻無限長的桌子，還有盤碟和刀叉。在餐桌的另一端，她的丈夫坐下來癱成一堆兒，緊皺着眉頭。為甚麼生氣？她不知道。她不在乎。她不能理解，她怎麼會對這個人發生感情或者愛上他。她感覺到：一切都已經成為過去，一切都已經成了陳跡，她已超脫了這一切。當她給大家分湯的時候，那兒好像有一股熱騰騰的渦流——就在那兒——你可以捲進去，或者不捲進去，而她，是置身於這生活的漩渦之外的。一切都結束了，她想。這時他們陸續走進餐廳：查爾士．塔斯萊——「請坐在這兒，」她說——奧古斯都．卡邁克爾——他們都一一就座。同時，她被動地期待着，有誰來回答她的問題，有甚麼事情會發生。但這可不是一回事情，她把一盤盤湯遞給大家時想道，人家説的不是一回事兒。

看到兩者互相脱節，她揚起了眉毛——那是她所想的；這是她所做的——她把一盤盤湯遞給大家——她越來越強烈地感覺到，她已置身於那漩渦之外；或者，像一層簾幕脱落了、褪色了，她終於看清了事實的真相。那房間（她環顧四周）非常簡陋，毫無美感。她忍住了不去看塔斯萊先生。他們全都各歸各坐着，互不攀談。互相談話、交流思想、創造氣氛的全部努力，都有賴於她。她又一次感覺到（僅僅作為一種事實而毫無惡意），男人們缺乏能力、需要幫助。因為，如果她不開口，誰也不會來打破僵局。因此，就像人家把一隻停了的鐘錶輕輕搖晃一下，她使自己精神稍稍振作起來，原來那熟悉的脈搏又開始跳動了，就像鐘錶重新滴答地響——一、二、三，一、二、三。諸如此類、如此等等。她不斷重複、留神傾聽，保護促進這還很虛弱的脈搏，就像一個人手裏拿着一張報紙守護着一個微弱的火苗。然後，她停住了，默然俯身面對着威廉·班克斯，她對自己說——多可憐的人！他沒有妻子，沒有兒女，除了今天晚上，他總是獨自在宿舍進餐。在對他的同情憐憫之中，生活現在又有足夠的力量來影響她了，她開始創造活躍的氣氛，就像一個筋疲力盡的水手，看見那風又灌滿了他的帆篷；然而他已經幾乎不想重新啟航了，他在想：如果船沉了，他就隨着漩渦一圈一圈往水裏轉下去，最後在海底找到一片安息之所。

「看到您的信了嗎？我叫他們給您放在門廳裏的，」拉姆齊夫人對威廉·班克斯說。

莉麗·布里斯庫望着她闖進了那片奇異的真空地帶，要跟着她進入這荒無人煙的領域是不可能的，但她的大膽舉動使旁觀者感到寒心，他們至少會試圖用目光追隨着她，就像人們目送着一條正在消失的帆船，直到那些帆篷都沉沒到地平線下。

她看上去多麼蒼老、多麼疲乏，莉麗想道，而且多麼淡漠疏遠。後來她對威廉．班克斯嫣然一笑，好像那條沉船翻了過來，陽光又重新照耀着它的帆篷了，莉麗心中感到寬慰，她頗感興趣地琢磨：她為甚麼憐憫他？因為，當她告訴他信放在門廳裏時，她給人的印象就是；她憐憫他。她似乎在說：可憐的威廉．班克斯，好像她的疲勞有一部份是憐憫別人的結果，而她體內的生命力、她重新生活的決心，也是被她的惻隱之心所喚起的。而這是不符合事實的，莉麗想道，這是拉姆齊夫人的錯誤估計，這錯誤估計似乎是出於本能，出於她本人的某種需要，而不是別人的需要。其實他一點兒也不可憐。他有他的工作。她的那幅畫頓時在她心目中浮現出來，她想，對，我要把那棵樹移過去一點兒，就放在中間，那麼我就不至於再留下那片討厭的空白。我就該這麼辦。這就是一直令我困惑的難題。她拿起那隻鹽瓶，放到桌布的一個花卉圖案上去，以便提醒自己移動那棵樹。

「說來也怪，雖然你難得收到有價值的郵件，你還是總盼望着能收到幾封信，」班克斯先生說。

他們在胡扯些甚麼廢話，查爾士．塔斯萊想。他把湯匙端端正正放在他湯盤的中心，那盤湯早就被他一掃而光了，莉麗想（他坐在她對面，背朝着窗戶，正在畫面的中央），好像他決心要弄弄清楚，他每餐吃了些甚麼東西。他的一切都有那種枯燥、刻板的味兒，一點也不討人喜歡。然而，這仍舊是事實：只要你仔細對着別人瞧，你就幾乎不可避免地會喜歡他們。她喜歡他的眼睛；它們是湛藍的，深深陷入臉頰，令人望而生畏。

「塔斯萊先生，你常寫信嗎？」拉姆齊夫人問道。她也在憐憫他，莉麗猜想；因為拉姆齊夫人確實如此——她永遠同情男人，好像他們缺少了甚麼東西——對於女人，她從來不是如此，好像她們都能獨立自主。他就給他的母親寫信；除此以外，他想他一個月還寫不了一封信，塔斯萊先生簡潔地回答。

他可不去說那些人想叫他說的那種廢話。他可不要那些愚蠢的女人對他屈尊俯就、格外施恩。他本來在他的房間裏讀書，現在他下了樓，這一切對他說來，似乎都很無聊、淺薄、庸俗。為甚麼他們都要穿得衣冠楚楚來入席？他就穿着普通的便服下樓。他可沒甚麼禮服可穿。「你難得收到有價值的郵件」——這就是他們經常談論的話題。是她們，使男子漢談論這一類事情。是的，確實如此，他想。一年到頭，她們從來也得不到甚麼有價值的東西。她們甚麼也不幹，光是說、說、說，吃、吃、吃。這全是女人的過錯。女人利用她們所有的「魅力」和愚蠢，把文明給搞得不成樣子。

「明兒燈塔去不成囉，拉姆齊夫人，」他說；他仍舊堅持他自己的意見。他喜歡她，他傾慕她，他還記得那個在下水道裏幹活的工人如何抬起頭來盯着她瞧；但是，他覺得有必要堅持他自己的意見。

儘管他的眼睛長得不錯，莉麗·布里斯庫想道，但是，瞧瞧他的鼻子，再看看他的手，他確實是她有生以來所看到過的最醜的人。那麼，他說了些甚麼話，她又何必計較？女人不能寫作，女人不能繪畫——他說出這樣的話來，又有甚麼要緊？顯然，這話對他說來，也是言不由衷，不過是為了某種原因，這樣說對他有利，所以他才這樣說。為甚麼她整個身軀像風中的玉米稈兒一般低頭彎腰，需要巨大的、相當痛苦的努力，才能從這種謙卑的狀態中重新直起腰杆？她必須再來一遍。在桌布上有一條小樹枝；我的畫就在這兒；我必須把那棵樹移到畫面的中央；那才是要緊的事——其他一切全都無關緊要。她捫心自問：她是否能夠牢牢地抓住此事，既不發火，也不爭論？如果她想報復的話，她不是可以故意嘲笑他嗎？

「噢，塔斯萊先生，」她說，「請您明兒一定要陪我到燈塔去。我可真是想去。」

他看得出來，她在撒謊。為了某種原因，她正在說些口是心非的話，來故意惹他生氣。她正在嘲笑他。他穿着一條舊法蘭絨褲。他沒別的褲子可穿。他覺得十分苦惱、孤獨、寂寞。他知道，她出於某種原因，故意要作弄他；她根本就不想和他一起到燈塔去；她瞧不起他；普魯·拉姆齊也是如此；她們全都如此。但他可不能被女人當作傻瓜耍弄，因此，他坐在椅子裏，故意回頭向窗外一望，馬上粗暴無禮地說，明兒天氣不好，她要是去的話，肯定吃不消。她會暈船的。

拉姆齊夫人正在側耳傾聽，而莉麗竟然使他說出了那樣的話，這使他很氣惱。他想，要是他能夠在房間裏埋頭讀書，那就好啦。在那兒，他才覺得逍遙自在。他生平從來不欠別人一個子兒；打十五歲起，他就獨自謀生，沒花過他爹一文錢；他曾用他的儲蓄來貼補家用；他負擔着他妹妹的學費。但是，他還是希望剛才他應該懂得如何恰當地回答布里斯庫小姐；他希望他的回答比較婉轉得體，而不是那脱口而出的一句傻話：「你會暈船的。」他希望他能想出一些話來和拉姆齊夫人談談，向她表明，他可不是個枯燥乏味的冬烘學究。他們全都認為他是那樣的人。他向拉姆齊夫人轉過身去。但是，她正在和威廉·班克斯談論一些他從來沒聽到過的人物。

「好，把盤子撤下去吧，」她中斷了和班克斯先生的談話，簡短地吩咐女僕。

「我上次見到她，一定是十五——不，二十年前，」她又回過頭來對他説，好像他們之間的談話，她片刻也不願耽擱，因為她被談話的內容深深地吸引住了。那麼，今天晚上，他可是真的收到她的信啦！凱麗仍舊住在瑪羅，一切都照舊沒變嗎？噢，一切都歷歷在目，就像是昨天發生的事情——當年我們一起在河上划船，覺得涼颼颼的。要是曼寧這一家子計劃着要幹甚麼事情，他們總是堅持不懈。她永遠也忘不了，當時赫伯特用茶匙在堤岸上殺死了一隻黃蜂！現在這一切仍在繼續下去，拉姆齊夫人默然沉思，二十年前，她曾經極其冷漠地在泰晤士河畔那間客廳的桌椅之間像幽靈似地悄悄走過；現在，她又像幽靈一般在它們中間悄悄走過；這個念頭使她入迷：她已經發生了變化，而那個特殊的日子，似乎現在已變得靜止而美麗，這些年來仍舊原封不動地保存在她的記憶之中。凱麗親筆給他寫信了嗎？她問道。

「是的。她來信説，他們正在建造一座新的彈子房，」他説。不！不！那簡直不可想像！造一間彈子房！對她説來，這似乎是不可能的。

班克斯先生可看不出此事有甚麼奇怪之處。現在他們非常富裕。他要替她向凱麗問好嗎？

「噢，」拉姆齊夫人驀然一驚，「不，」她補充道。她心裏想，她可不認識這位建造了新彈子房的凱麗。但是，多麼奇怪啊，她重複道，他們還繼續在那兒生活。（她這種態度，使班克斯先生覺得很有趣。）這可有點兒不同尋常：他們居然會繼續生活了那麼些年，而她卻從未想念過他們。在這些年月裏，她已飽經滄桑。也許凱麗．曼寧也從未想念過她。這個想法是奇怪而令人不快的。

「人生如浮萍，聚散本無常，」班克斯先生說；然而，他想到曼寧一家和拉姆齊一家雙方他都認識，他畢竟沒像浮萍一般和老朋友們分散，因而感到相當滿意。他可沒和老朋友們離散，他想，一面放下湯匙，用餐巾仔細地擦拭他剃盡鬍鬚的嘴唇。但是，也許在這方面他是相當不尋常的，他想；他從來不允許自己陷入陳規舊習。在各種圈子裏，他都有朋友……。談到這兒，拉姆齊夫人不得不打斷他，吩咐女僕注意菜餚的保溫，它們端上來應該是熱騰騰的。所有這些干擾使他覺得討厭，因此他才喜歡獨自用膳。但他保持彬彬有禮的態度，僅僅在桌布上伸開他左手的手指，就像一個機械師在工作的間隙檢驗一件擦亮待用的工具。好吧，他想，這就是友誼要求一個人作出的犧牲。如果他拒絕來共進晚餐，她會不高興的。但是，對他說來，這可是個不值得的無謂犧牲。他端詳着他的手，心想如果他獨自用膳，現在大概快吃完了；他馬上可以騰出身子來工作了。是的，他想，這種應酬簡直是可怕地浪費時間。孩子們還在陸續走進餐廳。「我希望你們中間隨便哪一個上樓到羅傑的房間去一趟，」拉姆齊夫人說。和另外那件事——工作——相比，這一切顯得多麼瑣碎、多麼膩味，他想。想到這兒，他坐着用手指像擂鼓一般不耐煩地彈着桌子，他本來可以——他的工作概況在頭腦裏一閃而過。真是多麼浪費時間啊！然而，他想，她是我最老的朋友之一。我對她有着忠誠的友誼。可是現在，此時此刻，她的存在對於他毫無意義；她的美貌對他毫無意義；她和她的幼子坐在窗前——毫無意義，毫無意義。他只希望獨自一個，可以拿起那本書來閱讀。他感到很不自在；他覺得自己太無情義，竟然會坐在她身旁而對她無動於衷。事實上，這是因為他不喜歡家庭生活。正是在這種情境之中，你會自問：一個人為甚麼而生活。你會自問：一個人為甚麼要煞費苦心組織家庭，使人類的種族得以延續？這真是如此令人嚮往的嗎？作為一個種族，我們是有吸引力的嗎？並不十分吸引人，他想，這時他望了一眼那些頗不整潔的孩子們。他最喜歡的那個小孩，凱姆，已經上床了，他猜想。愚蠢的問題，無聊的問題；如果你在專心致志地工作，你就不會提出這樣的問題。人生是這樣的嗎？人生是那樣的嗎？你從來沒時間去思考這些問題。但是，剛才他在這兒向自己提出了這種問題。這是因為拉姆齊夫人剛才正在吩咐僕人，也因為拉姆齊夫人聽說凱麗．曼寧還活着感到多麼驚訝，這使他想起友誼，即使是最美好的友誼，也是多麼脆弱。朋友們漂泊離散、互相疏遠。他再一次責備自己。他正坐在拉姆齊夫人身旁，卻沒一句話要和她說。

「非常抱歉，」拉姆齊夫人終於回過頭來對他說。他感到生硬而枯燥，就像一雙濕透之後又風乾了的皮靴，很難把腳伸進去。但是，他還得硬着頭皮把腳塞進去。他非得敷衍幾句不可。除非他說話非常小心，否則她會發現他無情無義，對她毫不關心，而那決不是令人愉快的，他想。因此，他向她側過身去，彬彬有禮地俯首傾聽。

「您在這嘈雜的場所進餐，一定覺得很討厭吧，」拉姆齊夫人用法語說。當她感到心煩意亂之時，她就利用她的社交風度。就像在會議上發生爭執之時，主席為了達到團結一致的目的，就建議大家都說法語。可能這是蹩腳的法語，說得詞不達意，儘管如此，只要大家都說法語，就會產生某種秩序和一致。班克斯先生也用法語回答：「不，一點兒也不。」塔斯萊先生對法語一竅不通，即使他們說的只是幾個單音節的詞兒他也聽不懂，但他馬上猜到他們並不真誠，不過是互相敷衍而已。拉姆齊這一家人盡說些廢話，他想；他很高興抓住這個新鮮的事例大做文章，他要把它記錄下來，將來有一天，他要在幾位朋友面前大聲朗讀。在那兒，在一個大家直言無忌的小圈子裏，他要把「和拉姆齊一家待在一起的日子」還有他們所說的廢話，諷刺挖苦地描述一番。他將要說：這種生活值得一試；但是下不為例。他將要說：那些女人簡直把人給煩死了。當然，拉姆齊先生娶了一位漂亮的夫人，生了八個孩子，看上去有個美滿家庭。但是，此時此刻，他悶坐在一個空着的座位旁邊，一切都化為烏有，那美滿家庭的幻形也四分五裂了。塔斯萊覺得心裏很不舒暢，甚至在肉體上也是如此。他希望有人能給他個機會，讓他表現自己。他的欲望是如此迫切，使他在椅子裏坐不安穩；他瞧瞧這個，又望望那個，想要插嘴參加他們的談話，但他剛開口想要說話，又馬上閉上了嘴。他們正在討論漁業問題。他們為甚麼不來諮詢他的意見？他們又懂得甚麼漁業？

莉麗．布里斯庫對塔斯萊的心情瞭若指掌。坐在他的對面，難道她還看不出他那種難以抑制的衝動？就像在一張X光照片上，透過血肉之軀的迷霧，看清了埋藏在深處的肋骨和腿骨，她看到了那個年輕人想要表現自己的渴望——那層薄薄的迷霧，就是掩蓋在他想要插嘴說話的狂熱渴望之上的傳統習俗。但是，她那中國式的小眼珠兒往上一轉，想起了他如何譏笑婦女「不能繪畫，不能寫作」，她就想：我為甚麼要幫助他從壓抑的痛苦中解脱出來呢？

她知道有這麼一套行為的準則，（也許是）它的第七條説，遇到這種情況，一位婦女，不論她的職業地位如何，她有義務去幫助對面那位青年男子，使他能夠顯示出那像肋骨和腿骨一般深藏不露的虛榮心，滿足他要求表現自己的迫切欲望；她用老處女公平合理的態度來考慮問題，覺得這好比他們男性的確有責任來幫助我們女性，假如地下鐵道爆炸起火的話，那末，她想，我肯定會盼望塔斯萊先生來救我出去。但是，她想，如果我們雙方都不願助對方一臂之力，又會出現怎樣的局面？因此，她坐在那兒默然微笑。

「你明兒不打算到燈塔去吧，莉麗，」拉姆齊夫人說。「你還記得可憐的林格萊先生吧，他曾周遊世界十多次，但他告訴我，他從未像我丈夫帶他到燈塔去那一次那麼難受過。那次他暈船可厲害啦。塔斯萊先生，你是個不怕暈船的好水手嗎？」她問道。

塔斯萊先生掄起了大錘，把它高高舉起在空中；但是，當錘子落下來時，他心裏明白，不能用那樣的傢伙去拍那隻蝴蝶，於是他只說了一句話：他從來不暈船。但是，在這一句話中，充滿了火藥一般的爆炸力，它說明了他的祖父是個打魚的；

他的父親是個藥劑師；他全靠自力更生，奮鬥成功；他為此感到驕傲；他是查爾士·塔斯萊——似乎在座諸公誰也沒有意識到這個事實；但有朝一日，它會家喻戶曉的。他皺眉蹙額，面有慍色。他幾乎要可憐那些溫和的、有教養的人物，有朝一日，他們會像一捆捆的羊毛和一桶桶的蘋果那樣，被他體內的炸藥炸毀，飛到半空中去。

「您願意陪我一塊兒去嗎，塔斯萊先生？」莉麗匆忙而和氣地問道。因為，如果拉姆齊夫人對她說，實際上她也確實這麼說：「親愛的，我要葬身火海啦。除非你給眼前的痛苦澆上一些止痛的香膏，對那小夥子說上幾句好話，人生的航船就要觸礁了——真的，現在我就聽見那咬牙切齒和痛苦呻吟的聲音。我的神經就像小提琴的弦線一樣緊緊地繃着，只要再碰一下，它們就要斷裂啦，」當拉姆齊夫人說出這些話（她的目光向她表達了這些話語），莉麗·布里斯庫當然就不得不又一次放棄那個實驗——她本來想試試，對那個小夥子不客氣會產生甚麼後果——而對他以禮相待了。

他正確無誤地判斷出她心情的轉變——現在她對他很友好——他就從他那種妄自尊大的心理狀態中解脫了出來。他告訴她，在嬰兒時期，他如何被人從船上拋到水中，他父親如何用一根帶鉤的船篙把他鉤了上來，這樣他就學會了游泳。他有一位叔叔在蘇格蘭海岸的一處礁石上管理燈塔，他說。他曾經和這位叔叔一塊兒遇到過暴風雨的襲擊。正是在大家談話間歇之時，他大聲地說出了這番話。當他說到他和叔叔在燈塔裏遇到暴風雨的時候，他們都不得不側耳傾聽。談話的氣氛就這樣順利地轉變了，莉麗感覺到拉姆齊夫人向她射來感激的目光（因為拉姆齊夫人現在可以放心地自己去和別人談一會兒了）。啊，她想，為了博得您的感激和讚許，我還有甚麼代價沒有付出呢？但是，她剛才可不是真誠的。

她剛才玩了那司空見慣的把戲——客客氣氣地敷衍別人。她永遠不會理解他。他也永遠不會理解她。人與人之間的關係都是如此，她想，尤其是男女之間（也許班克斯先生是例外）隔閡最深。毫無疑問，這些關係是極端虛偽的，她想。後來她一眼看見那隻鹽瓶，是她把它放在那兒以便提醒自己，使她想起第二天早晨她將要把那棵樹向畫面的中央移動，想到翌晨繪畫之樂，她的興致就高起來了，她對塔斯萊先生所說的話高聲大笑。如果他高興的話，就讓他講一整夜也不妨。

「他們要那些守望者在燈塔上逗留多久？」她問道。他回答了她。他的知識驚人地淵博。他對她十分感激，他喜歡和她談話，他開始有點怡然自得了。既然如此，拉姆齊夫人想，現在她可以重新返回那片夢境，那個虛幻而迷人的地方——二十年前在瑪羅的曼寧家的客廳——在那兒，你悠悠晃晃、無憂無慮地走動，因為你不必為將來擔憂。她知道他們的遭遇如何，她也知道她本人的經歷又是怎樣。這就像重讀一本好書，她已經知道這個故事的結局如何，因為這都是發生在二十年前的事情；而生命之流，甚至就從這張餐桌上像小瀑布一般傾瀉不息，在不知何處，它的源頭密封着，像湖水一般靜止地儲存在它的堤岸之間。他說他們造了個彈子房——這可能嗎？威廉願意繼續談談曼寧一家的近況嗎？她很想要他談談。但是，不——為了某種原因，他沒有心情再談下去了。她試着引他開口。他毫無反應。她不能勉強他。她失望了。

「那些孩子們可真丟人，」她嘆了口氣說道。他卻說，遵守時間這種次要的美德，是要到年齡較大一些才能獲得的。

「要是果真如此，那就還算不錯，」拉姆齊夫人只是在盡力找些話說，免得冷場，同時她想，威廉怎麼變得像老處女一般拘謹啦。他意識到自己無情無義，意識到她希望談一些更為親切的話題，但他目前沒有心情來奉陪，他覺得生活很不如意，他侷促不安地坐在那兒，等待着甚麼。也許其他人在談一些有趣的事情？他們在談些甚麼？

他們正在說，今年魚汛不旺；漁民們正在往別處遷移。他們正在談論工資和失業。那個小夥子在痛罵政府。威廉·班克斯心裏想：既然談論私人生活使人侷促不安，抓住一個這類話題，聽他們講講「目前政府最臭名遠揚的法令之一」，倒也不失為一種解脫。莉麗在聽，拉姆齊夫人也在聽，大家都在傾聽，但都已經聽膩了。莉麗覺得好像缺了點甚麼；班克斯先生也有同感。拉姆齊夫人把圍巾往身上一披，她也覺得若有所失。他們大家一面側耳傾聽，一面卻在心裏想：「求求老天爺，可別讓我內心的真實思想暴露出來。」他們人人都在思忖：「別人談到政府關於漁民的法令，都感到怒不可遏、義憤填膺，而我卻無動於衷。」班克斯先生瞅着塔斯萊先生，他想，也許這就是那個人物。人們總是在期待着這樣的人物出現。機會總是有的。在任何時候，這種領袖人物總會脫穎而出；那種天才人物，在政治和其他方面都有一手。也許，他將和我們這些保守的老古董極其難以相處，班克斯先生想道。他在思考之時盡可能留有餘地，因為，他通過某種奇特的官能感覺到，正如通過他脊椎中的神經感覺到，那小夥子心懷妒忌、憤世嫉俗，一半是為了他自己，也許更有可能一半是為了他的工作、他的觀點、他的科學；因此，他的言論既非完全開誠佈公，亦非全部合理，因為，塔斯萊先生似乎在說：你們是在浪費你們的生命。你們全都錯了。可憐的老古董們，你們是不可救藥地落伍於時代之後了。這小夥子似乎相當自信；他的態度多麼傲慢。但是，班克斯先生要求自己冷靜觀察：他有勇氣；他有能力；他列舉的事實極其正確。在塔斯萊痛罵政府之時，班克斯先生想，也許他所說的話很有道理。

「現在請你告訴我……」他說。於是，他們倆就對政治問題爭論不休。莉麗瞧着桌布圖案上的葉瓣兒出神；拉姆齊夫人讓那兩個男子漢去爭論，心裏很奇怪，為甚麼她對這種高談闊論如此厭煩。她望着坐在餐桌另一端的丈夫，希望他也開口說上幾句。只要一個詞兒就行了，她對自己說。因為，只要他說一句話，局面就會大不相同。他的言論總是擊中要害。他對漁民和他們的收入一向很關心，想起這些問題，他甚至會難以入眠。他一開口，情況就會完全不同了。也許別人沒感覺到，求求老天爺，別讓人看出我是多麼無動於衷，因為人家確實關心那些問題。後來她意識到，因為她崇拜他，她才盼望他發表意見。她覺得似乎一直有人在她面前讚揚她的丈夫和她的婚姻，她不禁激動得容光煥發，完全沒意識到，讚揚她丈夫的人就是她自己。她向他望去，總以為她會發現他的容貌看上去氣宇軒昂……。但完全不是那麼回事兒！他正在撇着嘴巴、蹙額皺眉、紅着臉兒發火。天曉得，這是怎麼啦？她疑惑不解。到底是怎麼回事兒？只是為了那可憐的老頭兒奧古斯都先生要添盤湯——如此而已。這簡直不可想像，這太討厭了（他在餐桌的另一端用目光向她示意），那個奧古斯都，又要重新開始喝湯了。他最討厭在他自己吃完之後，看到別人還在吃東西。她看見他的怒火像一群獵犬，猛衝到他的眸子裏、他的眉梢上，她知道，馬上就會有甚麼可怕的事情爆發出來，到了那時——求上帝開恩吧！她看見他捏緊拳頭控制住自己，就像剎車擋住了車輪，他的全身似乎在迸射出火花，但他一聲也沒吭。他板着臉坐在那兒。他甚麼也沒說，他要求她仔細觀察。讓她為了這個而讚揚他吧！但是，究竟為甚麼可憐的奧古斯都不能再添一盤湯呢？他不過碰了一下愛倫的手臂，說了聲：「愛倫，請你給我再來盤湯。」於是拉姆齊先生就這樣板起了面孔。

為甚麼他不能添盤湯，拉姆齊夫人問道。當然他們可以讓他再來一盤，要是他需要的話。他最恨人家大吃大喝，拉姆齊先生皺着眉頭向她暗示，他痛恨這樣拖拖拉拉沒完沒了。但是他把自己克制住了，拉姆齊先生要求她注意到這一點，雖然他那副模樣很不雅觀。但是，為甚麼要這樣明白地把自己的厭惡心情顯示出來呢？拉姆齊夫人要求他作出解釋。（他們倆隔着長桌望着對方，用眼色來傳遞這些問題和答覆，對方的感覺如何，都能精確地領會。）人人都看得出他在生氣，拉姆齊夫人想道。露絲盯着她的父親瞧；羅傑也在瞅着他；她知道，再過一秒鐘，他們姐弟倆就會忍不住狂笑一陣，於是她果斷地吩咐他們（真是非常及時）：

「把蠟燭點起來。」他們一躍而起，在碗櫥裏尋找摸索。

為甚麼他從來不能隱藏自己的感情？拉姆齊夫人不能理解。她不知道奧古斯都．卡邁克爾是否注意到他的反應。也許他注意到了；也許他沒注意到。看到他泰然自若地坐在那兒喝湯，她不禁肅然起敬。如果他要喝湯，他就再要一盤，不管別人譏笑他或生他的氣，他全都不在乎。他並不喜歡她，她知道這一點。但是，在某種程度上，正是為了這個原因，她才尊敬他。她瞧着他喝湯，他身材魁梧、舉止安詳，在逐漸昏暗的暮色中巍然沉思。她不知道他現在感覺如何，也不知道他為甚麼總是心滿意足、神色端莊；她又想，他對安德魯多麼熱誠，他會把那孩子叫到他的房間裏去，「給他看各種各樣東西。」他又常常整天睡在草坪上，好像在推敲他的詩句，他的模樣使人想起一隻守候着小鳥的貓兒，當他找到了適當的字眼，他就啪的一聲合攏他的雙掌，於是她的丈夫說道：「可憐的奧古斯都——他是個真正的詩人。」這是出自她丈夫之口的高度讚揚。

現在八支蠟燭放到了餐桌上，起初燭光彎曲搖曳了一下，後來就放射出挺直明亮的光輝，照亮了整個餐桌和桌子中央一盤淺黃淡紫的水果。那孩子把果盤裝點得多美，拉姆齊夫人在心中驚嘆。因為露絲把葡萄、梨子、香蕉和帶有粉紅色線條的貝殼狀角質果盤裝潢得如此美觀，令人想起從海神涅普杜恩的海底宴會桌上取來的金杯，想起（在某一幅圖畫裏）酒神巴克思[20]肩上一束連枝帶葉的葡萄，它和諸神身上披的豹皮、手中拿的火把放射出來的鮮紅、金黃的火光交相輝映，……。這樣突然地映照在燭光之中，那隻果盤似乎有着巨大的體積和深度，就像是一個世界，她想，你可以在其中遨遊，拿着你的手杖爬上山峰，走下谷底。她很高興地（因為它使大家在頃刻之間有了共同的感受）發現，奧古斯都的目光也在玩味那盤水果，他的目光深深地侵入那隻果盤，在那兒打開一蓬花球，在這兒擷取一束花穗，玩味領略一番之後，又返回他的眼窩。那就是他瞧東西的方法，和她的方式大不相同。但是，共同注視一個物體，使他們感到團結一致。

現在，所有的蠟燭都點燃起來，餐桌兩邊的臉龐顯得距離更近了，組成了圍繞着餐桌的一個集體，而剛才在暮色之中，卻不曾有過這種感覺。因為，夜色被窗上的玻璃片隔絕了，透過窗上的玻璃，無法看清外面世界的確切景象，有一片漣漪，奇妙地把內外兩邊分隔開來：在屋裏，似乎井然有序，土地乾爽；在室外，映射出一片水汪汪的景象，事物在其中波動、消失。

他們的心情馬上發生了某種變化，好像真的發生了這種情況：他們正在一個島上的洞穴裏結成一個整體，去共同對抗外面那個濕漉漉的世界。拉姆齊夫人剛才一直在心緒不安地等待保羅和敏泰進來，覺得無法定下心來處理各種事情，現在感到她的心情已經由不安轉為盼望。因為，現在他們總該進來了吧。而莉麗·布里斯庫想要分析一下大家突然精神振奮的原因，把它和剛才網球場上的瞬間相比較：當時，堅實的形體突然消融，彼此之間的空隙是如此寬闊；現在，許多蠟燭在這傢具簡陋、沒有窗簾的房間裏照耀，人們的容貌在燭光之中看上去好像是些光亮的面具，產生的效果卻和剛才相同。壓在他們心上的某種重荷被移去了；她覺得任何事情都有可能發生。現在他們該進來了，拉姆齊夫人想。她向門口望去，敏泰·多伊爾、保羅·雷萊和一個捧着大砂鍋的女僕一起走了進來。他們來得太晚了，實在太晚了，敏泰抱歉道。同時，他們倆分別走向餐桌兩端各自的座位。

「我把我的別針——我祖母的別針給丟了，」敏泰説。她的聲音有點悲傷，她那雙棕色的大眼睛有些發紅，當她在拉姆齊先生旁邊就座時，她的目光一會兒低垂、一會兒仰望，不敢正視別人的眼睛，這引起了拉姆齊先生的憐愛之心，於是他擺出騎士風度來和她逗趣。

她怎麼會這樣傻，他問道，竟然會佩戴着珠寶去攀登那些岩礁？

她裝作害怕他的樣子——他是如此驚人地淵博，頭一天晚上，她坐在他身旁，他就和她談論喬治·艾略特，當時她真是十分惶恐，因為她把《米德爾馬奇》[21]第三卷遺忘在火車上了，不知道這部小說的結尾如何；但從此以後，她和他相處得很融洽，她使自己顯得比實際的更加幼稚無知，因為他喜歡把她叫作小傻瓜。因此，今晚他直截了當地嘲笑她，她也不怕。此外，她知道，她一走進房間，那個奇蹟就發生了：她被一層金色的雲霧籠罩着。有時候她具有這種魔力，有時候卻沒有。她從來也不清楚，它為甚麼會到來，又為甚麼會離去，也不知道她當時是否具有這種魔力，直到她走進房間，看到男人們瞅着她的神態，才能立刻作出判斷。對，今晚她具有驚人的魔力；拉姆齊先生叫她別當傻瓜時那副神態，使她意識到這一點。她坐在他的身旁微笑。

那件事情肯定已經發生了，拉姆齊夫人想，他們倆必定已經私訂終身。在一剎那間，她出乎意料地重新感到有點兒——嫉妒。因為他，她的丈夫，也感覺到了——今晚敏泰容光煥發；他喜歡那些少女，那些閃耀着青春的光輝、臉上帶着紅暈的少女，她們神采飛揚，有點兒飄飄然，有點兒任性和輕浮，她們不會「把她們的頭髮剃淨」，不會像他所說的可憐的莉麗那樣「……缺乏生氣」。她們具有某種她本人所沒有的品質：那種燦爛奪目的光彩，那種醇厚芬芳的神韻，這吸引着他，使他精神歡暢，使他特別寵愛像敏泰那樣的姑娘。她們可以為他剪頭髮，給他編織錶鏈，或者在他工作之際打擾他，大聲呼喊他（她聽到她們的呼聲）：「來呀，拉姆齊先生，現在該輪到咱們來打敗他們啦。」而他就馬上丟下手中的工作，跑出去打網球。

但是，實際上她並不嫉妒，只是偶爾在對鏡整容之時，看到自己兩鬢花白，稍為有點悔恨而已。她已顯得衰老，也許這是她自己的過錯（這是她為暖房修理費用以及其他家務瑣事操心的結果）。她很感謝那些姑娘和她的丈夫開開玩笑（「拉姆齊先生，您今天抽了多少煙啊？」等等），她們使他恢復了青春，看上去像個對婦女頗有吸引力的青年。他不復是壓在繁重的勞動、塵世的憂傷、個人的成敗得失這些精神負擔的重荷之下的學者，而是像他們初次會見時那樣，成了一個瘦削英俊的青年，她還記得當年他用一種討人喜歡的風度，攙扶她跨出遊艇（她瞅了他一眼，他看上去驚人地年輕，正在和敏泰開着玩笑）。至於她自己——「就把它放在這兒吧，」她一邊說，一邊幫助那瑞士姑娘把盛着牛肉的棕色砂鍋放在自己面前——她喜歡淳樸的少年。保羅必須坐在她的身邊。她為他保留了一席之地。真的，有時候她想，她最喜歡那些頭腦單純的少年。他們不會拿甚麼學位論文來叫你膩煩。歸根結蒂，那些聰明的學者們錯過了多少有意義的事情啊！說真的，他們變得多麼枯燥乏味！當保羅就座之時，她覺得他有某種十分可愛的魅力。他彬彬有禮的風度，挺直的鼻樑，神采奕奕的藍眼睛，都很討她的喜歡。他是多麼溫柔體貼。他是否能告訴她——既然現在大家又在聊天——究竟發生了甚麼事情？

「咱們又回去找敏泰的別針，」他一邊說一邊在她身旁坐下。「咱們」——那就夠了。她注意到他嗓音的變化和難以啟口的樣子，就明白他是第一遭使用「咱們」這個詞兒。「咱們幹了這個；咱們幹了那個。」他們將一輩子使用這種口吻來說話，她想。瑪莎有幾分誇耀地揭開了蓋子，那個棕包的砂鍋裏噴發出橄欖油和肉汁的濃郁香味。那廚娘為了準備這道菜，足足花了三天時間。拉姆齊夫人把刀叉深深地插到酥軟的牛肉裏，她一定要精心挑選一塊最嫩的給威廉．班克斯。她凝視着油光閃亮的鍋壁和鍋裏棕黃色的香味撲鼻的肉片、肉桂樹葉和美酒。她想，這道佳餚可以用來慶賀那樁喜事——一種歡慶節日的難以捉摸而又柔情脈脈的感覺湧上了心頭，好像在她的內心喚起了兩種感情；其中有一種感情是深刻的——因為，還有甚麼比男子對於婦女的愛情更加嚴肅、威力無邊、感人至深的呢？就在它的懷裏，孕育着死亡的種子。同時，這些情人，這些眼裏射出興奮的光芒、進入如醉如癡的夢境的人兒，他們必須戴上花冠，讓人家嘲弄地圍着他們跳舞。

「這是大大的成功，」班克斯先生暫時放下手中的刀叉說道。他細細地品嚐了一番。它美味可口、酥嫩無比，烹調得十全十美。她怎麼能夠在這窮鄉僻壤搞出這樣的佳餚？他問她。她是位了不起的女人。他對她的全部愛慕敬仰之情，又重新恢復了。她意識到這一點。

「這是按照祖母的法國菜譜做的，」拉姆齊夫人不勝喜悦地說。這當然是法國菜。所謂英國的烹飪法，簡直是糟透了（他們大家都表示同意）。那就是把白菜放在水裏煮。那就是把肉片烤得像牛皮。那就是把美味的菜皮全削掉。「菜皮，」班克斯先生說，「是蔬菜中營養最豐富的部份。」拉姆齊夫人說，這簡直是暴殄天物。一個英國廚師所拋棄的東西，足以養活一家法國人。她知道威廉現在已恢復了對她的仰慕之情，現在一切都順順當當，她剛才的憂慮已經消除，她又可以自由自在地享受勝利的喜悅，嘲笑命運的無能，在這種感覺的鼓舞之下，她又指手畫腳、談笑風生了。莉麗想，她是多麼幼稚、多麼可笑：她坐在那兒，蘊藏在她體內的所有的美，又像花朵一般開放了，而她卻在談論甚麼菜皮。她具有某種驚人的氣質。她是所向披靡、不可抗拒的。莉麗覺得，拉姆齊夫人最後總是能夠隨心所欲。現在她已經圓滿成功了——保羅和敏泰大概已經訂婚；班克斯先生正在這兒用膳。她對他們施展一種魔力，只要她心中盼望，最後總能如願以償。情況就是如此簡單，如此直截了當。（她容光煥發——看上去並不年輕，但是光芒四射。）莉麗把拉姆齊夫人豐富的感染力和自己的精神貧乏進行對比。她猜想，一部份是由於對她這種奇異的、可怕的力量的信賴，使保羅．雷萊坐在她身旁激動顫抖、茫然沉思、默然無語。莉麗覺得，當拉姆齊夫人在談論菜皮之時，她正在提高這種力量，崇拜這種力量；她伸出手來發揮它，保護它，使他們感到溫暖，然而，當她把這一切都完成了，不知道為甚麼，她笑了，莉麗覺得，好像她把她的犧牲品領上了祭壇。現在，這種魔力，這種愛的感情和激動，也向她襲來，征服了她。她感到自己在保羅身旁顯得多麼微不足道！他，光彩照人，熱情洋溢；她，冷漠無情，挖苦嘲諷；他，啟程去冒險；她，停泊在岸邊；他，如箭離弦，勇往直前；她，煢煢孑立，被人遺忘——

她打算分擔他的災難，如果這是一場災難的話。她怯生生地說：

「敏泰的別針是甚麼時候丢失的？」

他的臉上浮現出一絲微妙的笑容，它籠罩着回憶的面紗，點染着夢幻的色彩。他搖搖頭。「在海灘上，」他說。

「我要去找的，」他說，「明天一早就起床去找。」這是對敏泰保密的，因此他說話時壓低了嗓音，並且把目光轉向她坐的地方。她正在拉姆齊先生身旁談笑。

莉麗想要強烈地、堅決地表示，她渴望幫助他；她想像她自己如何在黎明時分來到沙灘上，而正是她找到了隱藏在一塊石頭後面的別針，這樣，她就躋身於那些水手和探險者的行列之中了。但是，對於她的毛遂自薦，他如何答覆呢？她確實帶着難得顯示的熱情說：「讓我和你一起去找。」他卻笑而不答。他的意思是同意還是不同意？——也許是不置可否。然而，他的意思還不是這個——他發出一陣奇特的笑聲，似乎在說：如果你高興從懸崖上跳下去，我也不管。他當着她的面，公然顯示出愛情的熱烈、可怕、冷酷、無情。它像火一般灼傷了她。莉麗瞧着敏泰在餐桌的另一端和拉姆齊先生撒嬌，她想到敏泰已暴露在冷酷的愛情的毒牙之下，感到不寒而慄；然而，她又有一種感激之情，無論如何，她對自己說，（她一眼看到放在桌布圖案上的那隻鹽瓶）她不必結婚，多謝老天爺，她不必去遭受那種有失身份的災難。她要把那棵樹移到更中間一點。

情況就是如此複雜。她的遭遇，特別是她待在拉姆齊家中的遭遇，使她同時感覺到兩種相反的因素在劇烈地鬥爭：一方面，是你的感覺；另一方面，是我的感覺；然後這兩方面就在她的心裏搏鬥，就像現在這樣。這愛情是如此美麗，如此令人興奮，使我在它的邊緣顫抖，並且違反自己的習慣，主動提出到沙灘上去尋找別針；同時，這愛情又是一種人類最愚蠢、最野蠻的熱情，它把這樣一個側影像寶玉一般俊美的好青年（保羅的側影十分優美），變成一個手執鐵棍的暴徒（他真是傲慢無禮）。然而，她想，自古以來，人們就歌頌愛情，向它奉獻無數的花環和玫瑰，如果你詢問十個人，其中有九個會回答，他們甚麼也不要，就要這個——愛情；另一方面，從她個人的經驗來看，婦女們一直感覺到，這並不是我們所要求的東西，沒有比它更單調乏味、幼稚無聊、不近人情的了；然而，它又是美好的、必要的。那末，究竟如何？究竟如何呢？她問道。不知道為甚麼，她盼望其他人把這個問題繼續討論下去，似乎在這樣一場辯論中，一個人射出的弩箭，是遠遠達不到目標的，必須留待別人來繼續努力。因此，她回過頭來聆聽別人的談論，或許他們能夠使這個愛情的問題稍為明朗化。

「還有，」班克斯先生說，「英國人稱之為咖啡的那種液體。」

「噢，咖啡！」拉姆齊夫人說。但更成問題的是真正的黃油和乾淨的牛奶。（莉麗可以看出，拉姆齊夫人開始興奮了，她正在用非常強烈的語氣說話。）她激動地、滔滔不絕地描述英國乳酪業的弊病，告訴大家，牛奶送到門口已髒成甚麼樣子，而且她準備拿出事實來證明她的指責，因為她已經調查過這個問題。這時，圍繞着整個餐桌，打中間的安德魯開頭，就像野火燃着了一簇又一簇金雀花，她的孩子們都樂開了；她的丈夫也忍俊不禁；她被那嘲笑的火焰包圍住了，被迫偃旗息鼓、卸下大炮，而她唯一的回擊，是把同桌者對她的嘲笑和奚落作為一個例子，來向班克斯先生證明：如果你膽敢向英國公眾的偏見進攻，你將會遭到甚麼下場。

莉麗剛才曾經幫助她照應塔斯萊先生，在拉姆齊夫人的印象中，她有點落落寡合，因此，她有意識地對她另眼相看；她說道：「無論如何，莉麗會同意我的意見的，」這樣，她就把莉麗也捲進了爭論，這使她有點兒不安，有點兒吃驚（因為她正在思考那個愛情的問題）。拉姆齊夫人覺得，莉麗和查爾士·塔斯萊都有點落落寡合、鬱鬱不歡。他們倆都被另外那兩個人奪目的光彩所掩蓋了。他顯然感覺到自己完全被人冷落了；只要保羅．雷萊在這個房間裏，就沒有一個女人會瞧上他一眼。可憐的人兒！儘管如此，他還有他的學位論文（論某人對某事的影響）；他能夠自力更生。莉麗的情況就不同了。光彩照人的敏泰使她相形之下黯然失色，更加顯得其貌不揚；她那灰色短小的衣裙、佈滿皺紋的小臉和中國式的小眼睛，更加不引人注目。她的一切都顯得如此渺小。然而，當拉姆齊夫人向莉麗求援之時（莉麗應該支持她，證明她談論乳酪場還沒她丈夫談論皮靴那麼嘮叨——他說起皮靴，就可以講上個把鐘頭），她把莉麗和敏泰相比較，認為到了四十歲，還是莉麗更勝一籌。在莉麗身上，貫穿着某種因素，閃耀着一星火花，這是某種屬於她個人的獨特品質，拉姆齊夫人對此十分欣賞，但是，她恐怕男人不會賞識。男人顯然不能賞識，除非他是一位像威廉．班克斯那樣的高齡長者。但是，威廉所關心的，嗯，拉姆齊夫人有時想道，自從他的妻子死後，也許他對她相當關心。當然他不是在「戀愛」；這只是形形色色無法加以分門別類的感情之一。噢，別胡思亂想了；威廉應該和莉麗結婚。他們有這麼多共同之處。莉麗多麼喜愛花卉。他們都有一種冷淡、超脱、無求於人的處世態度。她一定要設法讓他們在一起散步談心。

她真傻，怎麼讓他們倆相對而坐。這個失誤明天就能加以補救。如果明兒天晴，他們應當去野餐。似乎一切都有可能發生。似乎一切都可以安排妥當。剛才（但是這種情況不能持久，她想，當他們都在大談其皮靴之時，她的思緒卻游離開去），剛才她達到了安全的境界，有把握地左右着局勢；她像一隻兀鷹一般在上空翱翔盤旋，像一面旗幟那樣在喜悦的氣氛中迎風飄揚，她身上的每一根神經都甜蜜地、悄悄地、莊嚴地充滿着喜悦，她瞧着他們全都在吃喝，她想，她的喜悦就是來自她的丈夫、子女和賓客；這喜悦全是從這深沉的寂靜之中產生出來的（她把一小片牛肉遞給班克斯先生，並且向砂鍋深處窺望），似乎沒有甚麼別的特殊原因，現在，這喜悦的氣氛就像煙霧一般逗留在這兒，像一股裊裊上升的水氣，把他們安全地凝聚在一起。甚麼話也不必説；甚麼話也不能説。它就在他們的周圍繚繞縈迴。（她仔細地幫班克斯先生挑了一塊特別酥嫩的牛肉。）她覺得它帶有永恆的意味；正如今天下午她曾感到過的某種東西；在一些事物之中，有某種前後一貫的穩定性；她的意思是指某種不會改變的東西，它面對着（她瞅了一眼玻璃窗上反光的漣漪）那流動的、飛逝的、光怪陸離的世界，像紅寶石一般閃閃發光；因此，今晚她又感到白天經歷過的那種平靜和安息。她想，那種永恆持久的東西，就是由這種寧靜的瞬間構成的。

她向威廉·班克斯保證：「對，還有不少牛肉，人人都可以添一份。」

「安德魯，」她說，「把你的盤子放低些，不然的話我要把肉汁濺出來了。」（都勃牛肉取得了美滿的成功。）她把手中的勺子放了下來。這兒，她覺得，是接近事物核心的靜止的空間，她可以在這裏活動或休息；現在她可以等待（他們的盤裏都已添過牛肉）、傾聽；然後，她可以像一頭兀鷹突然淩空而下，洋洋得意地翱翔盤旋，輕鬆地發出一陣笑聲，把她的全部份量落在餐桌的另一端，她的丈夫正在那兒說甚麼一千二百五十三的平方根。這個數字好像就是他手錶上的號碼。

這是甚麼意思？她至今毫無概念。平方根？那是甚麼玩意兒？反正她的兒子們知道。她側轉身軀，傾聽他們正在談論的事情：平方根和立方根；伏爾泰和斯達爾夫人[22]；拿破崙的個性；法國的土地租借政策；羅斯伯雷爵士[23]；克里維的回憶錄[24]裏。讓這令人羨慕的男性的智慧所編織出來的東西襯托住、支撐住她的身軀，這男性的智慧就像織布機上的鐵桁一般，上下擺動、左右穿梭，織出了晃動不已的布疋，托起了整個世界，因此，她可以完全放心地把自己交託給它，甚至可以閉上眼睛，或者讓她的目光閃爍片刻，就像一個孩子從枕頭上仰望樹上的層層葉片，對它們眨眨眼睛。然後她從幻夢中醒來。那疋布還在織布機上繼續編織。威廉·班克斯正在稱讚司各特的威佛利小說[25]。

威廉·班克斯說，每隔半年，他總要讀一本威佛利小說。為甚麼那會使查爾士·塔斯萊生氣呢？他迫不及待地插嘴（拉姆齊夫人認為，這都是由於普魯不願意待他好一點的緣故），並且抨擊威佛利小說，實際上他卻對此一無所知，無論如何，他一點兒也不懂得這個問題，拉姆齊夫人想。她是在觀察他的態度，而不是在傾聽他的言論。根據他的態度，她就能看出事實的真相——他要表現自己，他會一直保持這種態度，直到他升任教授或者娶了妻子，那時他就不必老是再說，「我——我——我。」因為，他對於可憐的司各特爵士（或者是簡·奧斯丁）的批評，充其量不過是在標榜他自己罷了。「我——我——我。」他總是在考慮他自己，還有別人對他的印象，這一點，她從他說話的聲調、強調的語氣和坐立不安的態度，就能判斷出來。事業的成功將會對他大有裨益。[26]不管怎樣，他們又開始交談了。現在她不必再留神傾聽。她知道，這種情況不會持久，然而，此刻她的目光如此清澈，似乎不費吹灰之力，就能環顧餐桌，揭開每一個人的面紗，洞察他們內心的思想感情，她的目光就像一束悄悄潛入水下的燈光，照亮了水面的漣漪和蘆葦、在水中平衡牠們軀體的鰷魚、突然靜止不動的鱒魚，牠們懸浮在水中，顫動不已。就像如此，她看到他們；她聽見他們；不論他們說甚麼，都帶有這種性質：他們所說的話，就像一條鱒魚在游動，同時她又能看到水面的漣漪和水底的沙礫，看到左方和右方的某些東西；而所有這一切，都結合在一起，構成了一個整體。然而，要是在活躍的現實生活中，她會撒網捕撈，把撈到的東西一一分類；她會說她喜歡威佛利小說，或者說她還沒讀過這些書；她會鼓勵自己前進；但是，她現在甚麼也不說。此刻她正處於懸而不決的靜止狀態。

「啊，但是你認為這類小說還能流行多久？」有人提出這樣的問題。好像有一雙觸角從她身上顫動着向外伸展出去，抓住了某些句子，強迫她對它們加以注意。這句話就是其中之一。她覺察到，對於她的丈夫說來，這句話裏蘊藏着某種危險。一個這樣的問句，幾乎肯定會引起別人說一些話，來使他想起他自己著作的失敗。他馬上就會想到：他的著作還能流行多久。威廉·班克斯（他完全沒有這種虛榮心）對這問題置之一笑，他說，文學風尚的變化對他說來無關緊要。誰能預料甚麼東西將會永存不朽——在文學方面，或者確切一點說，在任何其他方面？

「讓我們欣賞我們自己真正欣賞的東西，」他說。拉姆齊夫人對他的正直肅然起敬。他似乎從來沒有考慮過：這對我有何影響？但是，如果你具有另一種性格，這種性格使你必須得到別人的讚揚和鼓勵，你自然就會開始（她知道拉姆齊先生正在開始）感到不自在，你會要別人對你說，噢，拉姆齊先生，不過您的著作是不朽的，或者說些諸如此類的話。他有點煩躁地說，無論如何，他對司各特（或許是莎士比亞？）的興趣是一輩子不會衰退的。他說得很激動。她認為，每個人，不知道為甚麼，都感到有點侷促不安。敏泰．多伊爾具有良好的本能，她故意嬌憨地說，她不相信有誰真的欣賞莎士比亞。拉姆齊先生嚴峻地說（但他的心情已經轉變）：很少有人真正像他們自己所說的那樣喜歡莎士比亞。但是，他接着說，無論如何，莎士比亞的某些劇本的確具有一定的優點。拉姆齊夫人發覺，緊張的氣氛緩和下來了，無論如何暫時不會有甚麼問題，他會去嘲笑敏泰，而（拉姆齊夫人發現）敏泰意識到拉姆齊先生對他本人的成敗極為憂慮，她自有辦法來體貼他、奉承他，用各種方法來叫他心平氣和。但是，她希望這一切都是不必要的；也許正是由於她自己的過錯，才造成了這種必要性。總之，現在她可以放下心來，聽保羅談談他童年時代讀過的書了。他說那些書是不朽的。他在學校裏唸過一點托爾斯泰的小說。其中有一本他永遠也忘不了，但他想不起那書名了。俄國人的名字就是記不住，拉姆齊夫人說。「伏龍斯基，」保羅說。他想起了這個名字，因為他總是覺得，對一個壞蛋來說，這個名字實在是太好了。「伏龍斯基，」拉姆齊夫人說，「噢，準是《安娜．卡列尼娜》，」但他們並未深入討論這本書；書籍本來不是他們所擅長的話題。不，講起關於書的事情，查爾士．塔斯萊只要一秒鐘就能糾正他們倆的錯誤，但他老是在想：我說得恰當嗎？我給人留下一個良好的印象了嗎？這些想法和他關於書籍的意見混雜在一起，結果你對他本人的了解比對於托爾斯泰的了解還要多一點；和他相反，保羅說起話來直截了當，都是關於所談的問題本身，而不是關於他自己或甚麼別的東西。和所有智力遲鈍的人們一樣，他也有一種謙遜的品德，他很關心體貼對方的感覺如何，這一點有時候至少使她覺得他很討人喜歡。現在他所考慮的不是他自己，不是托爾斯泰，而是她是否覺得有點冷，是否覺得有一陣穿堂風；是否想吃個梨子。

不，她說，她可不要吃梨。真的，她一直在（無意識地）留心看守着那盤水果，希望誰也別去碰它。她的目光一直出沒於那些水果彎曲的線條和陰影之間，在葡萄濃艷的紫色和貝殼的角質脊埂上逗留，讓黃色和紫色互相襯托，曲線和圓形互相對比，她不知道自己為甚麼要這樣做，也不明白為甚麼她每一次凝視這盤水果，就覺得越來越寧靜安詳、心平如鏡；噢，如果他們想吃水果，那多可惜——一隻手終於伸了過去，取了一隻梨子，破壞了整個畫面。她不勝惋惜地瞅了露絲一眼。她望着坐在傑斯潑和普魯中間的露絲。多奇怪，她自己的孩子，竟會幹出這種大煞風景的事兒！

那多奇怪，看見他們，她的孩子們，傑斯潑、露絲、普魯、安德魯在那兒坐成一排，他們幾乎默不作聲，但是，從他們嘴唇的輕微翕動，她猜測他們正在講一些屬於他們自己的笑話。那是和其他一切都無關的事情，是他們等一會兒到他們自己房間裏才放聲談笑的事情。她希望這不是關於他們的父親的甚麼事情。不，她想不會的。那究竟是甚麼呢？她可猜不到。她有點兒傷心，因為，她似乎覺得，他們要等到她不在場的時候，才自由地說笑。在那些相當安定、靜止、像面具一般缺乏表情的臉龐後面，隱藏着所有那些她不知道的事情；因為他們不容易參加到成人的談話中來，他們就像旁觀者或檢查員，和那些成年人隔開一段距離，或者有些突出。但是，當她今晚瞧一下普魯，就發現上述結論對她來說並不完全正確。她剛剛在起步，墜入塵世。在她的臉上，有一種非常模糊微弱的光彩，好像坐在對面的敏泰的光芒、某種興奮的情緒、某種對於幸福的預期，在她的身上反映了出來；好像愛情的太陽從桌布的邊緣升起，而她還不知道這是甚麼，就彎下身去向它致意。她一直在含羞地、好奇地瞅着敏泰，因此，拉姆齊夫人瞧瞧這個，再望望那個，在心裏暗暗地對普魯説，總有一天，你將像她一樣幸福；你將比她還要幸福得多，她又加了一句，因為你是我的女兒；她的意思是説，她的親生閨女，應該比別人的女兒更加幸福。但是晚餐已經結束。是離開餐桌的時候了。他們只是在玩弄他們盤子上的刀叉。她的丈夫正在和敏泰講一個關於打賭的笑話。她要等他們聽他講完，笑個暢快，然後她才站起來。

她突然覺得喜歡查爾士·塔斯萊；她喜歡他的笑聲。她喜歡他對保羅和敏泰那樣生氣。她喜歡他手足無措、侷促不安的窘態。畢竟在那小夥子身上還有不少優點。還有莉麗，拉姆齊夫人把餐巾放在她的盤子旁邊想道，她總有一些別出心裁的笑話可説。你永遠不必為她費心。她在等待。她把餐巾摺好，塞在盤子的邊緣下面。嗯，他們講完了嗎？不。那個笑話又引出了另一個故事。她的丈夫今晚興高采烈，她猜想，他希望在那盤湯所引起的芥蒂之後，和老奧古斯都言歸於好，因此把他也拉進了談話的圈子——他們正在講關於他們倆在大學裏認識的一位朋友的故事。她向窗戶望去，窗上的玻璃一片漆黑，蠟燭的火焰在窗上的反光更明亮了，她向外面望去，談話的聲音傳入她的耳鼓，有一種非常奇怪的感覺，好像這是在一個大教堂裏做禮拜的聲音，因為她並不在聆聽所說的詞句。突然傳來一陣笑聲和一個人（敏泰）單獨說話的聲音，這使她想起男人們和男孩們在羅馬天主教會的大教堂裏做彌撒時高聲唸誦拉丁語經文。她等待着。她的丈夫開腔了。他在重複一些詞句，那節奏和他悲喜交集的聲音，使她明白這是一首詩：

出來登上花園的小徑，
盧琳安娜，盧琳麗。
月季花兒都已開放，
黃色的蜜蜂飛舞在花叢裏。

那吟詩的聲音（她凝視着窗戶），宛如漂浮在戶外水面上的花朵，與他們全都脫離了關係，似乎並沒有甚麼人在吟詠，而是那些詩句在自動湧現出來。

在我們過去和未來的生活裏，
充滿着鬱鬱葱葱的樹木，

和不斷更新的樹葉，

她不知道這些詩句的涵義是甚麼。但是，像音樂一般，這些詩句好像是由她自己的聲音吟誦出來的，這聲音在她的軀體之外，流暢自如地說出了她心中整個黃昏的感受，雖然在這段時間裏，她談論着各種各樣不同的話題。不必左顧右盼，她就知道餐桌旁的每一個人都在傾聽：

我不知道
你是否有類似的感覺，
盧琳安娜，盧琳麗。

懷着與她相同的解脱和喜悦之情，他們感到好像這是出自他們自己肺腑的聲音，終於説出了自然而然要説的話。

但這聲音停止了。她環顧四周。她站了起來。奧古斯都．卡邁克爾也欠身起立，他手中拿着餐巾，看上去就像一條白色的披肩，他站着吟誦：

看見君王們跨着駿馬
走過草地和開滿雛菊的草原
佩帶着棕櫚葉[27]和杉木的箭束，
盧琳安娜，盧琳麗。

當她經過他面前時，他稍微轉過身來，對她重複那最後一行詩句：

盧琳安娜，盧琳麗

並且向她鞠躬，好像他是在向她致以崇高的敬禮。不知道為甚麼，她覺得，他對於她似乎比以往任何時候更有好感；帶着一種寬慰和感激的心情，她躬身答禮，從他為她打開的門口走了出去。

現在有必要把一切都往前推進一步。走到門檻上，她逗留了片刻，回首向餐廳望了一眼，當她還在注目凝視之時，剛才的景象正在漸漸消失；當她移動身軀、挽住敏泰的手臂離開餐廳之際，它改變了，呈現出不同的面貌；她回過頭去瞥了最後一眼，知道剛才的一切，都已經成為過去了。

18

和往常一樣，莉麗想，總有甚麼事情恰恰要在這個時候去做，這是拉姆齊夫人出於她個人的原因決定立刻要辦的事兒，至於其他人，可以站在四周講講笑話，就像現在這樣，拿不定主意是否要到吸煙室、客廳或頂樓的房間裏去。莉麗看着拉姆齊夫人，在人聲嘈雜之中，夫人挽着敏泰的手臂，她忽然想到：「對，是該辦那件事兒的時候了。」於是，她帶着一種神秘的神情，馬上走開，獨自去辦她的事情了。她一走開，一種分崩離析的過程就開始了；他們猶豫了片刻，大家分道揚鑣，班克斯先生挽住查爾士．塔斯萊的胳膊，離開餐廳，到平台上去了結他們在晚餐桌上開始的關於政治問題的討論，這樣，他們就改變了這個黃昏的整個平衡，使重心落在一個不同的方向，莉麗看見他們走開去，聽到關於工黨政策的一言半語，似乎覺得他們倆登上了輪船的駕駛台，正在判明他們的方向；從詩歌轉向政治的這個變化，給她留下的印象就是如此；班克斯先生和查爾士．塔斯萊就這樣走開了，這時，其他人站在那兒，瞧着拉姆齊夫人在燈光中走上樓去。莉麗猜不透：她如此匆忙，是到哪裏去？

她並不是匆匆忙忙地奔跑；實際上，她走得相當慢。在談了這麼多話之後，她覺得很想靜靜地佇立片刻，並且把一件關係重大的、特殊的事情挑選出來、分解出來、分離出來，去掉所有的感情因素和夾七雜八的成份，把它放在她的面前，把它帶到她為了判斷此事而設的內心法庭上，法官們坐在那兒審議：它的品質優劣、是非曲直究竟如何？我們這些人將往何處去？等等。在那件事情[28]所引起的震驚之後，她又恢復了常態，相當無意識地、不恰當地借助窗外那些榆樹的枝椏來穩定她的心境。她的世界在變化之中；而那些樹枝是靜止不動的。那件事情給了她一種動盪的感覺。一切都必須井然有序。她必須把各種事情都安排妥當，她想。她不知不覺地讚許那些榆樹的莊嚴肅穆。現在一陣風把它們的樹枝盡量向上托起（像一條船在風浪中昂起了船頭）。在颳風了（她佇立片刻，凝視窗外）。風兒吹過，在樹葉之間，偶爾露出一顆星星；而那些星星本身，似乎也在搖晃，投射出光芒，在樹葉之間空隙的邊緣閃爍。是的，此事已成定局，大功告成；而當一切都已完成，它就會變得莊嚴肅穆。現在她想起了它，丟開了閒言碎語和感情因素，它似乎一向就是如此，只是現在它被顯示了出來，這就使一切都變得穩定了。她想，他們還會繼續生活下去，不論他們活多久，他們會回到這個夜晚、這輪明月、這陣清風、這幢房屋中來，也將回到她的身邊。這使她感到不勝榮幸，這是她最容易受人恭維奉承之處；她想，不論他們活多久，這一切會在他們心頭繚繞，她總會被他們銘記心中；還有這個、這個、這個，她一邊想，一邊笑，一邊上樓，一邊深情地注視樓梯平台上的沙發（她母親的遺物）、搖椅（她父親的遺物）和那張希布里堤群島的地圖。所有這一切，都將在保羅和敏泰的生命中復活。「雷萊夫婦」——她把這個新的稱呼揣摩一番；她的手放在育兒室門的把手上，她覺得，那種出自真情的與別人感情上的交流，似乎使分隔人們心靈的牆壁變得非常稀薄（這是一種寬慰和幸福的感覺），實際上一切都已經匯合成同一股溪流，這些桌、椅、地圖是她的，也是他們的，是誰的都無關緊要，當她死去的時候，保羅和敏泰會繼續生活下去。

她穩穩地旋轉門上的把手，以免發出吱吱嘎嘎的響聲；她走進了育兒室，稍稍撅起嘴唇，好像在提醒自己，不可大聲説話。但她一進屋去，馬上很不高興地發現，她的預防措施全都是不必要的。孩子們還沒有睡。這真叫人生氣。瑪德蕾特要更加留神一點才好。詹姆斯完全清醒，凱姆坐得筆直，瑪德蕾特赤着腳還沒上床，已經快要十一點了，他們還在說話。這是怎麼回事兒？肯定又是那隻可怕的野豬頭顱在作怪。她早就吩咐過瑪德蕾特把它拿走，但她顯然已經忘了，因此，現在凱姆和詹姆斯都醒着，他們正在爭論，他們應該早在一個小時之前就進入夢鄉了。愛德華叫甚麼鬼迷了心竅，竟把這可怕的頭顱送給孩子們？她也真傻，就讓他們把它釘在牆上。它釘得十分結實，瑪德蕾特說，它在房間裏，凱姆就睡不着；要是她碰它一下，詹姆斯就尖聲喊叫。

凱姆該睡覺了（那頭顱上有很大的角，凱姆說）——睡着了會夢見很多美麗可愛的地方，拉姆齊夫人一邊說一邊在她的床邊坐下。凱姆說，她看見房間裏到處都是野豬的角。這話不假。只要他們點着一盞燈（詹姆斯沒燈睡不着），總會有一些影子投射出來。

「可是，凱姆，你想一想，它只是一頭老豬，」拉姆齊夫人說，「一頭很好的黑豬，就像農場裏的那些豬一樣。」但是，凱姆認為，這是個可怕的東西，它的影子分散開來，在房間裏到處都是，對準着她。

「好吧，」拉姆齊夫人說，「我們就把它遮起來。」他們瞧着她走到五斗櫥前，很快地把那些抽屜一隻隻都抽出來，但她找不到合適的東西，她馬上就把身上披的圍巾拿了下來，繞到那頭顱上去，繞了一層又一層，然後她走到凱姆身邊，幾乎把自己的頭貼到她的枕頭上，她說，現在它瞧上去多美；仙女們會多麼喜歡它；它就像一只鳥窩；它就像他們在國外看到過的美麗的山巒，它有幽靜的山谷，鮮花遍地，鐘聲嘹亮，鳥兒歡唱，還有小山羊和野羚羊……她可以覺察到，當她有節奏地說着這些話的時候，這些字句在凱姆的頭腦裏回響着，凱姆跟着她重複這些話：它多麼像一座山巒、一只鳥窩、一個花園，那兒還有小羚羊；她的眼皮一會兒睜開、一會兒合攏，拉姆齊夫人繼續說下去，說得更加單調、更加有節奏、更加荒唐；她對凱姆說，她該閉上眼睛睡覺了，她會夢見山巒和山谷、流星、鸚鵡、羚羊和所有美麗可愛的東西；她慢慢地抬起頭來，她講得越來越單調機械，直到她挺直身子坐了起來，發現凱姆已經睡着了。

她走到兒子床邊低聲耳語：現在詹姆斯也要睡了，看見嗎，那野豬頭顱還在那兒；他們沒去動它；他們照他的意思辦了；它仍舊留在那兒，一點也沒受到損傷。他確實相信，那頭顱骨還包在圍巾下面。但他還有別的事情要問她。明天他們要到燈塔去嗎？

不，明天不去，她說，但是不久就可以去，她向他保證，下一次天晴就去。他真乖。他躺下了。她給他蓋好了被子。但是，她知道，他永遠也不會忘記這件事，因此，她對查爾士．塔斯萊、對她丈夫、對她自己都很生氣，因為是她自己引起了他到燈塔去的渴望。然後，她伸出手去摸摸肩膀，才想起她已經把圍巾包了那個野豬頭顱了，她站起來，把窗子再拉下一兩英寸，她聽見風在呼嘯，她吸了一口涼颼颼的夜晚的空氣，輕輕地對瑪德蕾特說了聲晚安，她離開了房間，讓門鎖的簧舌慢慢地彈回鎖閘。她走了。

她希望塔斯萊先生不要砰的一聲把書摔在他們頭頂上方的地板上。她還在心裏想着塔斯萊先生是多麼討厭，因為他們倆都睡得不好，他們是容易激動的孩子，既然塔斯萊剛才說了關於燈塔的那番令人掃興的話，她覺得，正當孩子們將要睡着的時候，他似乎很有可能會粗手笨腳地用他的肘部把一堆書從桌子上掃到地板上去。因為她猜想他已經上樓去工作了。然而，他看上去又是多麼孤獨；當他走開了，她就會覺得鬆了一口氣；她要設法使他明天受到較好的待遇；他欽佩她的丈夫；他的禮貌還有改進的必要；她喜歡他的笑聲——當她走下樓梯之時，心裏想着這些事情，她注意到，現在她可以穿過樓梯的視窗看到月亮了——那金黃色的、收穫季節的滿月[29]——她轉過身來，於是他們就看到她站在他們上方的樓梯上。

「那就是我的媽媽，」普魯心裏想。對，敏泰該瞧瞧她；保羅．雷萊也該瞧瞧她。她覺得，這就是那件事情本身，似乎世界上只有一個那樣的人物，那就是她的母親。剛才和其他人談話的時候，普魯顯得很像一個成年人，現在她又成了一個孩子，她認為保羅和敏泰是在做一場遊戲，而她不知道她的媽媽究竟是認可這種遊戲呢還是譴責它。她想，現在是一個多麼好的機會，讓敏泰、保羅和莉麗看看她媽媽有多美，她覺得有這樣一位母親真是無比幸運，她希望自己永遠不要長大成人，永遠不要離開這個家。她像個孩子似地說道：「我們剛才想要到沙灘上去看看海浪。」

突然間，不知為了甚麼緣故，拉姆齊夫人好像成了二十歲的姑娘，充滿着喜悅。她突然充滿着一種狂歡的心情。他們當然應該去，當然應該去，她笑着嚷道；她飛快地跑下最後三、四級樓梯，她開始望望這個又轉過身來望望另一個，一邊笑着一邊拉起敏泰的披肩把她圍起來。她說，她真希望她也能去。他們會待到很晚嗎？他們有誰帶了錶嗎？

「對，保羅有個錶，」敏泰說。保羅從一隻小小的軟皮錶袋裏取出一隻美麗的金錶拿給她看。他把錶放在手掌心裏送到她的面前，他覺得「她一切全知道了，我甚麼也不用說了」。他把錶拿給她看時說道：「我已經把事情辦好了，拉姆齊夫人。一切多蒙您的關照。」看見他手裏的金錶，拉姆齊夫人覺得，敏泰多麼幸福！她將和一位有一隻放在軟皮袋裏的金錶的男子結婚！

「我多麼想和你們一塊兒去！」她大聲說道。但是，她被某種強有力的因素抑制住了，她甚至從未想到過要問一問自己，那究竟是甚麼事兒。她當然不可能和他們一塊兒去。要不是為了那件事兒，她可是真的想去。她被自己荒唐的想法（嫁給一個有皮錶袋的人多有福氣）逗樂了，唇邊掛着一絲微笑，她走進了另一個房間，她的丈夫正坐在那兒看書。

19

她走進房間時對自己說，當然，她不得不到這兒來，取得某種她所需要的東西。首先，她要在一盞特定的燈下的一把特定的椅子裏坐下。但她還要更多的東西，雖然她不知道，也不想知道，到底她想要甚麼。她瞧了丈夫一眼（她拿起襪子，開始編織），她看得出，他不願受到干擾——那是很明顯的。他正在讀一本使他非常感動的書。他似笑非笑，這使她明白，他正在控制着自己的感情。他正在把書一頁一頁翻過去。他正在扮演——也許他正在把自己當作書中的人物。她不知道那是本甚麼書。噢，她看出來了，那是一本司各特爵士的作品。她把燈罩調節一下，使燈光直接投射到她正在編織的襪子上。因為查爾士．塔斯萊老是説（她抬頭仰望上方，似乎她預料有一堆書會落到樓板上），他一直在説，人們不再讀司各特的書了。於是，她的丈夫就想：「那就是人們將要給我的評語。」所以他才到這兒來，拿一本這種小説看看。如果他得出結論，查爾士．塔斯萊是「正確的」，那麼他就接受這個關於司各特的論斷。（她看得出來，他一邊讀，一邊在權衡、考慮、比較。）但他並不把這作為對他自己的結論。他總是對自己的成就惴惴不安。這使她十分煩惱。他總是為自己的著作憂慮——它們會有讀者嗎？它們是優秀的作品嗎？為甚麼不能把它們寫得更好些？人們對我的評價又如何？她可不喜歡想到他如此憂心忡忡；她不知大家是否猜到，在吃晚飯時，他們談到作家的名聲和作品的不朽，為甚麼他突然變得如此激動不安；她可拿不準，孩子們是否都在嘲笑他的那種態度。她把襪子猛然拉直，在她的唇邊和額際，那些像用鋼刀雕鏤出來的優美線條顯露了出來，她像一棵樹一般靜止了，那棵樹剛才還在風中顫動、搖曳，現在風小了，樹葉一片一片地靜止下來。

他們看出了他的激動也罷，孩子們嘲笑他也罷，這都沒甚麼關係，她想。一位偉大的人物，一部偉大的著作，還有不朽的名聲——誰又能說得準呢？她對此一無所知。但這是他的思想方式，是他真誠的想法——譬如說，在吃晚飯時，她就曾經出於本能地想過，只要他能開口說句話就好了！她對他有充份的信心。現在她把這些想法全都丟開，就像一個潛水的人，一會兒遇到一叢水草，一會兒碰到一根稻草，一會兒見到一個水泡，她在水裏潛得更深了，她就重新感到剛才在餐廳裏其他人在談話時她曾經有過的那種感覺：我需要某種東西——我到這兒來就是為了得到它，她覺得自己潛得越來越深，但她不知道她所要的究竟是甚麼，她閉上了眼睛。稍微等了一會兒，她一邊結着絨線，一邊在心中思忖。「月季花兒都已盛開，蜜蜂嗡嗡飛舞在花叢裏，」他們在餐廳裏吟誦過的詩句，慢慢地、有節奏地在她的腦海裏來回蕩漾，當這些詩句在腦海裏流過之時，每一個字就像一盞有罩的小燈，紅的、藍的、黃的，在她黑暗的腦海中閃亮，似乎連它們的燈杆兒也留在上面，縱橫交錯、來回飛舞，或者被人大聲吟誦、反覆回響；於是她轉過身來，在身邊的桌子上摸到了一本書。

在我們過去和未來的生活裏，
充滿着鬱鬱葱葱的樹木
和不斷更新的樹葉，

她一邊把鋼針插進襪子，一邊低聲吟誦。她打開了書本，開始這兒挑一段、那兒選一節地隨意閱讀，她在讀的時候，覺得自己忽而往後退下，忽而往上攀登，用手撥開在她頭頂上波動的花瓣，開路前進，她只知道這片花瓣是白的，或者那片花瓣是紅的。起初她並未領會那些詩句的意義。

掌穩着舵，筋疲力盡的水手們，
駕着你們松木的輕舟，向這兒飛駛，

她一邊讀，一邊把書一頁一頁地翻過去，她搖晃着身軀，忽左忽右地曲折前進，從一行詩跳到另外一行，就像從一根樹枝攀到另外一根，從一朵紅白的花轉向另外一朵，直到一個輕輕的響聲驚醒了她——她的丈夫拍了一下他的大腿。他們的目光對視了片刻，但他們不想交談。他們沒話可説。儘管如此，似乎有甚麼東西，從他那兒向她傳遞過來。她心裏明白：是這本書的生命，是它的力量，是它驚人的幽默，使他拍了一下大腿。他似乎在説：你別打擾我；甚麼也甭説；就坐在那兒吧。他繼續讀下去。他的嘴唇微微顫動。它使他滿足。它使他振奮。他完全忘卻了那天黃昏所有的摩擦和刺激：忘卻了他靜靜地坐着瞧別人沒完沒了地吃喝所感到的説不出的厭煩；忘卻了他曾對他的夫人如此煩躁易怒；忘卻了當時他們對於他的著作一字不提，似乎它們是根本不存在的，這使他多麼耿耿於懷。然而，現在他覺得，誰達到Z是無關緊要的（如果思想的進展過程就像字母從A到Z那樣循序漸進的話）。總有人會達到這個水平——如果不是他，那就是別人。司各特的力量和智慧，他對於直截了當的簡樸事物的感情，書中的那些漁民，墨克爾貝凱特的茅屋中那個可憐的瘋狂的老人，這一切使他感到精神振奮，解脱了某種心理的負荷，以至於有一種覺醒和勝利之感，使他忍不住熱淚盈眶。他把那本書稍微舉高一點，遮住了他的臉，讓眼淚簌簌地淌下，他搖了搖頭，完全忘記了他自己（但有一兩個念頭在他心中閃過，他在反省道德問題和英國與法國的小説，他想到司各特的雙手雖然被束縛住了，但是他的觀點也許和別的觀點同樣正確），可憐的斯坦尼的淹死和墨克爾貝凱特的苦難（這是司各特的神來之筆），以及這本書給他帶來的驚人的愉快和強烈的感情，使他完全忘記了他自己的煩惱和失敗。

好吧，他看完這一章時心裏想，就讓他們把它改進一下吧。他覺得自己似乎在與別人爭論，並且佔了上風。不論他們怎麼說，他們不可能把它再改得更好一點；於是，他自己的地位就變得更穩固了。他在頭腦裏把一切都回想一遍，他認為，那些情侶寫得很無聊。那是無聊的敗筆；這是第一流的傑作；他在心中斟酌，把書中的各個部份互相比較。但他必須把它再讀一遍。他想不起那個故事的完整形態。他只得暫時不作判斷。因此，他回過頭來想那另外一件事情——如果年輕人不喜歡這種書，他們自然也就不會喜歡他的作品。他不應該抱怨，拉姆齊先生想道。他竭力克制自己要向夫人抱怨年輕人不欽佩他的那種願望。他已下了決心，不願再去煩擾她了。他瞧着她看書。她看上去非常安詳，正在專心閱讀。想到大家都離開了，只剩下他們倆在一起，他很高興。他想，生活的完整意義，並不在於床笫之歡；他的思緒又回到了司各特和巴爾扎克，回到了英國和法國的小說。

拉姆齊夫人抬起她的頭，就像一個睡眼惺忪的人；她似乎在說，如果他要她醒來，她就願意醒來，她真的願意，否則的話，她還想睡覺，她要再睡一會兒，哪怕是一會兒也好，行嗎？她正在攀登那些樹枝，忽左忽右地向上攀登，伸手摸到一朵花，然後又摸到了另外一朵。

「也不要讚頌那緋紅的玫瑰，」她俯首低吟，覺得在吟誦之際，她正在朝着那樹巔、那頂峰攀登。多麼心滿意足！多麼寧靜安詳！白天所有那些亂七八糟的景象，全都被這塊磁鐵吸住了；她覺得她的心靈被打掃過了，被淨化了。就在這兒，她突然把它完全掌握在手中了，美妙而明智，明晰而完整，這是從生活中提煉出來的精髓，她在這兒完整地把握住了——這首十四行詩。

但是，她逐漸意識到她的丈夫正在瞅着她。他正在向她好奇地微笑着，似乎他在溫和地嘲笑她的白日幻夢，但同時他又在想：繼續讀下去吧。你現在看上去毫無憂慮，他想。他不知道她正在讀甚麼，他誇大了她的淳樸無知，因為他喜歡認為她並不聰明，也不精通書本知識。他拿不準，她究竟是否理解她正在讀的東西。也許並不理解，他想。她驚人地美。似乎對他來說，她的美（如果可能的話）增長不已。

好像仍是冬天，

你已飄然而去，
我與這些幻影一塊兒嬉戲，
猶如我和你的倩影一起徘徊，

她讀完了。

「嗯？」她說，她的目光離開了書本，她抬起頭來望着他，神思恍惚地回答他的微笑。

我與這些幻影一塊兒嬉戲，
猶如我和你的倩影一起徘徊，

她低聲吟誦，把書放到桌上。

她拿起了絨線襪子，心中在捉摸：自從她上次看到他坐在這兒，究竟發生了一些甚麼事情？她想起了餐前換裝；抬頭望見窗外的明月；安德魯在吃飯時把盤子舉得太高；威廉說了些令人掃興的話；樹上的鳥兒；樓梯平台上的沙發；孩子們尚未入睡；查爾士．塔斯萊的書掉下來把他們驚醒了——噢，不，那是她想像出來的；保羅有一隻軟皮錶袋。她該挑哪一件事兒去和他說呢？

「他們訂婚了，」她一邊開始織襪子一邊說，「保羅和敏泰。」

「我也猜到了，」他說。這沒甚麼可說的。她的思緒還在隨着那首詩上下飄蕩；他讀完了斯坦尼的葬禮那一章之後，仍然覺得精神振奮、胸懷坦蕩。因此，他們倆默默無言地坐着。後來她想起來了，她曾盼望他說些甚麼。

無論甚麼，無論甚麼，她一邊想一邊結着絨線。無論說些甚麼都行。

「嫁一個有皮錶袋的男人，那有多妙，」她說。因為那就是他們倆共同欣賞的那類笑話。

他嗤之以鼻。他對於這個婚約的感覺，和他一貫對於任何婚約的感覺相同：那個小夥子可遠遠配不上那位姑娘。在她的頭腦裏慢慢地出現了疑問：那末，為甚麼有人總是想要人們結婚呢？它的意義和價值究竟何在呢？（現在他們所說的每一個字都是真誠的。）說點兒甚麼吧，她想，她渴望聽到他的聲音。因為，她覺得，那個陰影，那個籠罩他們的陰影，又開始出現了，又在她的四周包圍攏來。說點兒甚麼吧，她懇求他，她的目光瞅着他，似乎在向他求援。

他默然無語，來回擺動着掛在他錶鏈上的指南針，正在思考司各特和巴爾扎克的小説。他們倆身不由己地湊到一塊兒，肩並着肩，靠得很近，透過他們之間依稀存在的牆壁，她可以感覺到，他的思想像一隻舉起來的手一般，遮蔽了她自己的思想；而由於她的思路現在正向着他所厭惡的、被他稱為「悲觀主義」的方向轉化，他開始感到煩躁不安，雖然他甚麼也沒説，只是把手伸向他的額角，撚起一綹頭髮，又把它放了下來。

他指着襪子説，「今晚你是織不完的。」那就是她所需要的——那個正在責備她的、嚴厲刺耳的聲音。如果他認為悲觀失望是錯誤的，那麼它可能就是錯誤的，她想。將來總會證明，那一對兒的結合是不錯的。

「對，」她説，一面把襪子放在她的膝上拉平，「我織不完。」

那又如何呢？她感到他還在瞅着她，但是他的神色已經改變了。他想要甚麼東西——要那個她常常難以給他的東西，要她對他説：她愛他。不，她辦不到。他比她善於辭令。他能説會道——她可從來不會。因此，很自然，總是他在説話；為了某種原因，他突然會對此不滿，並且指責她。他稱她為沒心肝的女人；她從來也不對他説一聲她愛他。但事實不是如此——不是如此。只是她從來不會表達她的感情。

她只會說：他的外套沒黏上麵包屑嗎？有甚麼她可以為他做的事情嗎？她站起來，手裏拿着紅棕色的襪子，站在窗前，一方面是想轉過身去避開他，一方面因為她想起了大海的夜景是多麼美麗。但她知道，當她轉身之時，他也轉過頭來；他正在瞅着她。她知道他在想：你從來沒有這樣美。於是她覺得自己非常美。你不能對我說一聲你愛我嗎？他一定在想這個，因為，他剛才還在想敏泰和他的著作，現在他已蘇醒過來，今天這個日子，還有他們關於到燈塔去的爭論，都要結束了。但她辦不到；她說不出口。她知道他在瞅着她，她卻甚麼也不說，只是轉過身來，拿着襪子，對着他瞧。她瞧着他，開始微笑，雖然她一句話也不說，他知道，他當然知道，她愛他。他不能否認這一點。她微笑着凝視窗外說道（她自己心裏在想，世界上沒有可以與此相比的幸福了）——

「對，你說得對。明天會下雨的。你們去不成了。」她瞅着他微笑。因為她又勝利了。儘管她甚麼也沒說，他還是明白了。

註釋：

[1] 她是拉姆齊家的婢女。

[2] 這是拉姆齊先生在朗誦庫珀的詩歌《飄泊者》。

[3] 巴拉克拉伐是英法聯軍和沙俄軍隊於一八五四年十月在克里米亞戰爭中的一個戰役。

[4] 英國哲學家貝克萊説：「我説我寫字用的桌子存在，這就是説，我看見它，摸到它。假若我走出書房以後還説它存在，這個意思就是説，假若我在書房中，我就可以感知它，……」（《人類知識原理》）拉姆齊是哲學家，因此安德魯才借用這個比喻，來説明他的工作性質。

[5] 米開朗琪羅（一四七五─一五六四），意大利文藝復興時期的藝術大師。

[6] 「穿過死亡的幽谷」這句話出自《聖經．舊約．詩篇》第二十三篇。

[7] 西方的探險者們常用圓錐形的石堆來作為界標或紀念碑。

[8] 原文 brass，可譯為黃銅的；厚顏無恥的。

[9] 伍爾夫的意思是説，由於過份誇張，拉姆齊夫人幾乎認不清自己的真面目了。

[10] 離合詩（actostic）是幾行詩句頭一個詞的詞首字母或最後一個詞的詞尾字母能夠組合成詞的一種特殊詩體。

[11] 洛克（一六三二—一七零四），英國哲學家。休謨（一七一一—一七七六），蘇格蘭哲學家。貝克萊（一六八五—一七五三），愛爾蘭哲學家。

[12] 托瑪斯·卡萊爾（一七九五—一八八一），蘇格蘭散文家，哲學家。

[13] 佛洛伊德的精神分析學說，把人的心理分為意識、前意識、潛意識三個層次，其中包括超我、自我、伊德（本能）三種因素，意識居於心理的表層，而潛意識的黑暗領域是深不可測的。拉姆齊夫人的想法，顯然是受到了佛洛伊德學說的影響。

[14] 參閱註釋11。

[15] 倫勃朗（一六零六—一六六九），荷蘭大畫家。

[16] 喬托（一二六七—一三三七），意大利文藝復興初期畫家、雕塑家。

[17] 提香（一四九零—一五七六），意大利文藝復興時期威尼斯派畫家。

[18] 都勃牛肉，是法國菜，一種旁邊有配菜的紅燜牛肉。

[19] 西方人用肉桂葉作佐料，就像我們使用葱、薑作佐料一樣。

[20] 涅普杜恩或譯作尼普頓，羅馬神話中的海神，即希臘神話中的波塞冬。巴克思是羅馬神話中的酒神，即希臘神話中的狄俄尼索斯。

[21]《米德爾馬奇》是十九世紀英國小說家喬治．艾略特的著名長篇小說。

[22] 斯達爾夫人（一七六六—一八一七），法國女作家。

[23] 羅斯伯雷（一八四七—一九二九），英國政治家。

[24] 克里維（一七六八—一八三八），英國傳記作家。

[25] 威佛利小說，指英國小說家瓦爾特．司各特爵士（一七七一—一八三二）寫的一系列蘇格蘭歷史小說。

[26] 根據精神分析學家阿德勒氏的觀點，塔斯萊這種過份強烈的自我意識，實際上是對於潛意識中「自卑情結」的「過度補償」。而事業的成功可以消除自卑感，即消除他狂妄自大的潛在的心理根源。

[27] 人們常把棕櫚葉作為勝利的象徵。

[28] 指保羅．雷萊和敏泰．多伊爾私訂終身。

[29] 指九月二十二、二十三日後兩週之內的第一次滿月。

第二部 歲月流逝

1

「嗯，究竟如何，我們必須等到將來才見分曉，」班克斯先生邊說邊從平台上走進屋裏。

「天黑得幾乎看不見了，」安德魯從海灘上走過來說。

「幾乎黑得連大海和陸地也分不清了，」普魯說。

「我們還讓那盞燈繼續點着嗎？」當他們在屋裏脱下外套時莉麗問道。

「不，」普魯說，「如果大家都進來了，就把它熄了吧。」

「安德魯，」她回頭喚道，「把門廳裏那盞燈熄了。」

屋裏的燈都一一熄滅了，只有卡邁克爾先生房間裏還有燈光，他喜歡躺着讀一點維吉爾[1]的詩，他的蠟燭熄得比其他人遲得多。

2

燈火都熄滅了，月亮落下去了，一陣細雨沙沙地打在屋頂上，黑暗無邊的夜幕開始降臨。似乎沒有任何東西能在這黑暗的洪流中倖存：無窮的黑暗從鑰匙孔和縫隙中溜進來，躡手躡腳地繞過百葉窗，鑽進了臥室，吞沒了水壺和臉盆，吞噬了紅色、黃色的大利花，淹沒了五斗櫥輪廓分明的邊緣與結實的形體。不僅各種傢具都形態模糊、混淆不清，幾乎沒有一個人的軀體或心靈置身於黑暗之外，可以讓你來區分：「這就是他」或「那就是她」。有時，一隻手舉了起來，好像要抓住或擋開甚麼東西；或者有人在夢中呻吟；或者有人在高聲大笑，好像在與虛無共同欣賞一個笑話。

客廳裏、餐廳裏或樓梯上，沒有一絲動靜。只有從那陣海風的軀體上分離出來的一些空氣，它們穿過生銹的鉸鏈和吸飽了海水潮氣而膨脹的木板（那幢屋子畢竟破舊不堪了），偷偷地繞過牆角，闖進了屋裏。你幾乎可以想像：它們進入客廳，到處徘徊、詢問，和懸掛在那兒劈啪扇動的糊牆紙嬉戲，問問它還要在那兒懸掛多久？甚麼時候它將會剝落下來？然後，它們平靜地拂過牆壁，在經過之時若有所思，好像在詢問糊牆紙上那些紅色、黃色的玫瑰，它們是否會褪色，並且溫文爾雅地詢問（它們有的是時間）廢紙簍裏撕碎的信件、房間裏的花卉和書籍（這一切現在都敞開地呈現在它們面前）：它們是盟友嗎？它們是敵人嗎？它們還能保存多久？

一些不規則的光線，從沒有被雲朵遮住的星星、飄泊的船隻或那座燈塔發射出來，蒼白地投射到樓梯或地席上，指引着那幾股小小的空氣爬上了樓梯，在臥室門口探頭探腦。但是在這兒，它們肯定必須止步。其他一切都會煙消雲散，躺在這兒的東西卻持久不變。你可以告訴那些悄悄溜過的光線和到處摸索的空氣（它們自己正在呼吸，並且向床上俯視）：這兒的東西你們可碰不得，也毀不了。它們似乎有着輕如羽毛的手指，並且像羽毛般輕柔持久，它們疲乏地、像幽靈一般地俯視床上那閉着的眼睛、鬆弛的手指，然後它們倦怠地摺起它們的長袍消失了。它們就這樣探頭探腦地、挨挨擦擦地來到了樓梯的窗口，來到了僕人的臥室，來到了頂樓的小屋；它們又下樓去了，使餐廳桌上的蘋果變得顏色蒼白，撫摸着玫瑰的花瓣，試試畫架上的圖畫，掃過那張地席，把一點兒沙土吹落到地上。最後，它們終於停息，大家一道止步、聚集、嘆氣；它們大家一起發出一陣無名的悲嘆，使廚房裏的一扇門發出了回響：它霍然洞開，但甚麼也沒放進來，又砰地一聲關上了。

〔這時，正在閱讀維吉爾的卡邁克爾先生吹熄了他的蠟燭。已是午夜時分。〕

3

但是，一個夜晚究竟又算得了甚麼？不過是短短的一段時間罷了。何況黑暗的消逝是如此迅速，不久鳥就叫了，雞也啼了，或者在那波谷之中，像漸漸轉換顏色的樹葉一般，很快披上了一層淡淡的綠色。然而，黑夜的來臨是周而復始、循環不休的。冬天儲存了大量的黑夜，用它永不疲倦的手指，等量地、平均地分配安排它們。它們延得更長，它們變得更黑。在有些夜晚，清晰可見的行星，像閃亮的金盤高懸在空中。秋天的樹木儘管已經枝葉凋零，它們像破爛的旗幟，在幽暗陰冷的教堂地窖裏閃光，在那兒，雕刻在大理石書頁上的金字，描述了人們如何在戰爭中死去，屍骨如何在印度的沙土中發白、燃燒。秋天的樹木在黃色的月光下微微閃亮，那收穫季節的月光，使勞動的精力充沛旺盛，使割過麥子的田埂顯得光滑平整，並且帶着波濤拍擊海岸，使它染上一片藍色。

神聖的上帝現在似乎被人類的懺悔和勤勞所感動，他拉開了帷幕，展現出幕後獨一無二、截然不同的東西：直立的野兔，退潮的海浪，顛簸的小船；如果我們理應受到報償的話，它們應該永遠屬於我們。但是，哎喲，神妙的真諦拉動了幕索，合攏了帷幕；這並不使他感到高興；他用一陣冰雹來覆蓋他的寶藏，把它們砸碎、攪亂，似乎它們永遠不會恢復平靜，我們也永遠不能把它們的碎片湊成一個完美的整體，不可能在那些散亂的片斷上清晰地看出真理的字句。因為，我們的懺悔只能換來短暫的一瞥；我們的勤勞只配得到片刻的休息作為報償。

現在，這些夜晚充滿了寒風和毀滅：樹幹在搖晃彎曲；葉片到處紛飛，直到它們沾滿了草坪、填滿了溝壑、堵塞了水管、佈滿了潮濕的小徑。大海中波濤迭起，浪花四濺。如果有哪位失眠者幻想他可能在海灘上找到他心中疑問的答案，找到一個人來分享他的孤獨，他會掀開被子，獨自到沙灘上去徘徊，但他卻找不到那非常機敏、隨時準備伺候他的倩影，來把這夜晚變得井然有序，使這個世界反映出心靈的航向。那纖纖玉手在他的手心裏萎縮消失了；那個聲音卻在他的耳際震響。怎麼回事？為了甚麼？在甚麼地方？孤衾獨眠者被這些問題所吸引，躺在床上尋求一個答案，看來，在這一片混亂之中，向茫茫黑夜提出這些問題，幾乎毫無用處。

〔在一個陰暗的早晨，拉姆齊先生沿着走廊蹣跚而行，他向前伸出了胳膊，但拉姆齊夫人已於前晚突然逝世，他雖然伸出了雙臂，卻無人投入他的懷抱。〕

4

屋子空了，門鎖上了，地毯也捲起來了，那些和夥伴們失散了的空氣，它們是一支大軍的先鋒，闖進了屋子，拂過光禿禿的板壁，咬齧着，扇動着，在臥室和客廳裏沒有遇到任何東西來完整地抵抗它們，只有劈啪作響的掛簾，嘰嘰嘎嘎的木器，油漆剝落的桌腿，發霉長毛、失去光澤、裂縫破碎的砂鍋和瓷器。人們拋棄和遺留的東西——一雙靴子，一頂獵帽，衣櫥裏幾件褪色的衣裙——只有這些東西，才保留了人的遺蹟，並且在一片空虛之中，表明它們一度曾經多麼充實而有生氣：纖纖玉手曾經匆匆忙忙地搭上衣鉤、扣上紐襻；梳妝鏡裏曾經映照出玉貌花容，反射出一個空幻的世界，在這個世界中，一個身軀旋轉過來，一隻手揮動一下，門開了，孩子們一窩蜂湧了進來，又走了出去。如今日復一日，光線轉換了，像映在水中的花朵，它輪廓分明的形象，投射到對面的牆壁上。只有那些樹影在風中搖曳，在對面牆上彎腰致敬，偶爾遮暗了陽光在其中反射的水池；或者有鳥兒飛過，於是一個柔和的陰影緩慢地撲動着翅膀，在臥室的地板上掠過。

就這樣，優美和寂靜統治着一切，它們倆共同構成了優美本身的形態——一個生命從中分離出來的形態——像一個黃昏的水池一般寂寞、遙遠；從一列迅速開過的火車的窗戶中望出去，那個在黃昏中顯得蒼白的水池驟然消失，雖然被人瞥了一眼，卻幾乎沒有稍減它的孤單寂寞。優美和寂靜在臥室裏攜手，甚至風兒也在用布套起來的水壺和用被單罩起來的椅子之間窺探，那黏濕冰涼的海風的柔軟的鼻子，到處挨擦、聞嗅，反覆地詢問着——「你們會褪色嗎？你們會消失嗎？」——但幾乎沒有擾亂那安靜、冷漠、純潔完整的氣氛，似乎它所提出的問題幾乎不需要回答：我們依然留存。

似乎沒有任何東西可以破壞它的形象，玷污它的清白，或者擾亂那支配籠罩一切的寂靜，一個星期又一個星期，它在那空虛的房間裏，把鳥兒飄落的悲啼、輪船高亢的汽笛、田野裏單調低沉的響聲、犬的吠叫和人的呼喊，都編織到它自己體內，並且把它們悄悄地摺攏，包裹在屋子四周。只有一次，在午夜時分，一塊木板大吼一聲，斷裂下來，落到樓梯的平台上，好像在幾個世紀的寂靜之後，一塊岩石從山上崩裂開來，飛到山谷裏，摔得粉碎；於是，圍繞着這屋子的寂靜的紗巾才鬆開了一角，在風中來回飄蕩。然後又恢復了平靜；樹影婆娑；日光向投射在牆壁上的自己的身影鞠躬致敬；管家婆麥克奈布太太終於用插在水盆中的雙手撕開了寂靜的面紗，用嘎扎嘎扎踩在屋板上的靴子碾碎了它。她奉命而來，打開所有的窗戶，撣去臥室裏的灰塵。

5

當她搖搖晃晃地走着（她像一條船一樣在大海裏顛簸蕩漾），斜着眼睛張望（她的兩眼從不直視任何東西，她總是斜睥藐視這個世界對她的嘲笑和憤怒——她這個人沒腦筋，她自己知道）；當她抓緊樓梯的欄杆費勁地走上樓去，踉踉蹌蹌地從一個房間走到另一個房間，她唱着歌。她一邊抹着那梳妝枱上的鏡面，一邊乜斜着眼睛着自己晃動的身影，從她的嘴裏發出一種聲音——也許這是二十年前舞台上歡快的歌聲，當時她曾哼着這曲調輕歌曼舞，但是現在，這歌聲出自這個童頭齒豁的管家婆之口，已經失去了意義，就像是無知、幽默、頑強這三者本身發出的聲音，它被人踩在腳下，又重新反跳起來，因此，當她跌跌撞撞地撣去灰塵、抹拭傢具之時，她似乎在說：一個人的憂愁苦惱是多麼長久，每天從早晨起來到夜晚上床，把東西搬出來又收進去，生活是多麼機械單調。她活了將近七十年，知道這個世界並不安逸舒適。疲勞已經壓彎了她的腰。她一面跪在床底下吱吱嘎嘎地清洗地板上的塵土，一面痛苦地呻吟：多久，她問道，還能忍耐支持多久啊？但她又吃力地站起來蹣跚而行，重新斜着眼東張西望，甚至對於自己的臉龐、自己的憂愁，她也轉過臉去，棄而不顧，她站在鏡子面前打着呵欠，漫無目標地微笑着，又重新輕快地、搖搖晃晃地走動，掀起地席、放下瓷器、斜睨鏡中的影像，似乎她畢竟也有她自己的安慰，似乎在她的哀歌中，確實交織着永不泯滅的希望。在洗衣盆中，必定曾經映現出愉快的幻影：譬如和她的孩子們一起（但有兩個是私生子，有一個遺棄了她），在小酒店裏暢飲一番；在她的抽屜裏翻弄她零碎瑣屑的財富。那黑暗也不是鐵板一塊，總有些裂縫；在暗淡的深淵中，也必定有些管道，可以透過足夠的光線，來映照出她扭歪着的臉龐在鏡子裏露齒微笑，於是她重新幹起活來，癟着嘴含糊地哼出演藝場裏陳舊的曲調。在一個晴朗的夜晚，那些神秘的夢幻者們在海灘上漫步，攪動着一潭泥漿，凝視着一塊石頭，他們自問：「我是甚麼人？」「這又是甚麼？」造物突然賜予他們一個答案（他們說不出這是甚麼），才使他們在寒霜中得到一絲溫暖，在沙漠裏得到一點安慰。但是，歷盡滄桑的麥克奈布太太，卻依舊繼續喝酒聊天。

6

沒有一片樹葉在風中搖曳，樹枝光禿禿、亮晃晃，還未抽芽，早春就像一個處女，她的童貞凜然不可侵犯，她的純潔是高傲的，她玉體橫陳，躺在田野裏，睜大着眼警惕地觀望着，一點兒也不在乎旁觀者在幹些甚麼、想些甚麼。〔在舉行婚禮的教堂裏，普魯·拉姆齊倚着她父親的胳膊，被帶到等在聖壇前面的新郎身邊，她出嫁了。真是天作之合，人們說，誰能找出更相配的一對兒呢？而且，他們又說，瞧她有多美！〕

夏季將臨，晝長夜短，大地蘇醒了，充滿了希望，暮春的煦風在海灘上漫步，攪動了一池春水，出現了最奇異的幻夢——血肉之軀化為隨風飄散的微塵，星星在它們心中閃爍，懸崖、大海、白雲、藍天被有意識地聚合在一起，來把這內部四分五裂的幻影在外表上拼湊攏來。在那些鏡子裏，在人們的心靈中，在那些不平靜的池水中，雲霧永遠在翻騰，形成了陰影，綺夢長存，不可能抗拒每一隻海鷗、每一朵花、每一棵樹，每一個男子和婦女，以及蒼白的大地本身似乎都在發出的信息（但如果你提出詰問，它們馬上就畏縮了）：善良高奏凱歌，一派幸福氣象，萬物井然有序；也不可能抗拒這種極度的衝動，它到處徘徊，尋求某種絕對的善，某種強烈的結晶，它和人們熟知的快樂和德行漠不相關，它和家庭生活的程式全然不同，它是某種獨一無二的、堅硬的、光芒四射的東西，就像沙礫中的一顆鑽石，使它的持有者感到安心。蜜蜂嗡嗡叫，蚊蚋在飛舞，春天終於軟化了，順從了，把她的大氅扔在身旁，用紗巾蒙住雙眸，轉過臉去，在經過的陰影和陣陣細雨中，似乎接受了人類痛苦的某種知識。

〔那年夏天，普魯．拉姆齊難產而死，這可真是個悲劇，人們說；一切，他們說，原來都充滿着美好的希望。〕

夏日炎炎，海風又派遣它的密探前來偵察這幢屋子。蒼蠅在充滿陽光的房間裏結了一張網；鏡子旁長出了野草，在晚上有節奏地輕輕叩擊着窗扉。夜幕降臨之時，那燈塔的光柱，過去曾經威嚴地在黑暗中投射在地毯上，勾勒出它的圖案輪廓，現在帶着和月光混雜在一起的更為柔和的春光，輕輕地溜進來，好像它在愛撫着萬物，悄悄地徘徊觀望；它又親切地回來了。但是，就在這誘人入睡的愛撫之中，當長長的光柱斜照到床上時，那塊岩石崩裂了；包裹着那幢屋子的寂靜的紗巾又解開了一層；它懸垂在那兒，在風中飄蕩。經過夏天短暫的夜晚和漫長的白晝，田野裏的回聲和蒼蠅營營的叫聲使那些空蕩蕩的房間似乎在喃喃自語；那長長的紗巾輕柔地迎風飄揚，漫無目的地搖曳；當陽光把直條橫格的窗影投射到房間裏，並且使室內充滿了黃色的霧靄時，麥克奈布太太闖了進來，搖搖晃晃地到處走動，掃地抹灰，看上去就像一條熱帶魚在映出萬道金蛇的一泓清水中游泳。

已經到了盛夏季節，炎熱的天氣令人昏昏欲睡，出現了一種不祥的聲音，它像鐵錘有節奏的敲擊聲一般震耳欲聾，這聲波的反覆震動，進一步鬆開了那寂靜的紗巾，並且震裂了茶杯。玻璃器皿不時在碗櫥裏叮咚作響，好像有一個巨大的聲音在痛苦中嘶喊，使碗櫥裏的大玻璃杯也顫動了。然後，寂靜又降臨了；一夜又一夜過去了，有時，在大白天，玫瑰花兒無比鮮艷，陽光把它的影子清晰地投射在牆上，突然甚麼東西砰的一聲墜落下來，打破了這一片寂靜、冷漠、完整的氣氛。

〔一顆炸彈爆炸了。二三十個小夥子在法國戰場上被炸得血肉橫飛，安德魯·拉姆齊也在其中，總算幸運，他立即死去，沒受更多的折磨。〕

在那個季節中，那些到海灘上去散步，詢問大海和天空傳來了甚麼信息、證實了甚麼景象的人們，不得不仔細端詳天神恩賜的通常象徵——海上的夕陽，黎明的晨曦，上升的明月，月下的漁舟，孩子們在用泥巴作餅、互相擲草嬉戲——並且在其中看出某種和這一片歡樂寧靜的氣氛不協調的因素。例如，一艘灰白色船隻的寂靜的幽靈，在海面上出現又復消失；海面上有一個紫色的斑點，似乎在海面下有甚麼東西隱秘地爆炸了，流出了鮮血。這些東西突然闖入了這一片特意設計出來去激發最莊嚴的沉思並且導致最滿意的結論的景象，使人們停下了腳步。誰都難以無動於衷地對它們視而不見，抹煞它們在這片景色中的重要意義，並且在海邊散步時繼續驚嘆外界的美如何反映了內在的美。

大自然是否補充了人類取得的進展？她是否完成了人類開始的工作？看到人類的苦難、卑賤和所受的折磨，她同樣地自鳴得意。那個夢想，孤獨地在海灘上尋找人生的答案、尋找一個倩影來分享他的感情、完成他的自我的夢想，是鏡子裏反射出來的幻影；而鏡子本身，不過是更加崇高的力量在它下面沉睡之時，在寂靜中形成的一層表面化的玻璃質而已。不耐煩了，絕望了，但又不願走開（因為美施展了誘人的魅力，提供了她的安慰）；在海灘上散步是不可能的了；沉思冥想是不堪忍受的了；那面鏡子已經被打破了。

〔那年春天，卡邁克爾先生出版了一本詩集，獲得了出乎意料的成功。戰爭，人們說，恢復了他們對於詩歌的興趣。〕

7

一夜又一夜，不論冬和夏，狂風暴雨來勢洶湧，晴天的寂靜鋭如利箭，它們接受朝覲，不受任何干擾。聽吧（如果還有誰來傾聽的話），從那空屋樓上的房間裏，在一片混沌之中，只聽見伴隨着閃電的雷聲在翻滾振盪，這時海風和波濤追逐嬉戲，就像巨大的海怪難以名狀的軀體，理性之光從未穿透它們的額際，它們一層一層地疊起羅漢，猛然衝進黑夜和白晝（因為日夜和年月都無形地在一塊兒飛奔），玩着那些愚蠢的遊戲，直到整個宇宙似乎都在獸性的混亂和任性的欲望中漫無目標地廝殺、翻騰。

在春天，隨風飄來的種子使花園的瓷甕裏長滿了植物，和往昔一般生意盎然。紫羅蘭和黃水仙都開花了。但是，白晝的寂靜與光明和夜晚的混沌與騷動同樣奇異，那些花草樹木站在那兒，瞅着前方，向上仰望，卻甚麼也沒看見，沒有眼睛，有多麼可怕。

8

麥克奈布太太彎下身去採了一束鮮花，準備帶回家去。她想，這可沒啥關係，因為有人說，那一家子再也不會回來啦；也許到了米迦勒節，[2]那幢屋子就會賣掉。她在打掃的時候，把花束放在桌上。她喜歡花。讓它們白白浪費了怪可惜的。假定那屋子賣出去了（她兩手叉腰站在鏡子面前），它也需要有人照管——它肯定需要。這些年來，這屋裏就沒住過一個人。那些書籍和物品都發霉了。因為，一方面由於戰爭，一方面由於不容易僱到助手，那屋子沒像她原來所希望的那樣打掃得乾乾淨淨。現在單靠一個人的力量，已經不可能把它整頓得井井有條了。她太老了。她的兩條腿疼痛難忍。所有那些書籍都需要放到草坪上去曬曬太陽；客廳牆上的石灰已經剝落下來；書房窗戶上方的排水管堵塞了，雨水滲漏到屋子裏來；地毯也差不多全爛了。那家人應該親自來走一趟；他們早該派個人來看一看了。因為，在壁櫥裏還有衣服；他們在所有的臥室裏都留下了衣服。她該怎樣去處理它們呢？衣服裏邊都長了蛀蟲——那些拉姆齊夫人的衣物。可憐的夫人！她再也不需要它們了。她死了，人們說；幾年前，在倫敦。她整理花圃時穿的那件灰色斗篷還在這兒（麥克奈布太太用手指撫摸它）。夫人當年的風姿，仍歷歷在目，當她帶着洗好的衣服走上門前那條汽車道，她就能看到拉姆齊夫人彎腰俯視她的花卉（現在花園裏景象蕭條，一切都雜亂無章，兔子從花床裏對着你衝出來，一溜煙跑了。）——她能看到她穿着那件灰色的斗篷，那些孩子中總有一個在她的身邊。還有靴子和皮鞋；梳妝枱上留下了髮刷和梳子，完全就像她明天就要回來似的。（她是猝然去世的，人們說。）有一次，他們快來了，但又推遲日期不來了（這是由於戰爭，也由於這年頭交通不便）；這些年他們從未來過，只是給她把錢匯來，但從不捎封信來，也不回來看看；他們卻盼望着將來回到這兒會發現一切都保持原狀，和他們離去時一模一樣，啊，天哪！為甚麼那梳妝枱的抽屜裏塞滿了手帕、絲帶（她把抽屜都打開了）。是的，在那時候，當她拿着洗好的衣服走上那條汽車道，她就能看到拉姆齊夫人。

「晚上好，麥克奈布太太，」她會說。

她對待她和藹可親。那些姑娘們也都喜歡她。但是，天哪，打那時候到現在，發生了多少變化（她關上了抽屜）；許多家庭失去了他們最親愛的人。她死了；安德魯先生被殺了；聽說普魯小姐也死了，生頭胎孩子就難產死了；不過這年頭人人都在失去他們的親人。物價在可恥地飛漲，並且從來不回跌。她還能回憶起披着斗篷的拉姆齊夫人的音容笑貌。

「晚上好，麥克奈布太太，」她說，並且吩咐廚娘給她留盆奶油湯——她拿着那沉重的籃子從城裏一路走來，確實覺得自己要吃點甚麼。現在夫人的身影仍歷歷在目，她在彎腰俯視她的花卉；當麥克奈布太太跛着腿蹣跚而行，到處打掃整理之時，那身影兒縹緲閃爍，忽隱忽現，就像一道黃色的光束或望遠鏡末端的光圈，一位披着灰色斗篷的夫人，彎腰俯視她的花圃，在屋裏來去徘徊，越過臥室的板壁，來到了梳妝枱跟前，走過了臉盆架。那個廚娘叫甚麼來着？瑪德蕾特？瑪麗安娜？——有點兒像那個名字。啊，她忘了——她多健忘。那廚娘心急如火，和所有紅頭髮的女人一樣。她們在一塊兒笑得可歡。她在廚房裏總是大受歡迎。她會逗得她們哈哈大笑，她真有這個本事。那時候，日子可比現在好過多啦。

她嘆了口氣；這麼多活兒，叫一個女人來幹可實在太多了。她不住地搖頭。這裏過去是育兒室。哎喲，這兒全都潮濕了；石灰正在剝落。他們為甚麼把一隻野獸的頭顱釘在牆上？它也發霉了。頂層的小閣樓裏全是耗子。雨水漏了進來。但他們從不來信；也不來人。有些鎖已經脫落了，因此那些門在風中砰啪直響。她可不喜歡晚上一個人到這兒來。一個女人可受不了，受不了，實在受不了。她的腳步聲吱吱嘎嘎地響，她悲傷地感嘆。她砰的一聲關上門，把鑰匙在鎖眼裏轉了一圈，就離開了，留下了那幢孤零零的、關閉的、鎖着的屋子。

9

那幢屋子被留下了，被遺棄了。它就像沙丘中一片沒有生命的貝殼，積滿了乾燥的鹽粒。漫漫長夜似乎已經開始；輕浮的海風在輕輕齧咬，濕冷的空氣在上下翻滾，好像它們已經取得了勝利。鐵鍋已經生銹，草席已經朽爛。癩蛤蟆小心翼翼地爬了進來。那搖曳的紗巾懶洋洋地、無目的地來回飄蕩。一片薊草伸進了食品貯藏室的瓦片之間。燕子在客廳裏做窩；地板上撒滿了稻草；石灰大片地剝落；屋椽已經裸露；老鼠把東西弄到板壁後面去啃。鱉甲蝴蝶從繭子裏鑽出來，啪噠啪噠拚命往窗玻璃上撞。罌粟在大利花圃中播下了種子；長長的野草在草坪上波浪起伏；巨大的朝鮮薊屹立在玫瑰叢中；一朵帶穗的石竹在白菜畦裏開了花；在冬天的夜晚，野草輕輕地拍打窗扉的聲音變成了茁壯的樹木發出的隆隆鼓聲，在夏天，帶刺的野薔薇使整個房間裏一片蔥翠。

現在有甚麼力量能夠阻擋那種繁殖能力，那大自然漫不經心的生育力呢？麥克奈布夫人還在夢想着一位夫人、一個孩子、一盆奶油湯，這夢想能夠阻擋大自然的繁殖力嗎？那幻影像一點陽光，顫動着越過牆壁，就消失了。她鎖上了門；她走開了。她說，那屋子不是一個女人照管得了的。他們從不派人來。他們也從不來信。不少東西在抽屜裏霉爛——這樣把它們糟蹋掉是可恥的，她說。那地方已經破敗不堪了。只有燈塔的光柱在那些房間裏照耀片刻，它在寒冬的黑夜中突然凝視着床鋪和牆壁，平靜地瞅着那薊草和燕子，老鼠和稻草。現在沒有任何東西來抵擋它們；沒有任何東西來對它們說個不字。就讓海風吹拂，讓罌粟自由播種，讓石竹與白菜結伴吧。讓燕子在客廳裏築巢，薊葉推開了瓦片，蝴蝶在褪色的花布椅墊上曬太陽。讓玻璃和瓷器的碎片躺在外面的草坪上，被糾纏在一起的青草和野莓覆蓋了吧。

那個時刻已經來臨，這是黑夜已經終止、黎明還在哆嗦的猶豫不決的時刻，如果一片羽毛降落到天秤上，也會把一邊的秤盤給壓下去的。只要一片羽毛，這幢正在沉淪、坍塌的房屋就會翻身投入黑暗的深淵。在坍圮的房間裏，來野餐的遊客會生火煮水；情人們來這兒尋求蔭蔽，躺在油漆剝蝕的地板上；牧羊人把他的午餐放在磚塊上；流浪者睡在那兒，把外套裹在身上禦寒。然後，屋頂會坍下來，荊棘和鐵杉會遮蔽小徑、石階和窗戶；它們會參差不齊地拚命生長，覆蓋住那個小丘，直到迷路者闖入這塊地方，只能根據蕁麻叢中一根火紅色的鐵柵欄或者鐵杉林中的一片瓷器，來判斷這兒曾經有人住過，曾經有過一幢房子。

如果那片羽毛落了下來，把天秤的一端輕輕捺了下去，整幢房子就會陷入深淵，躺在湮沒無聞的沙灘上。但是，有一股力量在起作用；那是某種並不自覺的力量，某個斜眼瘸腿的身影，某種並非在莊重的宗教儀式和莊嚴的教堂鐘聲鼓舞之下進行工作的力量。麥克奈布太太在哼哼哈哈地抱怨；貝茨太太在吱吱嘎嘎地走動。她們老了，肢體僵硬，腰痠腿疼。她們終於帶着掃帚和水桶來了；她們開始幹活。麥克奈布太太突然接到那些年輕小姐中某一位的來信：請她把屋子打掃乾淨；把這個準備好；把那個準備好；真是匆匆忙忙。他們可能要來避暑；他們到最後曾經把一切都留了下來；現在他們盼望能見到一切都保持原狀，和他們離開時一模一樣。麥克奈布太太和貝茨太太緩慢而吃力地使用掃帚和水桶，掃抹沖刷，把腐朽和霉爛的過程抑制住了：她們從時間的深淵中打撈起一隻即將淹沒的臉盆，又搶救出一隻快要沉沒的碗櫥；有一天早晨，她們從湮沒的塵土中撿起了全套威佛利小說和一套茶具；那天下午，她們找出了一架黃銅的壁爐圍柵和一副鋼鐵的火爐用具，把它們拿出來曝曬通風。貝茨太太的兒子喬治來捕鼠、割草。她們又請來了工匠。他們擦洗吱吱嘎嘎的鉸鏈和生銹的插銷，整修潮濕發脹、匍匍匐匐關不上門的木器傢具。這兩個女人彎下腰去，直起身來，哼着，唱着，劈嚦啪啦撣着灰，砰的一聲關上門，一會兒跑到樓上，一會兒鑽進地窖，整幢房子就像正在經歷一種極其艱難費勁的分娩過程。噢，她們說，這活兒可真是夠嗆！

有時她們在臥室或書房裏喝茶，午休片刻；她們的臉上帶着污垢，她們年老的雙手因為掃帚握得太久，手指痙攣着舒展不開。她們噗的一聲癱倒在椅子裏，一會兒想到她們了不起地征服了那些水龍頭和那個洗澡間；一會兒又想起對於那一排排書籍更加艱難的、局部的勝利，這些書曾經是烏黑閃亮的，現在都染上了白斑，長出了淡色的霉菌，隱藏着鬼鬼祟祟的蜘蛛。她覺得喝下去的熱茶使得她渾身暖洋洋的，那回憶往事的望遠鏡又自動舉到麥克奈布太太眼前，於是在那圓形的光環中，她又看見了那位年邁的紳士，像一支釘耙一般瘦削挺直，當她帶着洗好的衣服走過來時，他在搖着頭，她猜想他必定是在那兒草坪上喃喃自語。他從來沒注意過她。有人説他死了；也有人説夫人死了。究竟是哪一位死了呢？貝茨太太也拿不準。那位少爺死了，那她是肯定無疑的。她曾在報紙上的陣亡將士名單中看到過他的姓名。

現在那個廚娘又浮現在眼前了，瑪德蕾特？瑪麗安娜？反正她有這麼個名字——一個紅頭髮的女人，像所有和她同類的女人一樣性格急躁，但是心地卻很善良，如果你了解她的脾氣的話。有多少次，她們曾經在一起開懷大笑啊。她總是給麥琪[3]留一盆湯；有時還有一片火腿，或者剩下來的隨便甚麼東西。那年月，她們的日子可過得挺美。她們所需要的東西甚麼也不缺（她把熱氣騰騰的茶喝下肚去，就變得口齒伶俐、心情舒暢，她坐在育兒室柵欄旁邊的柳條椅子裏，她記憶的線索就像一球絨線似地拉開了）。那時總有許多活兒要幹，有時屋子裏住了二十個人，她洗衣服一直洗到深更半夜。

貝茨太太（她從來就不認識那些人，當時她還住在格拉斯哥）放下了手中的茶杯，她覺得奇怪：為甚麼他們把那隻野獸的頭顱掛在那兒？那一定是他們在國外甚麼地方打獵時被射殺的。

很可能是這樣，麥克奈布太太說，他們在東方國家有些朋友；她的回憶飄忽不定地繼續下去：先生們就待在那兒，夫人們穿着夜禮服；有一次，她從餐廳門口看到他們全都坐在那兒吃飯，有二十來人，她敢說太太們都佩戴着珠寶首飾，她被留下來幫着洗滌餐具，也許一直幹到午夜以後。

啊，貝茨夫人說，他們會發現這地方已經變了樣啦。她憑窗眺望，瞅着她的兒子喬治在那兒刈草。他們很可能會問：這片草地曾經整理過嗎？看到原來掌管草地的老園丁肯尼迪已經多麼老態龍鍾，而且自從他從大車上摔下來之後他的腿又多麼不便，他們會想：也許整年沒一個人，或者一年的大部份時間沒人來照管這塊草坪；還有大衛・麥克唐奈在這兒，花種可能已經寄來了，可是誰又說得準它們究竟有沒有被種上呢？他們一定會發現，這塊地方已經改變了模樣啦。

她瞧着她的兒子割草。他幹起活來可是把好手——他是個靜靜地埋頭幹活的人。嗯，她猜想工匠們正在繼續修理那碗櫥。他們卻自動停工了。

她們在室內辛苦打掃，在室外刈草挖溝，忙了幾天之後，最後用雞毛撣帚輕拂窗扉，把窗子都關上，把整幢房子的門都用鑰匙鎖起來，再把前面的大門砰地一聲關上：大功告成了。

現在似乎響起了剛才被洗、刷、割、刈的聲音所淹沒了的隱約可聞的旋律，那一部份被耳朵所捕捉但隨即任其消逝的間歇的樂聲：一陣犬吠，一聲羊咩，毫無規則、斷斷續續，然而似乎又有些關聯；一隻昆蟲嗡嗡叫，刈下的青草在顫動，那彼此分開的聲音，似乎又有些相互歸屬；金龜子的鳴聲、轔轔的車輪聲，一高一低，但又有着神秘的聯繫；耳朵緊張地把這些聲音匯合在一起，並且差不多達到了和諧協調的程度，但卻從來沒有聽得清清楚楚，也從來沒有達到充份的和諧，最後，在黃昏時分，這些聲音終於一個接着一個消逝了，那和諧的旋律結結巴巴地中斷了，寂靜終於降臨了。夕陽西下，清晰的輪廓消失了，寂靜像霧靄一般裊裊上升、彌漫擴散，風停樹靜，整個世界鬆弛地搖晃着躺下來安睡了，在這兒黑黝黝地沒一點光亮，只有透過樹葉間隙灑下來的一片綠色的幽光，或者被玻璃窗反射到花床中白色花瓣上的蒼白的月色。

（在九月的一個黃昏，莉麗．布里斯庫叫人把她的行李搬到這幢屋子面前。）

10

和平真的來臨了。風兒把和平的消息從大海吹到了岸上。再也不會打破它的睡眠，而是哄着它進入更深沉的休憩，不論那些酣睡者神聖地、明智地做着甚麼好夢，總是證實了這個消息——除此之外，大海的喃喃自語還能帶來甚麼別的信息呢？——在那清潔安靜的房間裏，莉麗．布里斯庫把她的臉貼在枕頭上，傾聽着大海的濤聲。從開着的窗戶傳來了這個世界的美麗的低語，聲音太輕，聽不清它在說些甚麼——但是，只要它的意義是清楚的，那又有甚麼關係？它在懇求那些酣然熟睡的人們（這屋子又住滿了；貝克威斯夫人住在這兒，還有卡邁克爾先生）：如果他們不願意真的走到海灘上來，至少也要拉起窗簾，向外眺望一番。那末，他們就能看見穿着紫袍的黑夜飄然降臨，他的頭上戴着王冠，他的王笏上鑲嵌着珍寶；從一個孩子的眼中看來，他是多麼威武莊嚴。如果他們仍然猶豫不決（莉麗因為旅途勞累幾乎立即就睡着了；但卡邁克爾先生在燭光下看書），如果他們還是抱否定態度，把他那壯麗的夜色說成是一股水氣，並且說朝露比他更有力量，他們寧可睡覺也不願起來觀賞夜景，那末他既不抱怨，也不爭論，他那輕柔的聲音，就會唱出他的夜之歌。浪花輕輕地飛濺（莉麗在睡夢中聽見它們的聲音），燈光溫柔地俯照（燈塔的光柱似乎掠過她的眼瞼）。而它看上去，卡邁克爾先生想道，它看上去完全和往昔一模一樣。他合上書本，進入了夢鄉。

當黑夜的帷幕籠罩了這幢房屋，貝克威斯夫人、卡邁克爾先生和莉麗．布里斯庫躺在那兒，眼皮上遮蓋了幾層黑暗的紗巾，那夜之聲的確可以舊調重彈；為甚麼不接受它，不以此為滿足，不順從默許呢？大海環繞着那些小島發出有節奏的嘆息，撫慰着他們；黑夜包圍着他們；沒有甚麼東西驚醒他們的好夢，直到鳥兒開始啁啾，黎明把牠們單薄的鳴聲織進它白色的晨衣，一輛大車發出隆隆的響聲，一條狗在甚麼地方吠叫，陽光揭開了黑暗的帷幕，撕開了蒙着他們眼睛的紗巾，驚動了酣睡的莉麗·布里斯庫。她一把抓住床上的毯子，就像一個失足下墜的人緊緊抓住懸崖邊緣的草根。她的眼睛睜大了。她又重新回到這兒來了，她直起身子坐在床上想道。她完全清醒了。

註釋：

[1] 維吉爾（公元前七十—前十九年），古羅馬詩人，其代表作為史詩《伊尼特》，對歐洲文藝復興和古典主義文學影響較大。

[2] 米迦勒節，九月二十九日是天使長米迦勒祭日，是英國四大結賬日之一。

[3] 麥琪是麥克奈布太太的昵稱。

第三部 燈塔

1

這是甚麼意思？這一切又能意味着甚麼？莉麗．布里斯庫想道。她不知道該到廚房裏去再拿杯咖啡呢還是等在這兒，因為餐廳裏只有她獨自一人。這是甚麼意思？——這是從某一本書上看到的一句時髦話兒，它大致上和她當時的思想合拍，因為這是和拉姆齊一家重逢的第一個早晨，她約束不住自己的感情，只能讓這句話反覆回響着，來掩蓋她思想的空虛，直到這種惆悵的心情雲消霧散。真的，過了這麼多年又重遊故地，可是人去樓空，拉姆齊夫人已經去世，她的感覺究竟如何？沒有甚麼，沒有甚麼——她根本沒甚麼可說的。

她昨晚很遲才到達，神秘的黑夜籠罩着一切。現在她醒來了，又坐在餐桌旁邊的老位置上，但是無人相伴。時間很早，還沒到八點。這次遠征即將舉行——他們打算到燈塔去：拉姆齊先生、凱姆和詹姆斯。他們早就該動身了——他們必須在漲潮順風的時刻啟航。凱姆沒準備好；詹姆斯也沒準備好；南希忘了吩咐廚房準備三明治。拉姆齊先生發火了，他砰的一聲關上門，走出了房間。

「現在去還有甚麼用？」他咆哮道。

南希突然不見了。拉姆齊先生怒氣沖沖地在平台上來回踱步。你似乎可以聽到乒乒乓乓的關門聲和互相呼喊的聲音，響徹了整幢屋子。現在南希闖了進來，她環顧四周，用一種奇特的、一半茫然一半絕望的態度問道：「給燈塔看守人送些甚麼東西去呢？」似乎她在強迫自己去做一件早就認為沒有希望做到的事情。

真的，該送些甚麼東西到燈塔去呢？！要是在別的時刻，莉麗一定能夠很明智地建議，送一些茶葉、煙草和報紙去。但是，今天早晨，似乎一切都非常奇特，南希提出的那個問題——該送些甚麼到燈塔去？——打開了她心靈中的許多門戶，它們在不停地乒乒乓乓打開又關上，使她茫然不知所措，只是目瞪口呆地不斷問道：該送些甚麼東西？該做些甚麼事情？我究竟又為甚麼坐在這兒？

她獨自一個（因為南希又出去了）坐在長長的餐桌旁邊，面對着那些洗淨的茶杯，她覺得被切斷了和其他人之間的聯繫，只能繼續觀望、詢問、詫異。這幢房子、這個地方、這天早晨，對她說來，似乎都是陌生的。她覺得自己對這兒毫無依戀，與它毫無瓜葛，任何事情都可能發生，而無論發生了甚麼事情——外面有腳步聲，一個聲音在呼喊（「它不在碗櫥裏，在樓梯平台上，」有人嚷道）——這都是個疑問，好像平時把各種東西束縛在一起的鎖鏈被砍斷了，它們就上下飄浮、四處紛飛。她瞅着她面前的空咖啡杯想道：人生是多麼漫無目標，多麼混亂，多麼空虛。拉姆齊夫人溘然仙逝；安德魯死於非命；普魯香消玉殞——她也可能會重複同樣的命運，因此，這一切並沒有在她心中激起任何感情的波瀾。在今天這樣一個早晨，我們又在這樣一幢屋子裏重逢了，她一邊説一邊向窗外望去。這是一個美麗的、風平浪靜的日子。

正在低頭徘徊的拉姆齊先生經過窗前時，突然抬起頭來，用他那激動、狂熱而又非常鋭利的目光盯着她瞧，好像只要他對你瞧上一秒鐘，只要他一看見你，他就永遠在瞅着你；她舉起空杯，假裝在喝咖啡，借此來避開他的目光——來迴避他對她的請求，來把那個非常迫切的要求再耽擱一會兒。他對她搖搖頭，繼續躑躅（「孤獨」，她聽見他嘆息；「死亡」，她又聽到他悲鳴），在這個奇特的早晨，這些言詞像其他一切東西一樣，成了一種象徵，塗滿了那灰綠色的牆壁。她覺得，只要她能夠把這些象徵湊到一塊兒，用一些句子把它們寫出來，那末她就有可能把握住人生的真諦。年邁的卡邁克爾先生穿着拖鞋，輕輕地啪噠啪噠走進來，倒了一杯咖啡，拿着杯子走出去坐在陽光下。那異乎尋常的空虛叫人害怕，但是它也令人興奮。到燈塔去。但把甚麼送到燈塔去呢？死亡。孤獨。對面牆上灰綠色的幽光。那些空着的座位。這就是構成人生的一些成份，然而，怎樣才能把它們湊合成整體呢？她問道。似乎任何微弱的干擾，都會把她正在餐桌上建造的脆弱的形體打個粉碎，因此，她轉過身來背對着窗戶，免得和拉姆齊先生的目光相遇。她必須躲到甚麼地方去，清靜獨處。她突然想起，十年前，當她坐在這兒的時候，桌布上有一個小小的樹枝或葉瓣的圖案，她曾對它凝視片刻，受到了啟發。她曾經考慮過一幅圖畫的前景的佈局問題。她曾說過，要把那棵樹向中間移動一下。她一直沒有完成那幅作品。她現在要把它畫出來。這些年來，這幅畫一直在叩擊着她的心扉。她想：她把繪畫顏料放在甚麼地方啦？對，她的顏料。昨天晚上，她把它擱在門廳裏了。她要馬上動筆。在拉姆齊先生踱到平台末端轉過身來之前，她趕快站了起來。

她給自己端了把椅子。她用精確的、老處女式的動作，在草坪邊緣支起了畫架，離開卡邁克爾先生不太近，但在受到他保護的範圍之內。對，十年前，她一定恰恰就站在這兒。前面就是那牆壁、藩籬、樹木。問題在於這些物體彼此之間的某種關係。這些年來，她心裏一直惦記着它。似乎問題的答案就在眼前：現在她知道她想要幹甚麼了。

然而，在拉姆齊先生的不斷干擾之下，她甚麼也幹不了。每一次，當他走近她的身旁——他還在平台上徘徊——她就覺得災難和騷亂在向她逼近。她沒法作畫。她彎下腰去；她轉過身來；她拿起擦筆的抹布；她擠一下那管顏料。她所幹的這一切，不過是暫時把他擋開罷了。他使她甚麼事也幹不了。因為，只要她稍微給他一點機會，只要他看見她有片刻的空閒，只要她向他那邊瞥上一眼，他就會走過來對她說（就像他昨晚說過的）：「你發現咱們家裏變化不小吧。」昨天晚上，他從椅子裏站起來，站在她的面前，說了那句話。他們慣常用英國國王和王后的名字來稱呼的那六個孩子——紅色的某某、美麗的某某、任性的某某、冷酷的某某[1]——雖然都默默地坐在那兒，瞪着眼睛瞅着他們的父親，她感覺到他們的心中是多麼憤怒。好心腸的貝克威斯老太太說了幾句通情達理的話來安慰他。但是，這一家人充滿着各種互不相干的強烈感情——整個黃昏，她都有這種感覺。在這混亂的情緒達到頂點之時，拉姆齊先生站了起來，緊緊地握着她的手說：「你將會發現，咱們家的變化可不小。」孩子們沒有一個動彈一下，或者說一句話，他們都坐在那兒，好像迫不得已只好就讓他那末說。只有詹姆斯（當然是那憂鬱的詹姆斯）憤怒地瞪着眼睛，凝視着那燈光，還有凱姆，在手指上絞着她的手帕。然後他提醒他們，明天他們將到燈塔去，在七點半鐘，他們必須準備好，等候在大廳裏。他的手放在門上，他停下了腳步，轉過身來面對着他們。難道他們不想去嗎？他要求他們回答。如果他們膽敢說半個不字（他有某種理由想要得到一個否定的回答），他就會悽慘地往後一仰，倒在地上，流下絕望的眼淚。他就有這種裝腔作勢的天才。他看上去就像一個被放逐的落泊君主。詹姆斯倔強地表示同意。凱姆更加沮喪地吞吞吐吐答應了。噢，好的，他們會準備好的，他們說。這使莉麗大為震動，這是悲劇——不是靈柩、塵土和屍布；而是受到強制脅迫的孩子，他們活潑的精神被抑制了。詹姆斯十六歲，凱姆也許十七歲。莉麗環顧四周，尋找一個不在場的人物，可想而知是在尋找拉姆齊夫人。但是，只有善良的貝克威斯夫人，在燈下翻閱她的速寫。她疲倦了，她的思潮還在隨着大海的波濤起伏，這些闊別多年的地方的特殊氣味熏醉了她，燭光在她眼前搖晃閃爍，使她心醉神迷、不能自已。那是一個奇妙的夜晚，星斗滿天；他們上樓之時，聽見陣陣濤聲；當他們經過樓梯的視窗時，一輪巨大而蒼白的明月，使他們感到驚異。她一上床就睡着了。

她把一幅乾淨的油畫布穩固地安放在畫架上，作為一種脆弱的屏障，但是她希望它足以有效地阻擋拉姆齊先生和他的激動心情的干擾。當他的背脊轉過去時，她盡可能盯着她的畫瞧：那兒一根線條；這兒一堆油彩。但是，毫無用處。讓他站在五十英尺之外，即使他沒對你說話，甚至沒看見你，但他的影響滲透彌漫，壓倒一切，他把他的影響強加於你，叫你無從迴避。他的存在改變了一切。她看不見那些色彩；她看不見那些線條；甚至在他的背脊對着她時，她也在想：再過一會兒，他就會走到我的面前提出要求——要求某種她覺得自己無法給予他的東西。她丟下一支畫筆；她另外又選了一支。孩子們要甚麼時候才出來？他們甚麼時候動身？她心情煩躁、坐立不安。她的怒火燃燒起來，她想，那個男人只想攫取別人對他的同情，他自己從來就不給別人一點兒同情。另一方面，她就會被迫給他以同情。拉姆齊夫人就曾給予他同情。她慷慨地把自己的感情施捨，施捨，施捨，現在她已死去——留下了這一切後果。真的，她對拉姆齊夫人感到不滿。畫筆在她手裏輕輕顫抖，她凝視着樹籬、石階和牆壁。這都是拉姆齊夫人幹的好事。她死了。現在，莉麗待在這兒，四十四歲了，卻在浪費她寶貴的時間，站在這兒甚麼也幹不了，把繪畫當作兒戲，把她一貫嚴肅對待的工作當作兒戲，這都是拉姆齊夫人的過錯。她死了。她過去經常坐的石階空着。她死了。

但是，為甚麼老是舊調重彈？為甚麼總是要企圖激起她並不具備的某種感情？這裏面包含着一種褻瀆。她的感情早已乾涸、枯萎、消耗殆盡。他們本來就不應該邀請她；她也不應該來。一個人到了四十四歲，就不能再浪費時間。她痛恨把繪畫當作兒戲。一支畫筆，是這個處處是鬥爭、毀滅和騷亂的世界上唯一可以信賴的東西——決不能把它當作兒戲，即使是明知故犯也不行：她對此極為厭惡。但是，他迫使她這樣做。他似乎在向她走來，對她說：在你把我所要求的東西給我之前，你休想動筆。現在他又貪婪而激動地逼近過來了。好吧，莉麗墜下握筆的右手，她絕望地想道：比較簡單的辦法，還是讓這件事情早點了結吧。她肯定能夠根據回憶來模仿她在許多婦女臉上（譬如拉姆齊夫人臉上）看到過的那種激動、狂熱、俯首聽命的表情，當她們遇到這樣的場合，她們的熱情就燃燒起來（她還記得拉姆齊夫人臉上的表情），陷入一種狂熱的同情，由於她們所得到的報答而萬分喜悅，雖然她並不明白其中的緣故，這種報答，顯然是人性可能給予她們的最高的幸福。他走了過來，停留在她的身旁。她將盡她所能地給他以同情。

2

她似乎消瘦了一點，他想道。她看上去有點乾癟、憔悴，然而不無風韻。他喜歡她。曾經傳説她要和威廉．班克斯結婚，但後來並未實現。他的夫人很喜歡她。今天吃早餐時，他有點兒暴躁。然而，然而——目前有一種不可遏制的需要（他並不意識到這是甚麼需要），驅使他去接近任何女性；他的需要是如此迫切，他不論用甚麼方法，都要強迫她們給予他所需要的東西：同情。

有人照應她嗎？他問道。她所需要的一切都有了嗎？

「噢，謝謝，一切都有了，」莉麗侷促不安地説。不，她辦不到。她應該馬上順水推舟、隨波逐流，對拉姆齊先生表示同情；她精神上受到的壓力實在太大了。但她仍漠然不動。出現了一陣可怕的沉默。他們倆凝視着大海。拉姆齊先生想，為甚麼我在她眼前，她卻凝視着大海呢？她説，她希望風平浪靜，好讓他們順利抵達燈塔。燈塔！燈塔！燈塔又有何相干?!他不耐煩地想。出於某種原始的衝動（因為他確實再也按捺不住了），他馬上發出一聲如此淒涼的悲嘆，世界上任何女人聽到了，都會做點兒甚麼，或者説點兒甚麼，來安慰他——但我可是個例外，莉麗想。她辛辣地嘲諷自己説，我可不是個女人，我不過是個暴躁易怒的、乾巴巴的老處女罷了。

拉姆齊先生長嘆一聲。他在等待她的反應。難道她不打算説點兒甚麼嗎？難道她沒看出他對她有甚麼要求嗎？於是他說，有一個特殊的原因，促使他想要到燈塔去。他夫人在世的時候，經常送東西去給那些燈塔看守人。其中有一個臀部患了骨癆的男孩，是燈塔看守人的兒子。他深深地嘆息。他的嘆息是意味深長的。莉麗心中的唯一希望，是這股巨大的傷感的洪流、這種對於同情的貪婪的渴望、這種要她完全俯首聽命的要求（即使他有着無窮的憂愁，足以使她永遠給他以同情）別老是纏着她不放，最好在這股洪流把她沖倒之前，它就被引向別的地方（她不斷向那屋子張望，希望有人出來干擾這個局面）。

「這種遠遊，」拉姆齊先生用腳尖刮着地面說，「是非常令人難受的。」她還是一聲也不吭。（他想，她可真是泥塑木雕、鐵石心腸。）「航行是很勞累的，」他一邊說一邊帶着一種使她作嘔的憂鬱表情，注視他自己美麗的雙手（她覺得他在演戲，這個偉大的人物可真會做作）。這太可怕了，太卑鄙了。孩子們怎麼還不出來？她問道。因為她再也承擔不了這悲哀的重荷，再也忍受不住這傷感的壓力了（他裝出一種極其衰老的姿態，甚至站在那兒有點步履不穩）。

她還是甚麼話也說不出來；極目四顧，似乎找不到任何可以談論的東西；她只能驚奇地感覺到，當拉姆齊先生站在那兒的時候，他的憂鬱的目光似乎使陽光下的草地也黯然失色，使躺在帆布椅上念法國小說的臉色紅潤、昏昏欲睡、心滿意足的卡邁克爾先生的形象，也蒙上一層喪禮的黑紗，似乎在這樣一個災難的世界上誇耀其成功的人物，他的存在就足以喚起種種最憂鬱的思想。瞧瞧我吧，他似乎在說，瞧瞧我吧；真的，他一直有這種情緒：想想我吧，想想我的處境吧。啊，她多麼希望這濃重的悲傷氣氛能從他們身旁隨風飄散；希望剛才她把畫架放得更靠近卡邁克爾先生一點；只要是個男子漢，任何一個男子漢，都能阻擋住這傾瀉不止的洪流，抑制住這漫無節制的哀傷。作為一個婦女，她激起了這可怕的感情波瀾；作為一個婦女，她應該知道如何處理這種局面。站在那兒啞口無言，作為一名女性，是很不光彩的。一個女人該說——說甚麼呢？——噢，拉姆齊先生！親愛的拉姆齊先生！像貝克威斯夫人這種畫畫速寫的老太太，馬上就會很得體地說出幾句那樣的話。但是，不，她可說不出來。他們倆默然相對，和世界上其他人都隔絕了。他的顧影自憐，他對同情的渴求，好似一股洪流在她的腳旁傾瀉，形成了一潭潭的水窪，而她這個可憐的罪人，她的唯一行動，就是提起她的裙邊，以免沾濕。她緊握畫筆，默然佇立。

謝天謝地！她終於聽到了屋裏的人聲。詹姆斯和凱姆一定快要出來了。但拉姆齊先生好像也知道他的時間不多了，他把他的年邁衰朽、他的孤獨寂寞、他的一切苦難集中起來，對煢煢孑立的莉麗施加巨大的精神壓力，以期打動她的心弦；他覺得心情煩惱——究竟有甚麼女人能抗拒他的要求？——他不耐煩地把頭往後一仰，突然注意到他的鞋帶散了。真是品質優異的皮鞋，莉麗想；她俯視這雙鞋：像雕塑工藝品一般精美絕倫，就像拉姆齊先生身上穿戴的每一件東西，從他鬆散的領帶到他解開一半鈕釦的背心，無可爭辯地表現出他個人的風格。她簡直可以想像，這兩隻鞋會自動地走到他的房間裏去，即使拉姆齊先生不在場，它們也會表現出他的悲愴、乖戾、暴躁、風度。

「多漂亮的皮鞋！」她驚嘆道。她覺得很羞愧。當他懇求她安慰他的靈魂之時，她卻去稱讚他的皮鞋；當他展示他流血的手、刺傷的心，並且請求她憐憫之時，她卻高高興興地說：「啊，但是你的皮鞋多漂亮！」她知道自己罪有應得，就舉目望着他，準備他突然大發雷霆，把她痛罵一番。

可是，拉姆齊先生反而露出了笑容。他陰暗的臉色、憂鬱的心情、虛弱的神態都煙消雲散了。啊，說得對，是第一流的皮鞋，他說着就把腳提起來讓她瞧。在全英國，只有一個人能製出這樣好的鞋。皮鞋是人類遇到的最大禍害之一，他說。「鞋匠們幹的好事，」他嚷道，「就是蹩傷和折磨人們的腳。」皮鞋匠也是最頑固倔強的人。他把少年時代的大部份精力，都用來尋找做工地道的皮鞋。他要讓她仔細瞧瞧（他先抬起右腳，然後抬起左腳），她還沒見過這種式樣的皮鞋呢。它們是用世界上最好的皮革製造的。其他鞋匠所用的大多數皮料，不過是像棕色的硬紙板一般的次品罷了。他心滿意足地注視着他仍舊懸空提着的腳。她覺得他們到達了一個充滿陽光、和平安寧的島嶼，這個上帝保佑的優質皮鞋之島，由健全清醒的頭腦統治着，永遠在溫暖的陽光照耀之下。她的心窩溫暖了，對他有了好感。現在讓我來看看你是否善於繫鞋帶，他說。她繫得不紮實的鞋帶結兒，他可瞧不順眼。他把他自己發明的繫鞋帶方法試給她看。一旦把結紮牢，它就永不鬆散。一連三次，他解開她的鞋帶，又重新把它繫緊，作為示範。

為甚麼在這完全不適當的時刻，當他彎腰替她繫鞋帶的時候，她對他的同情心如此折磨着她呢？她也彎下腰去，熱血湧上了她的面頰，想起她自己的鐵石心腸（她剛才竟把他稱為裝腔作勢的演員），她覺得淚珠兒在眼眶裏滾動。如此全神貫注地繫着鞋帶，他在她的眼中，似乎化為一個無限悲愴的形象。他自己繫鞋帶。他自己買皮鞋。在拉姆齊先生的人生旅途上，沒有誰來給他一點兒幫助。然而，剛巧在她想說點兒甚麼的時候（也許她本來有可能說點兒甚麼），他們卻來了——凱姆和詹姆斯。他們出現在平台上。他們並肩而行，拖拖沓沓地走過來，神態嚴肅而憂鬱。

但是，他們為甚麼要像那個樣子哭喪着臉走過來呢？她不禁覺得他們討厭。他們本來應該高高興興地走過來；他們本來應該把她沒有機會（因為他們就要出發了）給予他的東西獻給他。她感到一陣突如其來的空虛，一種受到挫折的失望。她的感情來得太遲緩了，她的同情心終於油然而生，但是他已經不再需要它了。他已變成一位非常高貴的長者，已經對她一無所求。她覺得被冷落了。他把一個背包搭到肩上。他把那些紙包——好幾個用棕色的紙張馬馬虎虎紮起來的小包——分給兩個孩子。他叫凱姆去取一件斗篷。他看上去完全像一個準備遠征的領隊。於是，他拿着棕色的紙包，穿着優質的皮鞋，跨着堅定的軍人般的步伐，帶頭走上那條小徑。他的兩個孩子尾隨着他。她想，孩子們看上去好像命運已經賦予他們某種嚴肅的使命，他們正在奔赴這個目標，他們還很年輕，可以順從地默默跟在他們的父親後面前進；但是，他們黯淡無光的眼色，卻使她感覺到：他們正在默然忍受着某種超越他們年齡所應承受的痛苦。他們就這樣越過了草坪的邊緣，莉麗似乎感到她正在瞧着一支隊伍前進，儘管它的步伐不齊、士氣不振，但有某種強有力的共同感吸引着他們，使他們結成一個小小的整體，給她留下了奇特的印象。當他們越過草坪之時，拉姆齊先生彬彬有禮而疏遠冷淡地向她揮手致意。

他的容貌多麼蒼老啊，她想道。她立刻就發覺，現在沒人要求她同情，那同情心卻煩擾着她，需要得到表達的機會。是甚麼使他的容貌如此蒼老呢？她猜想，大概是由於日以繼夜的思考——思考那張並不存在的廚桌的現實性——她還記得，當她鬧不清他在想些甚麼時，安德魯給了她那個象徵性的解答。（她想起安德魯已經被一枚炮彈的彈片殺死了。）那張廚桌是某種出於空想的、質樸的東西；某種樸素的、堅硬的、不是用來當作裝飾品的東西。它並未塗上任何色彩；它邊緣清楚、棱角突出；它有一種毫不妥協的樸素品質。但是，拉姆齊先生的目光一直盯着它瞧，從來不允許自己分散注意，或者受假象蒙騙，直到他的容貌變得衰老，並且和那桌子同樣具有這種質樸無華的美，給她留下了深刻的印象。後來，她又想起了（她站在剛才和他分手的地方，手中仍握着畫筆），他的臉上也曾閃過各種憂慮的表情——它們並不如此崇高。她猜測，他一定對於那張桌子也有過懷疑：懷疑它是不是一張真實的桌子；懷疑他為它所花的時間是否值得，懷疑他究竟是否能夠發現甚麼結論。她覺得，他自己必定有所懷疑，否則他就不會經常徵詢別人的意見。她推測，有時他們夫婦倆在深夜討論的就是這個問題（他的研究是否有價值），第二天，拉姆齊夫人看上去疲勞不堪，而莉麗為了微不足道的小事，就對他十分惱火。但是，現在可沒人來和他談論那張桌子，他的皮鞋，或他的鞋帶了；於是他就像一頭追尋獵物的獅子，他的臉上就帶有那種絕望的、誇張的表情，使她看了心驚肉跳，使她提起裙邊退避。後來她又想起了，當她稱讚他的皮鞋時，他的精神突然振奮起來，他的眼中突然閃爍着火花，他突然恢復了他的活力和對於合乎人情的普通事物的興趣，這一切也都是一閃而過，他的心情一下就改變了（他的情緒瞬息萬變，而且顯露無遺），進入了最後那另外一種狀態，這是一種她沒見過的新的精神狀態，她承認，這使她對於自己的神經過敏感到羞愧，當時，他似乎拋棄了各種憂慮和抱負，拋棄了對於同情和讚揚的渴望，進入了另外一種境界；他似乎被好奇心所吸引，在默默無聲的談話中（不管是自言自語還是和別人交談），率領着那支小小的隊伍，走出了她的視野之外。多麼不平凡的容貌啊！花園的大門砰地一聲關上了。

3

他們終於走了，她想。她寬慰地嘆了口氣，同時又感到心中若有所失。她的同情心好像被擲了回來，像一枚多刺的黑莓，彈到她的臉上。她有一種奇特的被分裂的感覺，似乎她的一部份被吸引出去——這是一個風平浪靜的日子，海上煙霧朦朧，那座燈塔今天早晨看上去無限遙遠——而她的另一部份，仍倔強而穩固地釘在這片草地上。她似乎看到她的油畫布飄浮而起，顏色蒼白、寸步不讓地逼近她的眼前。它以冷冰冰的目光瞪着她，似乎為了所有這些匆忙、騷亂、愚蠢和感情的浪費而指責她；當她的各種混亂騷動的心情（他走了；她對他極感同情，但是絲毫沒有表白）離開了這塊場地，那幅畫使她恢復了平靜，起初，一種和平靜謐之感在她心中擴展；隨後，她又悵然若失，心中感到一片空虛。她茫然地望着那幅畫布，那寸步不讓地、蒼白地瞪着她的畫布，然後她的目光轉向那個花園。有某種東西（她站在那兒，她那張乾癟的小臉蛋上那對中國式的小眼珠往上一轉），她想起了，在那些縱橫交錯的線條的互相關係中，在這綠、藍、棕色彩斑駁的一片籬柵中，有某種東西一直留在她的腦海裏，在那兒打了一個結，使她在沿着布羅姆頓路散步之時，在梳頭整容之際，在各種零零星星的瞬間，她都會身不由己地發現自己正在心中繪着那幅圖畫，她的目光掠過那畫面，並且正在解開那個想像中的結。但是，離開了畫布憑空想像地籌劃，和真正執筆在手抹上第一道色彩，這完全是兩碼事。

由於剛才在拉姆齊先生面前心慌意亂，她拿錯了一支畫筆，而且因為神經緊張，她把畫架的腳插入土中之時，擺錯了角度。現在她擺正畫架，從而抑制了那種分散她的注意力並且使她想起她是如此這般的人物、想起她和人們有着這樣那樣的關係的不適當的、和作畫毫不相干的念頭，她抬起手來，提起了畫筆。在一陣痛苦而興奮的沉醉狀態中，她的手在空中哆嗦着停留了片刻。從何處落筆？在畫布的哪一點塗上第一道色彩？這可是個問題。抹在畫布上的一根線條，就意味着她承擔了無數的風險，作出了許多不可挽回的決定。一切在想像中似乎很簡單的事情，在實踐中馬上變得複雜起來；當浪濤從懸崖峭壁的頂端形態勻稱地滾滾而來時，對於在浪濤中游泳的人們說來，他們卻被深深的漩渦和泛沫的浪峰所分隔。儘管如此，這風險還是非冒不可；畫布上終於抹上了第一道色彩。

帶着一種奇妙的肉體上的激動，好像她被某種力量驅使着，而同時她又必須抑制住自己，她迅速地畫下了那決定性的第一筆。畫筆落了下來。它把一抹棕色飄灑到畫布上去，留下了一道流動的筆跡。她又畫上了第二筆——第三筆。就這樣，她停留片刻，再添上一筆，停了又畫，畫了又停，畫筆的起落形成了一種帶有節奏的舞蹈動作，似乎那些停頓構成了這節奏的一部份，那些筆觸又構成了它的另一部份，而這一切都是互相關聯的；她就這樣輕柔地、迅捷地畫畫停停，在畫布上抹下了一道道棕色的、流動的、神經質的線條，它們一落到畫布上，就圍住了（她覺得它在她面前朦朧地浮現出來）一塊空間。在一個浪濤的波谷中，她看見第二個浪濤在她的上方越來越高地洶湧而至。還有比這一塊空間更加不可輕視的東西嗎？她又來到了這兒，她想，她又回到這兒來瞅着它，她從生活、閒聊、交際的圈子中脫身出來，被吸引到她的這個強勁的宿敵面前——這另一個境界，這個真理，這個現實，它突然抓住了她，在各種表面現象的背後赤裸裸地顯露出來，支配着她的注意力。她一半覺得不願意，一半覺得厭惡。為甚麼總是被誘騙出來，被硬拉着走呢？為甚麼不留下來平靜地和卡邁克爾先生在草坪上聊聊天呢？無論如何，這還是一種恰當的思想交流形式。其他可尊敬的對象，都因獲得崇拜而心滿意足；男人、女人、上帝都讓人匍匐拜倒在他們腳下；但是這種交流形式，它只是一個白色的燈罩投射到一張柳條桌上的燈影兒，它使你參加無休止的論戰，挑起一場你注定要失敗的戰鬥。

情況總是如此（她不知道這是出於她的天性還是性別），在她把流動不居的生活轉化為集中凝煉的圖像之前，她總有片刻赤身露體毫無遮蔽的感覺，好像她是一個尚未誕生的靈魂，一個被剝奪了軀體的靈魂，在通風的塔尖上猶豫不決，毫無屏障地暴露在一陣陣疑慮的狂風之中。那末，她為甚麼還要畫呢？她瞧瞧那幅畫布，它被輕輕地抹上了許多流動的線條。它將被掛在僕人的臥室裏。它將被捲起來，塞到沙發下面去。那末把它畫出來，又有甚麼用處呢？她聽到有某種聲音在説，她不能繪畫，不能創作，似乎她被捲入了一個習慣的漩渦之中，在這漩渦中經過一定的時間之後，某種經驗就在心靈中形成了，結果她就重複地説一些話，而再也意識不到是誰首先説這些話的。

不能繪畫，不能寫作，她機械地喃喃自語，焦急地考慮着她的進攻方案應該如何。因為那片籬柵赫然呈現在她面前；它突出地聳立着；她感覺到它迫在眉睫。然後，似乎有某種為了發揮她的才能所必需的潤滑液被噴射出來，她開始猶疑不定地蘸着藍色和赭色的顏料，這兒一點那兒一抹地揮動她的畫筆，但是，這支筆現在似乎更加沉重遲緩了，好像它已經和她所看到的景色（她不停地望望籬柵又看看畫布）傳遞給她的某種節奏合拍一致了，因此，當她的手帶着生命顫抖着，這強有力的節奏足以支持她，使她隨着它的波浪前進。毫無疑問，她正在失去對於外部事物的意識。而當她對於外部事物，對於她的姓名、人格、外貌，對於卡邁克爾先生是否在場都失去了意識的時候，不斷地從她的心靈深處湧現出各種景象、姓名、言論、記憶和概念，好像她用綠色和藍色在畫布上塑造圖像之時，一股出自內心的泉水灑滿了那一片向她瞪着眼的、可怕地難以對付的、蒼白的空間。

她回憶起來了，查爾士·塔斯萊老是說女人不能繪畫，不能寫作。當年她就在這同一個地點作畫，他從後面走過來，貼近地站在她背後，她最恨別人這樣。「我吸粗劣的煙草，」他說，「五個便士一盎司。」他向她顯示他的貧窮、他的原則。(但是，那場戰爭拔除了她女性的螫刺。可憐的傢伙們，她想，這些男男女女的可憐蟲。)他老是在腋下夾着一本書——一本紫色封面的書。他在「工作」。她記得他坐了下來，在一片陽光之下工作。在吃晚飯時，他總是坐在她視野的中央。但是，她回想起來，畢竟還有海灘上的那幕情景。她應該記得那幕情景。那天早晨風很大。他們都來到了海灘上。拉姆齊夫人在一塊岩石旁坐下來寫信。她寫了又寫。「噢，」她抬起頭來望着漂浮在大海中的甚麼東西說道：「它是一隻捕龍蝦的竹簍嗎？它是一條顛覆的小船嗎？」她的目光如此近視，她甚麼也瞧不清楚。於是，查爾士·塔斯萊盡可能耐心周到地給她說明。他開始用石片打水漂兒。他們選擇黑色扁平的小石片，把它們投擲出去，讓它們在水面上漂躍。拉姆齊夫人不時停筆，從她眼鏡的上方舉目望着他們，取笑他們。她記不起他們說了些甚麼，只記得她和查爾士一起擲着石片，突然感到相處得相當融洽，而拉姆齊夫人正在望着他們。她非常清楚地意識到那一點。她向後退了一步，她的眼珠往上一轉，心裏想道：拉姆齊夫人。（要是她和詹姆斯坐在那石階上，一定會使畫面大為改觀，那兒一定會有一個陰影。）當她想起她自己和查爾士一起打水漂兒，想起海灘上的整個情景，似乎在某種意義上說來，這一切全靠坐在岩石下把一本拍紙簿放在膝蓋上寫信的拉姆齊夫人。（她寫了好多信，有時風把信紙吹走。她和查爾士剛好抓住一頁信紙，沒讓它給吹到海裏去。）但是，在人類的心靈中，蘊藏着多麼偉大的力量啊！她想：那個坐在岩石下寫信的女人，把一切事情都由矛盾複雜轉化為單純和諧；她使憤怒、煩躁的心情渙然冰釋；她把各種各樣因素湊合在一起，並且從那可憐的愚蠢和厭惡之中（她和查爾士經常爭論口角，十分愚蠢，彼此懷恨）提煉出某種東西——例如在海灘上的這幕景象，這片刻的友誼和好感——它經歷了這些年月，仍舊完整地保存下來，她只要稍微沉浸於這片景色之中，就刷新了她對於塔斯萊的記憶，它就像一件有感染力的藝術品一樣，留存在心中。

「就像一件藝術品，」她喃喃自語，看看畫布，瞧瞧客廳的石階，再回過頭來看看她的畫布。她必須休息片刻。而當她一邊休息，一邊模模糊糊地從一樣東西望到另一樣的時候，那個永遠在心靈的蒼穹盤桓的老問題，那個在這樣的瞬間總是要把它自己詳細表白一番的宏大的、普遍的問題，當她把剛才一直處於緊張狀態的官能鬆弛下來的時候，它就停留在她的上方，黑沉沉地籠罩着她。人生的意義是甚麼？那就是全部問題所在——一個簡單的問題；一個隨着歲月的流逝免不了會向你逼近過來的問題。那個關於人生意義的偉大啟示，從來沒有出現。也許這偉大的啟示永遠也不會到來。作為它的代替品，在日常生活中，有一些小小的奇蹟和光輝，就像在黑暗中出乎意料地突然擦亮了一根火柴，使你對於人生的真諦獲得一剎那的印象；眼前就是一個例子。這個，那個，以及其他因素：她自己，查爾士・塔斯萊，還有飛濺的浪花；拉姆齊夫人把他們全都凝集在一起；拉姆齊夫人說：「生命在這兒靜止不動了；」拉姆齊夫人把這個瞬間鑄成了某種永恆的東西（就像在另一個領域中，莉麗自己也試圖把這個瞬間塑造成某種永恆的東西）——這就具有某種人生啟示的性質。在一片混亂之中，存在着一定的形態；這永恆的時光流逝（她瞧着白雲在空中飄過、樹葉在風中搖曳），被鑄成了固定的東西。生命在這兒靜止不動了，拉姆齊夫人說過。「拉姆齊夫人！拉姆齊夫人！」她反覆地呼喊。所有這一切，她都受賜於拉姆齊夫人啊。

萬籟俱寂。似乎那幢屋子裏還沒人走動。她望着它沉睡在清晨的朝陽中，它的窗戶上反映出藍色、綠色的樹葉。她對拉姆齊夫人模糊的思念，似乎與這幢寂靜的屋子、這一縷輕煙、這明媚的早晨的清新空氣和諧一致。模糊而縹緲，它令人驚異地純潔而動人。她希望沒有人會打開窗戶或從屋裏走出來，讓她可以獨自一個繼續沉思，繼續繪畫。她轉向她的畫布。但是，受到某種好奇心的驅使，受到她的沒有表白出來的同情心的推動，她走了幾步，來到草坪的盡頭，去看看她是否能看見那支小小的隊伍揚帆出發。在海面上，在那些漂浮的小船中間——有些小船的帆還收捲着，有些小船緩慢地、非常平穩地駛開去——有一艘小船和其他船隻離得相當遠。它的帆正在被扯起來。她認定了，就在那艘遙遠的、完全寂靜的小船裏，拉姆齊先生正與凱姆和詹姆斯坐在一起。現在他們已經曳起了帆；那些帆篷無力地飄垂、猶豫了片刻之後，現在已灌飽了風，在深沉的靜謐中扯滿了，她瞅着那條船深思熟慮地選定了它的航道，越過了其他船隻，向着大海乘風破浪而去。

4

那些帆篷在他們的頭頂上方微微飄動。水聲潺潺，浪花拍打着船舷，小船在陽光下打着瞌睡，滯留不進。偶爾有一絲微風輕輕拂動那些帆篷，但是它們飄擺波動了一下，風就停了。那條船完全靜止不動了。拉姆齊先生坐在小船中央。詹姆斯想，他馬上就要覺得不耐煩了；凱姆心中也有同感。她望着她的父親，他坐在小船中央，介於他們兩者之間（詹姆斯在船尾掌舵；凱姆獨自坐在船首），他的兩條腿緊緊地蜷縮着。他痛恨隨波漂蕩，徘徊不前。果然如此，他煩躁不安地等了一會兒之後，就厲聲呵斥船夫麥卡力斯特的兒子，後者就拿出雙槳開始划船。但是，他們知道，除非小船疾駛如飛，他們急躁的父親是不會滿意的。他會不住地盼望海面上颳起一陣順風，他會坐立不安地喃喃自語，麥卡力斯特父子會聽到他的低聲抱怨，他們倆一定會感到很不自在。是他叫詹姆斯和凱姆來的。是他強迫他們倆來的。出於憤怒的心情，他們希望那陣風永遠別颳起來，他們希望他盡可能地受到挫折，因為他是違背了他們本人的心意，強迫他們來的。

在剛才走到海灘去的一路上，他們倆一起拖拖拉拉地走在後面，雖然父親無聲地命令着他們，「快走，快走。」他們耷拉着腦袋；某種殘酷無情的風暴，在壓着他們低頭。他們沒法和他講話。他們非來不可；他們必須俯首聽命。他們必須拿着裝食品的棕色紙袋，跟在他後面走。但是，當他們在跟着走的時候，他們在心中默默發誓：他們倆要齊心協力，來實現那個偉大的誓約——抵抗暴君，寧死不屈。因此，他們一個在船頭，一個在船尾，默然對坐。他們一聲不吭，只是偶爾瞅一眼盤膝而坐的父親，他皺眉蹙額，如坐針氈，一會兒輕蔑地啐一聲，一會兒喃喃自語，不耐煩地盼着海上會颳起一陣大風。他們卻但願風平浪靜。他們希望他受到挫折。他們希望這次遠征完全失敗，希望他們被迫中途折回，帶着他們原封不動的食品袋走上海灘。

但是，當麥卡力斯特的兒子把小船向外划了一小段路程之後，那些帆慢慢地轉過來兜滿了風，小船的速度增加了，船身平穩了，它像離弦的箭一般疾駛而去。好像極度緊張的神經立刻就鬆弛了，拉姆齊先生伸開他原來盤着的腿，拿出他的小煙袋兒，喉嚨裏輕輕哼了一聲，把它遞給麥卡力斯特，不管詹姆斯和凱姆多麼痛苦失望，他們知道，他現在完全心滿意足了。現在他們會連續幾個小時這樣航行下去，拉姆齊先生會向老麥卡力斯特提出一個問題——也許就是關於去年冬天的那場大風暴——那老船夫會回答他的問題，他們倆會一起悠閒地抽他們的板煙，麥卡力斯特會拿起一條塗過柏油的繩索，在手裏打結，或把它解開，而他的兒子會蹲在那兒釣魚，不和任何人講一句話。詹姆斯就會被迫一直盯着那張帆。因為，如果他疏忽了他的職責，那帆就會縮攏、晃動，船速就會減慢，於是拉姆齊先生就會厲聲喝道：「注意！注意！」而老麥卡力斯特就會緩慢地在他的座位上轉過身來瞅着他。就這樣，他們聽見拉姆齊先生提起了關於去年耶誕節大風暴的問題。「那條船就從那個地點駛過來，」老麥卡力斯特說；他在描述那場風暴，當時還有十條船也被迫到這個海灣裏來避風，他看見「一條在那兒，一條在那兒，一條在那兒」（他動作緩慢地指點着海灣的四面八方，拉姆齊先生隨着他所指點的方向轉動他的腦袋）。他看見四個人爬上一條船的桅杆。隨後它就沉沒了。「最後我們終於用篙把船撐開去，」他繼續說道（但是，他們在憤恨和沉默之中，只是偶爾聽到一兩句話。他們分別坐在船的兩端，那寧死不屈地抵抗暴君的誓約，把他們的心聯結在一起）。最後，他們終於用篙把船撐開了，他們放下了救生艇，他們把它駛離了那個地點——麥卡力斯特在講着那個故事；雖然他們只是偶然聽到一兩句話，但是他們始終意識到他們父親的存在，意識到他如何俯身向前，他和麥卡力斯特互相問答的聲音如何協調一致；他如何吞雲吐霧地吸着板煙，隨着麥卡力斯特所指的方向四面眺望，細細玩味漁民們在狂風暴雨的黑夜中生死搏鬥的情景。他就喜歡那樣：在夜晚，男子漢應該在大風呼嘯的海灘上奮鬥流汗，用他們的血肉之軀與聰明才智去和狂風暴雨、驚濤駭浪對抗；他喜歡男子漢像那樣工作，讓婦女們管理家務，在屋裏守着熟睡的孩子們，而男子漢就在外面的風暴中葬身海底。從他那搖晃的身軀、警惕的眼神、高亢的聲音和異常的語調裏，詹姆斯能夠理解他此時此刻的這種心情；凱姆對此也完全理解（他們瞧瞧父親，又彼此相望），當他向麥卡力斯特問起那被風暴驅趕到海灣裏來的十一條船的時候，他的語調裏混入了一點蘇格蘭腔，使他看上去就像一個農民。在這十一條船中，沉沒了三艘。

他向麥卡力斯特所指的方向望去，眼裏射出驕傲的光芒；不知道為甚麼，凱姆為他感到自豪，她想，要是他當時在場的話，他會親自放下那艘救生艇，他會趕到那條遇難的船隻那兒去。凱姆想，他是多麼勇敢，他多麼富於冒險精神。但是她忽然想起，還有那條誓約：抵抗暴君，寧死不屈。他們的滿腹牢騷，把他們倆壓得喘不過氣來。他們被迫服從他的命令。他又一次利用他的憂鬱情緒和家長權威來壓倒他們，迫使他們執行他的命令，在這個明媚的早晨，帶着這些紙包到燈塔去，因為這是他的願望；他迫使他們來參加這場為了滿足他個人悼念死者的心願而舉行的朝聖儀式，他們對此非常痛恨，因此，雖然他們磨磨蹭蹭地跟着他來了，但是這次出遊的全部樂趣都給糟蹋完了。

拂面的微風令人心曠神怡。小船傾斜着劃破水面，激起的浪花像綠色的泡沫和大小瀑布，向兩側傾瀉。凱姆低首俯瞰浪花的浮沫，注視着大海和它的全部寶藏，小船飛快的速度把她給催眠了，她和詹姆斯之間的聯盟稍微鬆散了一點，減弱了一點。她開始想：船開得好快。我們在往哪兒去啊？她被那船身的顛簸催眠了；而詹姆斯的目光盯着船帆和地平線，神色嚴峻地駕駛着那條船。但是，當他掌着舵，他心裏開始想，他有可能逃脫，他有可能逃避這一切。他們有可能在甚麼地方登陸；於是就自由啦。他們倆互相凝視了片刻，一半是由於飛快的速度，一半是因為景色的變換，他們產生了一種超脫和昇華的感覺。但是，那陣微風也在拉姆齊先生心中激起了同樣的興奮，所以，當老麥卡力斯特轉過身來把他的釣索向船外拋出去時，他大聲嚷道：

「我們滅亡了，」然後又接着嚷道：「各自孤獨地滅亡了。」隨後，帶着那種習慣的懺悔和羞愧的激動，他控制住自己，向海岸揮手。

「瞧那幢小屋，」他指着岸上說，想要凱姆往那邊看。她勉強地直起身來眺望。但它是哪一幢呢？她認不出在那個山坡上哪一幢是他們的屋子。所有的房屋看上去都十分遙遠、靜謐、奇異。那海岸似乎變得非常優美、遙遠、縹緲。他們已經航行的那段小小的距離，使他們遠離了海岸，並且使它看上去與原來不同，看上去有一種鎮靜自若的氣氛，好像那是某種距離遙遠、與他們全不相干的東西。究竟哪一幢是他們的屋子呢？她可認不出。

「但我曾捲入更加洶湧的波濤，」拉姆齊先生喃喃自語道。他已經找到了那幢屋子，而發現了它，也就在那兒發現了他自己：他看到自己在那平台上來回躑躅，孑然一身。他看到自己正在那些石甕之間徘徊；他似乎看到自己彎腰曲背、老態龍鍾。坐在小船裏，他低頭彎腰、縮攏身軀，馬上就開始進入他的角色——一個喪失了親人的、孤獨的鰥夫——並且在想像之中，把成群的人們吸引到他的面前，來對他表示同情；他就坐在小船裏，為他自己上演一齣小小的戲劇；這場戲需要他裝出老態龍鍾、精疲力竭、無比沉痛的樣子（他舉起雙手，望着瘦削的手指，借此證實他的夢想），來使婦女們對他大感同情，接着，他又想像她們會如何安慰他、同情他，並且在他的夢想中反映出女性的同情所給予他的那種微妙的喜悅。他嘆了一口氣，悲哀地低聲吟誦：

但我曾捲入更加洶湧的波濤
被更深的海底漩渦所吞沒，

他們都相當清晰地聽到了那悲哀的詞句。凱姆在她的座位上幾乎大吃一驚。這使她震驚——也令她憤慨。她的舉動驚醒了她的父親；他哆嗦了一下，他的夢想中斷了，他高呼道：「瞧！瞧！」他的呼聲如此迫切，使詹姆斯也轉過頭來瞧他背後的那個島嶼。他們大家都望着那個小島。

但是，凱姆甚麼也沒看見。她正在想，他們曾經在那兒居住過的、和他們的生活緊密地糾結在一起的那些小徑和草坪都消失了：它們給抹去了，給扔在後面了，變得虛無縹緲了；而現在眼前的這些東西是現實的：這條小船和它打了補丁的帆篷，麥卡力斯特和他所戴的耳環，那轟鳴如雷的濤聲——這一切都是現實的。想到這些，她喃喃自語道：「我們滅亡了，各自孤獨地滅亡了，」因為她父親的話在她的頭腦裏一再閃現。她的父親看見她如此神思恍惚地凝視着遠方，就開始逗她。她懂得羅盤儀上那些圓點所代表的方位嗎？他問道。她分得清東西南北嗎？她真的認為他們就住在那個方向嗎？他指點着告訴她，他們的屋子在甚麼地方：就在那兒，在那些樹木旁邊。他希望她的方位感更加精確一點，他說：「告訴我——哪兒是東，哪兒是西？」他一半是取笑她，一半是責備她，因為，對於並非絕對低能的那些看不懂羅盤儀的人們，他無法理解他們的思想狀態。但她仍然辨不出方向。看到她剛才恍惚地凝視遠方，現在又驚慌失措地把眼睛盯着沒有房屋的地方瞧，拉姆齊先生忘記了他的夢想，忘記了他如何在平台上徘徊於那些石甕之間，忘記了那些婦女如何向他伸出同情之手。他想，女人總是那個樣子；她們的頭腦糊塗是無可救藥的；那是一樁他永遠也沒法了解的事情；但情況就是如此。他的夫人——她一向就是如此。她們沒法讓任何概念清晰地印在她們的頭腦裏。但是，他對她大發雷霆是錯誤的；更有甚者，他不是相當喜歡這種女性的糊塗嗎？這是她們異乎尋常的魅力的一部份。我要使凱姆對我微笑，他想。她看上去受驚了。她是如此沉默。他握緊拳頭，決定把他的聲音、他的面部表情、他富於表現力的姿勢都收斂起來，這些年來，他曾隨心所欲地利用這一切，來贏得人們的同情和讚揚。他要使她向他微笑。他要找一些簡單的話題來和她談談。但是談甚麼呢？因為，像他這樣埋頭工作，他已忘記了人們通常所談的話題。對，有一條小狗。他們有一條小狗。今天誰在照料那條小狗呀？他問道。詹姆斯看見他姊姊腦袋的後方襯托着船帆，他冷酷地思忖：不錯，現在她可要讓步屈服啦；那就會只剩下我一個人來孤獨地對抗那個暴君。那個誓約將留給他一個人來加以貫徹。瞧着她臉上悲哀、陰沉、讓步的表情，他嚴峻地想道：凱姆永遠不會寧死不屈地反抗暴君。有時會出現這樣的情況：當一朵烏雲飄落在一片綠色的山坡上，出現了一種嚴重的氣氛，四周的群山之間彌漫着一片陰暗和憂傷，似乎那些山巒必須認真考慮那個被烏雲籠罩在陰影中的山坡的命運，或者寄予同情，或者幸災樂禍。就這樣，凱姆現在感覺到她被烏雲所籠罩了，她坐在安詳堅定的人們中間，不知道應該如何回答她父親提出的關於那小狗的問題，不知道應該如何抵擋他的哀求——原諒我吧，體貼我吧；另一方面，立法者詹姆斯似乎把永恆智慧的法規攤開在他的膝蓋上（他握着舵柄的手對她説來已經成為一種象徵）對她説，反抗他，和他鬥。詹姆斯説得多麼公平正直。因為，他們必須寧死不屈地和暴君鬥爭，她想。在人類所有的品德中，她最推崇的就是正直。她的弟弟最像一個公正不阿的神祇，她的父親最善於死乞活賴地哀求。她坐在他們兩人中間，凝視着景色陌生的海岸，一面想着那些草坪、平台、房屋已被平靜地遺留在遠方而在視野裏消失了，一面在考慮她應該向這兩者中的哪一個讓步。

「傑斯潑，」她愁眉不展地說。他會照料那條小狗的。

她打算給牠起個甚麼名兒呢？她的父親堅持追問下去。當他自己還是個小男孩的時候，他有過一條小狗，它叫弗立斯克。詹姆斯看見她的臉上出現了一種表情，一種在他記憶之中熟悉的表情，他想，她會屈服的。他想，她們會垂首俯視她們正在編織的絨線，或者甚麼別的東西；然後她們會突然抬頭仰望；一道藍光閃過，他想起來了，後來和他坐在一起的甚麼人笑了，屈服投降了，使他怒不可遏。那個人肯定就是他的母親，他想，她坐在一把矮腳椅子裏，他的父親站在她身旁俯視着她。他開始在歲月一頁頁、一冊冊、輕輕地、不斷地積存在他頭腦裏的一連串無窮無盡的記憶之中尋找：在各種景象和音響之間，在各種嚴厲、空虛、甜蜜的聲音之中，在掠過的燈光、輕輕觸及地板的掃帚、沖刷海岸的波濤之間，他看到一個男子如何來回踱步、突然停留、筆直地站在那兒，俯視着他們母子倆。與此同時，他注意到凱姆把她的手指浸在海中玩水，她呆呆地望着海岸，甚麼也不說。不，她不會屈服的，他想；她和母親不一樣，他想。好吧，要是凱姆不願回答他的問題，他就不再打擾她了，拉姆齊先生下了決心，他伸手到衣袋裏去摸一本書。但是，她願意回答他的問題；她迫切地希望能夠搬開放在她舌頭上的某種障礙，並且說：噢，對啦，弗立斯克。我就叫牠弗立斯克吧。她甚至還想問：牠是不是那條獨自從荒野裏尋到回家道路的小狗？但是，儘管她努力嘗試，她可說不出那樣的話，因為，她既害怕又忠於他們的誓約，然而，詹姆斯可沒料到，她已把她感覺到的對於父親的愛慕之情，悄悄地向他傳送過去。因為，她一邊用手戲水，一邊在心裏琢磨（現在麥卡力斯特的孩子釣到一條鯖魚，牠在甲板上直蹦，魚鰓上淌着鮮血）；她一邊瞅着漠然凝視船帆或偶爾注視地平線的詹姆斯，一邊在想：你可沒有遭遇到這種感情的壓力和分裂，沒有遭遇到這種異常強烈的誘惑啊。她的父親伸手到兜裏掏書，再過一秒鐘，他就會把書掏出來了。對她來說，沒有別人比他更富於吸引力的了：他的雙手是美麗的，還有他的雙腳，他的聲音，他的語言，他的匆忙急躁，他的怪癖熱情，他敢於直言不諱地在眾人面前揚言我們將各自孤獨地滅亡，還有他的疏遠淡漠，這一切都對她有一種獨特的吸引力。（他已經打開了他的書本。）她坐直了，一邊瞧着麥卡力斯特的孩子從另一條魚的鰓幫裏把魚鉤取出來，一邊想道：然而，叫人難以忍受的是他那種極端的盲目和橫暴，它損害了她美好的童年生活，掀起了痛苦的風暴，甚至到現在，她還會在半夜驚醒，氣得直哆嗦，並且回憶起他蠻橫無理的強迫命令：「幹這個，」「幹那個，」回憶起他支配一切的欲望和他那種「絕對服從我」的要求。

因此，她甚麼也沒説，只是倔強而憂愁地凝視那包圍在一片和平靜謐氣氛中的海岸，她想，似乎那兒的人們都已酣然入睡，像一縷輕煙或幽靈一般來去自由。在那兒，他們可沒有痛苦折磨，她想。

5

對啦，站在草坪邊緣的莉麗斷定，那條就是他們的船。那條就是那灰棕色帆篷的小船，現在她看見它船身平穩地在水面上飛快地穿越那個海灣。她想，他就坐在船中，孩子們依舊保持着沉默。她又不可能到他那兒去。她沒有向他表白出來的同情使她心情沉重，難以作畫。

她一向認為他難以相處。回想起來，她從來沒能當面稱讚他一句。這使他們之間的關係成為某種中性的東西，其中沒有性感的因素，而正是那種因素，使他在敏泰面前如此溫柔體貼，幾乎是興高采烈。他會採一朵花兒獻給她，把他的書借給她。但是，他真的相信敏泰會認真讀那些書嗎？她隨身帶着它們在花園裏到處跑，把樹葉夾到書中來標出她讀到甚麼地方。

「你還記得昔日的情景嗎，卡邁克爾先生？」她瞅着那老人，很想問問他。但是，他把帽子遮住了半個額角；她猜想，他已經睡着了，或者正在夢想，或者正在推敲詩句。

「你還記得昔日的情景嗎？」她經過卡邁克爾身旁，就忍不住想要問問他。她又想起了拉姆齊夫人坐在海灘上的情景；那隻漂浮在水面上的木桶，隨着波濤一上一下地晃動；那一頁頁的信紙隨風飄散。為甚麼過了這些年月之後，這幕景象在記憶中保存了下來，縈迴繚繞，閃閃發光，連細枝末節都歷歷在目，而在它以前或以後很長一段時間裏的其他景象，都是一片空白呢？

「它是一條小船嗎？它是一隻捕蝦的竹簍嗎？」拉姆齊夫人問道。莉麗把她當時說的話複述了一遍，轉過身來，勉強地回到她的畫布面前。謝天謝地，她重新拿起畫筆想道，那個空間的問題依然懸而未決。它瞪着眼睛瞅她。整幅畫面的平衡，就取決於這枚砝碼。這畫的外表，應該美麗而光彩，輕盈而纖細，一種色彩和另一種色彩互相融合，宛若蝴蝶翅膀上的顏色；然而，在這外表之下，應該是用鋼筋鉗合起來的紮實結構。它是如此輕盈，你的呼吸就能把它吹皺；它又是如此紮實，一隊馬匹也不能把它踩散。於是她開始在畫布上抹上一層紅色、一層灰色，她開始用色彩一層一層填補那片空白，把她心目中的畫面逐漸體現出來。與此同時，她又似乎和拉姆齊夫人一起坐在海灘上。

「它是一條小船嗎？它是一隻木桶嗎？」拉姆齊夫人問道。她開始在周圍尋找她的眼鏡。找到了眼鏡，她就坐着默默地眺望大海。正在從容不迫地作畫的莉麗覺得，似乎有一扇門戶打開了，她走了進去，站在一個高大而非常陰暗、非常肅穆，像教堂一般的地方，默默地向四周凝視。從一個遙遠的世界，傳來了喧嚷的聲音。幾艘輪船化為縷縷輕煙，在遠處的地平線上消失了。查爾士在擲着石片，讓它們在水面上漂躍。

拉姆齊夫人默然端坐。莉麗想，她很高興在默默無言的狀態中休息；在這人類相互關係極端朦朧曖昧的狀態中休息。誰知道我們是甚麼樣的人，我們的內心感覺又如何？甚至在親密無間的瞬間，誰又能知道這一切？這就是學問嗎？拉姆齊夫人很可能會問（在她身旁，這種沉默的場面似乎經常會發生）：如果把這些全說了出來，不會反而把事情弄糟嗎？我們如此默然相對，不是能夠表達更為豐富的內容嗎？至少在目前這一瞬間，似乎有着異常豐富的內涵。她在沙灘上戳了一個洞，再用沙子把它蓋沒，好像這樣就把這完美的瞬間埋藏了進去。它就像一滴銀液，人們在其中蘸了一下，就照明了過去的黑暗。

莉麗往後退了一步，使她的畫布——就這樣——處於她視野的中心。畫家所走的可是一條奇特的道路。你往外走得越來越遠，直到最後，你好像走到了海上的一條狹窄的跳板上，孑然一身，形影相弔。當她用畫筆去蘸藍色的顏料之時，她也在筆端上蘸滿了往昔的回憶。她想起來了，現在拉姆齊夫人已經從沙灘上站了起來。是回家的時候了——快吃午飯了。他們大家一起從海灘上往回走，她和威廉·班克斯並肩走在後面，敏泰走在他們前面，她的襪子上破了一個洞。那個小小的圓窟窿裏露出來的粉紅色的腳後跟多麼扎眼！威廉·班克斯看到它感到多麼厭惡！雖然就她記憶所及，他甚麼也沒說。對他說來，這個窟窿意味着女人的毀滅性打擊，意味着不整潔的習慣，意味着僕人紛紛離去、到了中午還沒把床鋪好——意味着他所最憎惡的一切。他有一個習慣性的動作：哆嗦着伸開他的手指，好像去遮蔽一件不堪入目的東西。現在他就做了這個動作——把手遮在他面前。敏泰繼續往前走去，大概保羅遇見了她，他們倆就一塊兒進了花園。

莉麗·布里斯庫想起了雷萊夫婦，把綠色的顏料擠到調色板上。她把對於雷萊夫婦的印象在心裏集中起來。在她眼前浮現出他們婚後生活的一連串景象；其中有一幕，在拂曉時分發生在樓梯上。保羅早就回家上床安寢了；敏泰遲遲未歸。大約在凌晨三點鐘，敏泰走上了樓梯，她戴着花環，濃妝艷抹，打扮得花枝招展。保羅穿着睡衣走了出來，他手裏拿着一根撥火棍，以防碰上小偷。敏泰站在半樓梯的窗口，在蒼白的晨曦中啃着三明治，樓梯的地毯上破了一個窟窿。但是，他們說了些甚麼呢？莉麗問她自己。似乎在想像之中瞅上一眼，她就能聽見他們說話。敏泰繼續討厭地啃着她的三明治，保羅說了些激烈的話來責備她，他壓低了嗓子，以免驚醒孩子們——那兩個小男孩。他面容憔悴，拉長了臉；她輕浮艷麗，滿不在乎。大約在婚後一年左右，他們之間的關係就垮了；他們的婚姻結果很不理想。

莉麗用畫筆蘸了一點綠色顏料，她想，這樣來想像有關他們夫婦的情景，就是所謂「了解」人們、「關心」他們、「喜愛」他們！其中沒有一句話是真實的；全是她想像出來的；但是，儘管如此，她對於他們情況的了解，就是如此。她繼續深入到她的繪畫中去，繼續深入挖掘往昔的歲月。

另外有一次，保羅說他「在咖啡館裏下棋」。根據這句話，她又想像出一幕完整的景象。她想起來了，當他說這句話的時候，她就想像他如何打電話回家，女僕如何回答說「先生，太太不在家」，於是他就打定主意也不回家。她在想像中看見他坐在某個陰暗場所的角落裏，紅色長毛絨面的座位上佈滿了煙塵，那些侍女總是對你熟悉親昵，他和一個小個子男人下棋，他是做茶葉生意的，住在塞爾別頓，這就是保羅所了解的關於他的全部情況。當他回家時，敏泰不在家，隨後就是樓梯上的那一幕。為了防備小偷，他手裏拿了一根撥火棍（毫無疑問，也是為了向她示威），他講的話十分令人痛心，他說她毀了他的一生。無論如何，當莉麗到雷克曼斯華綏附近的一所小別墅去看望他們時，他們之間的關係可怕地緊張。保羅帶她到花園裏去看他所飼養的比利時兔子，敏泰寸步不離地跟隨着他們，她嘴裏唱着歌，把裸露的手臂搭在保羅的肩膀上，以免他向莉麗洩漏任何情況。

莉麗想，敏泰對兔子煩膩得要命。但是，敏泰守口如瓶，她從來不提起保羅在咖啡館裏下棋之類的事情。她可要謹慎得多、小心得多。把他們的故事繼續講下去吧——現在他們已經通過了那個危險階段。去年夏天，她曾經和他們一起待過一陣子。有一次，他們的汽車在中途出了毛病，敏泰不得不給他傳遞工具。他坐在路旁修車，她把工具遞給他時，一副公事公辦的樣子，直截了當，態度友好——這證明他們之間的關係現在還不錯。他們倆不再「相愛」了；不，他愛上了另一個女人，一個嚴肅的女人，她留着髮辮，手裏拿着公事包（敏泰曾經感激地、幾乎有點欽佩地描述過她），她和保羅一起參加各種會議，對於地價稅和資產稅等問題，她和保羅持有相同的觀點（他們越來越多地發表他們的見解）。他的外遇並未使他和敏泰的婚姻關係破裂，反而適當地調整了它。當他坐在路旁修車而她把工具遞給他時，他們夫婦倆顯然成了相互默契的好朋友。

這就是雷萊夫婦的故事，莉麗想道。她想，她自己正在把這個故事講給拉姆齊夫人聽，她一定會充滿着好奇心，想要知道雷萊夫婦的近況。要是她能告訴拉姆齊夫人那樁婚事結果並不成功，她會有一點兒得意洋洋。

但是，那位死者！莉麗想道。她的構圖遇到了某種障礙，使她停筆沉思，她向後退了一兩步，喟然嘆息：噢，那位死者！她喃喃自語説，人們同情死者，把他們撇在一邊，甚至對他們有點兒輕蔑。他們現在可是任憑咱們來支配擺佈啦。她想，拉姆齊夫人已經隱沒、消失了。現在我們可以超越她的願望，把她那種帶有局限性的老式觀念加以改進。她已經後退到離我們越來越遠的地方。帶着幾分嘲笑意味，她似乎看見拉姆齊夫人在歲月長廊的末端，講着那些不合時宜的話：「結婚吧，結婚吧！」（在黎明時分，她身軀筆直地坐在那兒，小鳥開始在外面的花園裏啁啾。）現在你不得不對她說，事情的發展全都違背了您的心願。他們是幸福的，他們的生活就像那個樣子；我是幸福的，我的生活就像這個樣子。生活已經完全改變了。在這種情況下，拉姆齊夫人的整個存在，甚至還有她的美麗，在轉瞬之間已經成為明日黃花，化作塵土。莉麗在那裏站了一會兒，火熱的太陽曬着她的背脊，她在心裏總結雷萊夫婦的情況，覺得她自己戰勝了拉姆齊夫人：她永遠也想不到保羅會在咖啡館裏下棋，並且有一個情婦，想不到他會坐在路旁修車，而敏泰給他遞工具；她也永遠想不到莉麗會站在這兒作畫，從來沒結過婚，甚至也沒跟威廉．班克斯結婚。

拉姆齊夫人早就把這件事盤算好啦。如果她還活着的話，也許她會強迫他們結婚。那年夏天，拉姆齊夫人對她說，威廉．班克斯是「心腸最好的男人」。他是「當代第一流的科學家，我的丈夫說的」。他又是「可憐的威廉——真叫我傷心，我去看望他，發現他屋裏沒一件像樣的東西，甚至連花也沒人給他插」。因此，她就經常叫他們倆一塊兒去散步。拉姆齊夫人帶着那種可以使她從別人手指縫裏溜過去的輕微嘲諷告訴莉麗：她有一個科學的頭腦；她和威廉一樣喜歡花卉；她的作風又如此嚴謹。莉麗向她的畫架走近又後退幾步，她一邊看畫一邊在心裏琢磨：為甚麼拉姆齊夫人這樣熱衷於婚姻問題呢？

（突然間，就像一顆流星滑過夜空那樣突然，一道紅色的火光似乎在她頭腦裏燃燒起來，籠罩着保羅．雷萊，那火光就是從他身上發出來的。它就像是一群野蠻人為了慶祝某種盛典而在一個遙遠的海灘上燃起的篝火。她聽見了火焰的歡呼咆哮和木柴在劈壢啪啦地燃燒。周圍幾英里路以內的海面，化為一片火紅和金黃。煙火中夾雜着某種醇酒的芬芳，使她沉醉，因為，她又重新感覺到那種輕率的渴望，想要從懸崖上縱身一躍，淹沒到大海中去，尋找沙灘上的一枚珍珠別針。那歡呼咆哮、劈壢啪啦的火焰，使她帶着恐懼而厭惡的心情向後退卻，似乎當她看到這火焰的壯麗和力量之時，也看到了它如何貪婪可惡地吞噬着這幢屋子裏的財富，於是她對它感到厭惡。但是，作為一種輝煌華麗的景象，它勝過了她以往所看到過的任何東西，它作為一種信號的烽火，年復一年地在大海邊緣的一個荒島上燃燒，只要人家一提起「愛情」這個詞兒，這保羅的愛情之火馬上就熊熊地燃燒起來，就像現在發生的情況那樣。這火焰漸漸熄滅下去，她笑着對自己說，「雷萊夫婦，」她想起了保羅如何到咖啡館裏去下棋。）

她想，真是千鈞一髮，她總算僥倖逃脫了愛情的羅網。她當時注視着桌布的圖案，心裏閃過一個念頭：她要把那棵樹移到畫面中央，她永遠不需要和任何人結婚，而且她為此感到無比喜悅。她曾感覺到拉姆齊夫人的威力，現在她能夠勇敢地站起來面對拉姆齊夫人——對拉姆齊夫人驚人的支配別人的能力表示一種敬意。只要她說，去做這件事情，別人就會遵命照辦。甚至她和詹姆斯一起坐在窗前的影子，也充滿着權威。她想起了當時威廉·班克斯發現她對於這幅母子圖的重要意義熟視無睹，感到多麼震驚。難道她不讚賞他們的美麗嗎？他問道。她記得，威廉·班克斯帶着聰明懂事的孩子般的眼色，聽她解釋她的構圖毫無不敬之處：不過是這兒的一片亮色，需要有一個陰影在那兒加以襯托罷了。她並非存心褻瀆一個拉斐爾[2]曾經虔誠地描繪過的神聖題材。她可不是玩世不恭。情況恰恰相反，她是嚴肅認真的。多虧他的科學頭腦，他充份理解了她的意圖——這證明了沒有偏見的智慧能使她高興，並且給她很大的安慰。那麼，她畢竟能夠嚴肅認真地和一位男子談論繪畫啦。真的，他的友誼曾經是她彌足珍貴的人生樂趣之一。她愛慕威廉·班克斯。

他們一塊兒去遊覽漢普頓宮廷，他有着完美的紳士風度，經常到河邊散步，給她足夠的時間去盥洗。這是他們相互關係中的典型事例。許多事情他們都相互默契，不言自明。一個又一個夏季，他們在庭院間漫步，欣賞勻稱的建築和美麗的花卉，在他們散步的時候，他會給她講解關於透視法和建築學的各種知識，他還會停步凝視一株樹木或湖上的景色，或者欣賞一個天真的孩子——（他非常惋惜自己沒有一個女兒），他那種毫無表情的、孤零零的樣子，對於一個在實驗室裏消磨了這麼多歲月的人來說，是十分自然的，當他走出了實驗室，外面的世界似乎使他頭暈目眩，因此他緩慢地走着，把手舉到眼睛上方去遮蔽陽光，並且時常停下腳步，把頭往後一仰，只是為了深深地吸一口新鮮空氣。然後，他會對她說，他的管家去度假了，他必須為他家的樓梯買一條新的地毯。也許她願意和他一塊兒去選購吧。有一次，他們的話題轉到了拉姆齊夫婦身上，他說，他第一次遇見拉姆齊夫人時，她戴着一頂灰色的帽子，那時她還未超過十九或二十歲。她驚人地美。他站在那兒凝視着漢普頓宮廷的林蔭大道，似乎他在那些噴泉之間看到了她亭亭玉立的倩影。

現在莉麗往客廳的石階望去。她通過威廉的眼睛，看見一個女人的身影，安詳沉靜，目光低垂。她默默地坐着，沉思冥想（莉麗覺得她那天穿着灰色的衣服）。她的目光俯視着地面。她永遠不會把眼睛抬起來。對，她在專心致志地凝視着地面，莉麗想道，我一定也看見過她這種神態，但不是穿着灰衣服，也不是如此沉靜、如此年輕、如此安詳。那個形象隨時會浮現在眼前。正如威廉所說，她是驚人地美。但美並不是一切。美有它的不利因素——它來得太輕易；它來得太完整。它使生命靜止了——凝固了。它使人忘記了那些小小的內心騷動：興奮的紅暈、失望的蒼白、一些奇特的變形、某種光亮或陰影；這些會使那個臉龐一下子變得認不出來，然而也給它增添了一種叫人永遠不能忘懷的風姿。在美的掩蓋之下，把這一切都輕輕抹去，當然更簡單一些。但是，莉麗可拿不準：當拉姆齊夫人把獵人的草帽往頭上一戴，或者奔跑着穿過草地，或者在責備園丁肯尼迪之時，她的容貌看上去是甚麼模樣？誰能告訴她？誰能幫助她解答這個問題？

她的思緒已經不由自主地從心靈深處浮到了外表，她發現自己的注意力有一半脱離了那幅圖畫，有點惘然若失地望着卡邁克爾先生，好像在望着甚麼虛無縹緲的東西。他躺在椅子上，雙手合攏放在他的大肚皮上，他不在閱讀，不在睡覺，而是怡然自得地曬着太陽，就像一隻吃飽了東西的動物一樣。他手裏的書早已掉到草地上去了。

她想馬上走過去對他説，「卡邁克爾先生！」於是他就會像往常一樣，用他那雙煙霧曚矓的綠色眼珠，仁慈地向上望着你。但是，只有當你知道你想要對別人説些甚麼的時候，你才去喚醒他們。她想要說的可不是一件事情，而是一切事情。三言兩語只會打斷思路，割裂思想，等於甚麼也沒說。「讓我們來談談生和死；談談拉姆齊夫人。」——不，她想，你和別人甚麼也講不清楚。頃刻之間的緊迫感，總是難以擊中目標。從嘴裏吐出來的言辭向旁邊飄逸，擊中了靶子以下好幾英寸的地方。於是你就放棄了希望，於是那沒有表白出來的思想又重新沉沒到心靈深處，於是你就像大多數中年人一樣——謹小慎微，吞吞吐吐，兩眼之間佈滿了皺紋，並且有一種無限了悟的神態。因為，你怎能用言辭來表達肉體的感情，來表達那兒的一片空虛呢？（她正在望着客廳的石階，它們看上去異乎尋常地空虛。）是人的肉體，而不是人的心靈在感覺。那空蕩蕩的石階在肉體上激起的感覺，突然變得極端令人不快。欲求而不可得，使她渾身產生一種僵硬、空虛、緊張的感覺。隨後，又是求而不得——不斷的欲求，總是落空——這是多麼揪心的痛苦，而且這痛苦是一而再、再而三地絞着她的心房！噢，拉姆齊夫人！她在心裏無聲地呼喊，對那坐在小船旁邊的倩影呼喚，對那個由她變成的抽象的幽靈、那個穿灰衣服的女人呼喚，似乎在責備她悄然離去，並且盼望她去而復歸。思念死者，似乎是很安全的事情。幽靈、空氣、虛無，這是一種你在白天或夜晚任何時候都可以輕易地、安全地玩弄於股掌之上的東西；她本是那空虛的幽靈，然而，她突然伸出手來，揪着你的心房，叫你痛苦難熬。突然間，空蕩蕩的石階、室內椅套的褶邊，在平台上蹣跚而行的小狗，花園裏起伏的聲浪和低語，就像精緻的曲線和圖案花飾，圍繞着一個完全空虛的中心。

她重新轉向卡邁克爾先生，想要問他：「這是甚麼意思？你如何解釋這一切？」因為，在早晨的這個瞬間，整個世界已經溶化為一個思想的水池，一個現實的深潭，你幾乎可以想像，如果卡邁克爾先生開口說話，就有可能在這思想水池的表面上汲取一滴水珠。然後又怎麼樣呢？某種景象可能出現。一隻幽靈的手會被人往上擋開，一把利刀在空中閃着寒光。當然，這全是無稽之談。

她有一種奇怪的感覺：那些她沒法表達出來的思想，他竟然全都心領神會了。他是一位不可思議的老人，鬍鬚上染着一絲黃色的污漬，心裏蘊藏着他的詩歌和不解之謎，他在世界上一帆風順地航行，而這世界也滿足了他的一切欲求，因此她想，只要他躺在草地上，把手往下一伸，就可以輕而易舉地撈到他所需要的任何東西。她望着自己的畫。據她推測，很可能這就是他的回答——「你」、「我」、「她」都隨着歲月流逝而灰飛煙滅，甚麼也不會留存，一切都在不斷變化之中；但是，文字和繪畫卻不是如此，它們可以長存。她想，然而她的畫會掛在閣樓上；它會被捲起來，扔到沙發底下去；儘管如此，儘管是像這樣一張畫，它還是可以留存，這是確切不移的。你可以說，甚至是這張草圖，也許還不是那張真的作品，而是它所企圖表現的意念，它也會「永久留存」。她想把這種想法說出來，或者不言而喻地暗示出來，因為，這些話要是明講出來，甚至她自己聽起來也會覺得有點太自吹自擂了；當她瞧着這畫的時候，她驚訝地發現，她看不清楚。她的眼眶裏充滿着一種滾燙的液體（起初她沒意識到這是眼淚），它並未牽動她嘴唇的堅定線條，只是使空氣顯得陰霾；熱淚滾下了她的面頰。她對於自己有完善的控制能力——噢，是的！——在所有其他方面。那麼，她是在為拉姆齊夫人而哭泣，一點兒也沒有意識到任何不愉快的感覺嗎？她重新和卡邁克爾老先生攀談。那麼，它是甚麼東西？它意味着甚麼？幽靈能夠伸出手來揪住你嗎？那把利刀會傷人嗎？那拳頭會攥緊嗎？難道沒有安全的地方嗎？心靈無從理解這個世界的規律嗎？沒有嚮導，沒有安全的藏身之處，一切都是奇蹟，只能盲目地從寶塔的尖頂望空中縱身一躍嗎？是否可能，甚至對於老年人來說，這就是生活——大吃一驚、出乎意料、一無所知？她忽然覺得，如果他們倆現在從這草地上站起來要求解釋：為甚麼人生如此短促，為甚麼它又如此不可捉摸，如果他們像兩個充份武裝起來的人（對於他們甚麼也隱藏不了）那樣說話，用強硬激烈的語氣來要求解釋，那麼，美就會蜷攏身軀、悄然退避，這個空間就會填滿，那些空虛的花飾就會構成一定的形體；如果他們的呼聲足夠響亮，也許拉姆齊夫人就會歸來。「拉姆齊夫人！」她大聲喊道，「拉姆齊夫人！」淚珠滾下了她的面頰。

6

〔麥卡力斯特的兒子在捕到的那些魚中揀出一條，從牠的腹部剜下一小方塊魚肉，裝在他的鉤子上作為魚餌。那尾受傷的魚（牠還是鮮蹦活跳的）被擲回了大海。〕

7

「拉姆齊夫人！」莉麗喊道，「拉姆齊夫人！」但是毫無動靜。她更加覺得痛苦。她想，那劇烈的痛苦竟會使她幹出這樣的傻事！不管怎樣，幸虧那位老人沒有聽見她的呼喊。他依舊仁慈安詳——如果你願意這樣想的話——崇高莊嚴。謝天謝地，沒人聽見她那丟人的喊聲。停止吧，悲痛，停止吧！她顯然還沒有喪失理智。沒有人看見她跨越足下狹窄的跳板，縱身躍入毀滅的湍流。她依舊是一個手持畫筆的乾癟老處女。

現在，那求而不得的痛苦和劇烈的憤怒漸漸減輕了（當她想到自己不要再為拉姆齊夫人悲傷，她就把她的痛苦和憤怒收斂起來。在她坐在那些咖啡杯之間吃早餐時，她想念拉姆齊夫人了嗎？一點兒也沒有）；對於遺留下來的痛苦來說，作為解毒劑，一種寬慰鬆弛的感覺本身就是止痛的香膏，而且，還有一種某人在場的更加神秘的感覺：她覺得拉姆齊夫人已經從這個世界壓在她身上的重荷下暫時解脫出來，飄然來到她的身旁（顯示出她全部的美），她正在把一隻她臨終時戴着的白色花環舉到她的額際。莉麗又擠了一點顏料到調色板上去。她揮動畫筆，着手描繪那個籬柵。這可真怪，她多麼清楚地看見拉姆齊夫人，邁着她往常那種輕盈的步伐，穿過田野，在紫色的、柔和起伏的田壟中，在風信子或百合花叢中消失了。這是畫家的眼睛所玩的把戲。在她聽到拉姆齊夫人的噩耗之後的幾天之內，她曾看到她就這樣把花環戴在額上，毫不猶豫地和她的同伴——一個影子——一起越過那片田野。那個景象，那個片斷，自有它安慰人的力量。不論她在甚麼地方作畫，在這兒，在鄉間，在倫敦，那個幻影總會來到她的面前，她半閉着眼睛，尋找一件東西來作為安放這個幻影的基石。她俯視着火車車廂和公共汽車；她從肩膀或面頰上取下一根線條；她瞧瞧對面的窗戶，望着黃昏時刻點着一串串電燈的皮卡迪利廣場。所有這一切，都曾經是死亡的墳場的一部份。但是，往往有某種東西——它可能是一個臉龐，一個聲音，一個報童喊着：《旗幟報》，《新聞報》——猛然閃過，刹住了她的幻想，驚醒了她，使她努力集中注意，結果這個幻象就必須不斷地加以重新塑造。現在，出於對遼闊的天地和蔚藍的大海的某種本能的需要，她俯視下面的海灣：一排排藍色的波浪如丘峰疊起，更加深紫的空間宛若鋪着石塊的田野，她像往常一樣，又被某種不協調的東西驚動了。在海灣的中央，有一個棕色的小點。是的，過了一秒鐘，她就明白過來：那是一葉孤舟。那是誰的船？就是拉姆齊先生那條船，她回答道。拉姆齊先生，那位穿着漂亮的皮鞋、高高地舉起右手、率領一支隊伍從她面前經過的男子，他曾要求她同情而被她所拒絕。那條小船現在已經穿越了半個海灣。

那天早晨是如此晴朗，只是偶爾有一絲微風，極目遠眺，碧海與蒼穹連成一片，似乎點點孤帆高懸在空中，或者朵朵白雲飄墜於海面。在遠處的大海上，一艘輪船吐出一縷濃煙，它在空中翻滾繚繞、久久不散，裝飾點綴着這片景色，好像海面上的空氣是一層輕紗薄霧，它把萬物柔和地籠罩在它的網眼中，讓它們輕輕地來回蕩漾。有時晴空萬里，波平如鏡，那懸崖峭壁看上去似乎意識到那些駛過的帆船，那些小船看上去似乎也意識到懸崖峭壁的存在，好像它們彼此之間靈犀相通、信息互傳。有時候離海岸很相近的燈塔，在這天早晨的朦朧霧靄中，望上去似乎距離十分遙遠。

莉麗眺望着大海想道：「他們現在到了甚麼地方？」那位腋下夾着一隻棕色紙包默然經過她面前的老人，他在甚麼地方？那條小船正在海灣的中心。

8

凱姆望着一上一下波動着的海岸，它越來越顯得遙遠、靜謐，她想，人們在那兒是甚麼也感覺不到的。她的手浸沒在水中，在海面上劃出一道波痕，在她的心目中，那些綠色的渦流和線條形成了各種圖案，她的思想麻痹了，蒙上了一層帷幕，她在想像中漫遊那個水下的世界，在那兒，成串的珍珠和白色的浪花黏在一起，在那綠色的光芒中，她的整個心靈起了變化，她的軀體裹在一件綠色的大氅裏，在陽光照耀下變成了半透明的。

後來，圍繞着她手的漩渦減弱了。嘩嘩的湍流停止了；整個世界充滿了輕微的吱吱嘎嘎、嘰嘰喀喀的聲音。你可以聽到浪花飛濺，拍打着船舷，好像他們已經在港灣裏下錨停泊了。所有的東西都顯得和你非常接近。詹姆斯的眼睛一直盯着船帆，到後來它好像成了他的一個老相識，現在它完全癟下去了；他們停在那兒，小船漂蕩着，等候海面上颳起一陣順風，他們曝曬在炎熱的陽光下，離開海岸已經相當遙遠，離那個燈塔還有一段距離。在整個世界上，似乎一切都靜止了。那燈塔巋然不動，遠處的海岸線也變成固定的了。太陽變得更加灼熱，似乎船上的每一個人都非常接近地聚在一起，並且意識到對方的存在，但剛才大家卻各有所思，幾乎把別人給忘記了。麥卡力斯特的釣索垂直沉沒到大海中。但是拉姆齊先生仍盤膝而坐，繼續閱讀。

他正在讀一本閃閃發光的小書，封面像鷸蛋一般色彩斑駁。他們在那可怕的寂靜中飄泊，他過一會兒就翻一頁書。詹姆斯覺得，他每翻一頁，都帶着一種針對着他的特殊手勢：一會兒顯得專斷獨行，一會兒帶有權威命令的意味，一會兒又企圖使人們同情他；當他父親在一頁一頁地翻閱那本小書之時，詹姆斯一直提心吊膽，唯恐他會突然抬起頭來望着他，對他説出甚麼刺耳的話。他們幹嗎磨磨蹭蹭待在這兒？他會提出這樣的問題，或者諸如此類相當不合情理的疑問。詹姆斯想，要是他如此蠻不講理，我就拿起一把刀子，直捅他的心窩。

在他的頭腦裏，一直保留着這個拿刀直捅父親心窩的象徵。不過現在他年齡大了一點，他坐在那兒，心裏怒火中燒而外表漠然不動地瞅着他的父親，他要殺的不是他，不是那個在看書的老人，而是降臨到他身上的某種邪惡的東西——也許他自己對此一無所知——那頭展開黑色的翅膀突然猛撲過來的猙獰的怪鷹，牠那冰涼而堅硬的鷹爪和利喙，一再向你襲擊（他能夠感覺到鷹喙在啄他裸露的腿部，在他的童年時代，牠曾啄過這個部位），隨後牠就飛走了，於是他又恢復原狀，只是一個非常悲愴的老人，坐在那兒看書。他要殺的是那頭怪鷹，他要用刀直捅牠的心窩。不論他幹甚麼事業——他望着燈塔和遠處的海岸，覺得他可能幹任何事情——不論他是商人、銀行家、律師或某個企業的首腦，他要和那怪物搏鬥，他要追捕牠、消滅牠——他把牠稱為橫行霸道和專制主義——因為牠迫使別人去幹他們所不想幹的事，並且剝奪他們申辯的權利。當他說「到燈塔去」的時候，他們中間誰又能說一聲「但我不願去」呢？去幹這個！把那個給我拿來！那黑色的翅膀張開了，那堅硬的鷹嘴無情地撕裂牠的獵物。過了一會兒，他又坐在那兒看書，並且他可能會抬起頭來望着你——你可永遠也拿不準——顯得十分通情達理。他可能會去和麥卡力斯特父子攀談。詹姆斯想，他可能會在街上把一件紀念品塞到一個凍僵的老婦人手中，他可能會給釣魚的漁民們吶喊助威，他也可能會興奮得手舞足蹈。或者，他可能會坐在餐桌的首席，從晚飯開始直到結束，一聲也不吭。詹姆斯想道：是的，當這小船在灼熱的陽光下隨波逐流地飄蕩，在遠方有一片非常荒涼而單調的荒原，上面是積雪，底下是岩石；近來，當他父親有甚麼令人驚訝的言論或舉動之時，他往往有這樣的感覺：在那片荒原上，只有兩對足跡——他自己的和他父親的。只有他們倆互相了解。那麼，為甚麼還有這種恐懼和仇恨的感覺呢？他撥開了遮蔽他目光的往昔歲月的層層葉瓣，窺探那座樹林的心臟地帶，在那兒，光和影互相交錯，扭曲了萬物的形態，一會兒陽光令人目眩，一會兒陰影遮蔽了視線，他在其中慌亂地摸索，他要尋求一個形象，用一個具體的形態來把他的感情冷卻下來，把它分散，使它轉換方向。是否可以這樣設想：他像一個軟弱無能的孩子，坐在搖籃車裏或大人的膝蓋上，看見一輛馬車在無意之中輾碎了甚麼人的腳？假定起先他看見那隻腳在草叢中，光潔而完整；然後他看見那車輪輾過；隨後他又看見那隻腳鮮血淋漓，被壓得粉碎。但是，那車輪可不是故意傷人。就這樣，今天一大早，他父親穿過走廊來敲門喚他們起床，叫他們到燈塔去，那車輪就輾過了他的腳，輾過了凱姆的腳，輾過了大家的腳。你只能坐在那兒眼巴巴地瞧着它。

但是，他看到的是誰的腳？這件事發生在哪一座花園裏？因為，一個人心目中想像的場面總得有個佈景：那兒有花草樹木，有一定的光線，還有幾個人物。這一切將佈置在一個沒有這種陰鬱氣氛的花園裏。在那兒，沒有人這樣指手畫腳；人們用普通的正常語調說話。他們整天走進走出。有一個老婦人在廚房裏嘮叨；窗簾在微風中飄動；一切都在大聲呼吸，一切都在不斷生長；到了夜晚，就會拉起一層極薄的黃色紗幕，像葡萄藤上的一瓣葉片一般，覆蓋了所有那些碗碟和長長的、搖曳多姿的紅色黃色的花朵。在晚上，一切都變得更加安靜、更加黑暗。但是，那葉瓣一般的紗幕是如此精美纖細，光線能使它飄起，聲音能使它皺縮；透過這層薄紗，他能看見一個人影兒，她彎下腰來，屏息諦聽，走近過來，再走開去，他還能夠聽見衣裾窸窣、項鏈叮咚的輕微響聲。

就是在這個世界裏，那車輪輾過了一個人的腳。他記得，有甚麼東西在他上方逗留，把他籠罩在陰影之中；牠不肯走開，牠在空中耀武揚威；甚至就在那兒，在那個幸福的世界裏，某種毫無生氣的、尖鋭鋒利的東西降落下來，就像一片刀刃，一把彎刀，在葉瓣和花叢中砍伐，使百花枯萎、枝葉凋零。

他還記得，他的父親説道：「會下雨的。明天你不能到燈塔去。」

當時，那燈塔對他説來，是一座銀灰色的、神秘的寶塔，長着一隻黃色的眼睛，到了黃昏時分，那眼睛就突然溫柔地睜開。現在——

詹姆斯望着燈塔。他能夠看見那些粉刷成白色的岩石；那座燈塔，僵硬筆直地屹立着；他能看見塔上畫着黑白的線條；他能看見塔上有幾扇窗戶；他甚至還能看見曬在岩石上的衣服。這就是那座朝思暮想的燈塔囉，對嗎？

不，那另外一座也是燈塔。因為，沒有任何事物簡簡單單地就是一件東西。那另外一座燈塔也是真實的。有時候，隔着海灣，幾乎看不見它。在薄暮時分，他舉目遠眺，就能看到那隻眼睛忽睜忽閉，那燈光似乎一直照到他們身邊，照到他們坐着的涼爽、快活的花園裏。

但他抑制住自己飄忽的思緒。無論甚麼時候，只要他說起「他們」或「某一個人」，他就開始聽見有人衣裾窸窣響着走過來，項鏈叮咚響着走開去，這時候，他對於房間裏有甚麼人在場，是極度敏感的。現在，這個人就是他的父親。當時空氣極其緊張。因為，只要再過一會兒還沒有風，他的父親就會啪的一聲合上書本抱怨：「怎麼回事？咱們幹嗎磨磨蹭蹭待在這兒？」就像有一次在平台上，他把刀子往他們母子兩人中間直砍下來，使她渾身僵硬，手足無措，如果他手邊有一把斧子，一把利刀，或者任何銳利的東西，他就會一把抓到手中，捅穿他父親的心窩。她渾身麻木地愣了一會兒，隨後她原來摟着他的手臂鬆開了，他覺得她不再理睬他了，她不知怎麼站起來走了，把他留在那兒，獨自一個垂頭喪氣地、可笑地坐在地板上，手裏拿着一把剪刀。

海上沒有一絲微風。在船艙底部，水聲撲騰撲騰直響，有三四尾鯖魚，在不能浸沒牠們身子的一潭淺水中拍打着牠們的尾巴。拉姆齊先生（詹姆斯幾乎不敢正眼瞧他）隨時隨刻可能從沉思中驚醒過來，合攏他的書，說出甚麼刺耳的話；但是，目前他還在看書，因此詹姆斯就悄悄地（好像他在光着腳下樓，唯恐樓板嘎吱一響，把守門的狗驚醒）繼續回想：她像甚麼模樣？那天她到甚麼地方去了？他開始尾隨着她，走過了好幾個房間，最後他們走進了一間藍光映照着的房間，似乎那反光是從許多瓷器碟子上反射出來的；她在和甚麼人説話，他聽着她講。她在和一個僕人講話，想到甚麼就説甚麼。只有她一個人説真話；他也只能對她一個人説真心話。也許，這就是她對他持久不衰的吸引力的源泉；她是你可以對她推心置腹想説甚麼就説甚麼的人。但是，在他追憶母親之時，他意識到他的父親始終在追隨着他的思路，監視着它，使它顫抖，使它猶豫。最後，他停止了回想。

他坐在陽光中凝視着燈塔，一隻手放在舵柄上，他沒有力氣動彈，沒有力氣來輕輕地拂去一顆接着一顆落在他心頭的這些悲哀的微塵。好像有一根繩索把他捆在那兒，他的父親把它打了一個結，他要逃脱的話，只有拿起一把刀子，把它刺進……但是，這時那張帆慢慢地轉了過來，漸漸地兜滿了風，那條小船似乎把它的身子搖晃了一下，半睡半醒地啟航了，隨後它清醒過來，乘風破浪飛速前進。這可是異常令人寬慰。他們似乎又互相疏遠了，各人悠閒自在互不相擾，那幾條從船舷上拋出去的釣索，傾斜着繃得緊緊的。但他的父親還在埋頭讀書。不過他把右手神秘地高舉在空中，又讓它落到膝蓋上，好像他正在指揮一首奧秘的交響樂。

9

〔莉麗．布里斯庫依舊站在那兒眺望着海灣，她想，那海面上連一個斑點也沒有。大海伸展開去，像絲綢一般光滑，鋪滿了整個海灣。遼闊的距離具有異乎尋常的力量；她覺得，他們被它吞沒了，他們永遠消失了，他們已經和宇宙萬物化為一體，成為它的組成部份了。它是如此安詳，如此寧靜。那艘輪船已經不見了，但是那縷濃煙仍懸在空中，像一面低垂的旗幟，惆悵地依依惜別。〕

10

凱姆又把她的手指浸在波濤中，她想，原來他們居住的這座島嶼就是這般模樣。以往她從來沒有在大海上瞧過它。它就那樣躺在海面上，中間有一個凹痕和兩塊陡峭的巉岩，海水就從那凹陷處沖激而過，浪花蔓延到小島兩旁幾英里之外。這島嶼很小；它的形狀有些像一片豎起的樹葉。她開始給自己編造一個從沉船上死裏逃生的故事，她想，我們就這樣乘上了一葉輕舟。海水從她的指縫間流過，一叢海藻在手指後面分散消失了；然而，她並不是認真地想給自己編個故事，她需要的是這種死裏逃生和冒險的感覺，因為，小船往前航行之時，她心裏在想：為了她不懂得羅盤的方位，她父親是多麼生氣；詹姆斯又多麼固執地堅持那個同盟契約；還有她自己是多麼痛苦；現在，這一切都悄悄地溜掉、消逝、漂走了。接踵而至的將是甚麼？他們正在往哪兒去？從她深深地浸沒在海水中的冰涼的手心裏，好像冒出一股歡樂的噴泉，對於那氣氛的變化，對於那死裏逃生和冒險的感覺（她居然倖存，來到了這兒），她感到喜悅。從這股無意之中突然湧現的歡樂的噴泉中迸射出來的水珠，四散濺落到一片朦朧黑暗的地方，飄灑到沉睡在她心底裏的模糊的形體上，這是一個未被理解的、在黑暗中輾轉反側的世界，偶爾從各處——希臘、羅馬、君士坦丁堡——捕捉到一閃而過的光芒。她想：儘管它不過是像一片豎立的樹葉那樣的彈丸之地，金光閃爍的海水湧過它的凹陷處，並且在它四周流動，即使是這樣一個小小的島嶼，它不是也在宇宙間佔了一定的位置嗎？她想，在書房裏的那些老先生們一定能夠給她解答這個問題。有時候，她故意從花園裏溜達到那兒去逮住他們，瞧瞧他們在幹啥。他們在書房裏（可能是卡邁克爾先生或班克斯先生和她父親在一起），在低矮的扶手椅裏相對而坐。她從花園裏走進來時，他們正在他們面前嘩嘩地翻閱一頁頁的《泰晤士報》，其中有某人關於耶穌基督的評述，或者在倫敦某街挖出了猛獁遺骸的消息，或者對於拿破崙是甚麼模樣的推測，這些全都亂七八糟地混在一起。然後，他們用乾淨的手拿起這一切（他們穿着灰色的服裝，聞上去有石楠花的香味），他們把剪下的紙片掃到一塊兒，翻轉報紙，交錯着兩條腿，偶爾說幾句非常簡短的話。只是為了使她自己高興，她會從書架上取下一本書來，站在那兒，瞧着她父親非常均勻整潔地從一頁紙的一頭寫到另外一頭，偶爾輕輕咳嗽一聲，或者和坐在對面的另一位老先生說幾句簡短的話。她站在那兒，手裏拿着那本翻開的書本想道：在這兒，你可以把你所想到的不論甚麼東西，像一片泡在水裏的樹葉一般鋪展開來；如果它在這兩位抽着煙、剪着《泰晤士報》的老先生中間能夠通過，那麼它就是正確無誤的了。當她瞧着她的父親在書齋裏寫作的時候（現在他在小船裏），她想，他並不是虛榮自負的人，也不是一個暴君，他也不想迫使別人去同情他。真的，如果他看見她站在那兒讀一本書，他會像任何人一樣和顏悅色地問她：他沒有甚麼可以幫助她的嗎？

她唯恐這個念頭是錯誤的。她瞅着他閱讀那本封面閃閃發光、像鷸蛋一般色彩斑駁的小書。不，它是對的。現在她瞧着他，想要大聲地對詹姆斯說。（但是，詹姆斯的眼睛仍盯着那張帆。）詹姆斯會說，他是一頭喜歡諷刺挖苦別人的畜生。詹姆斯會說，他老是把話題扯過來，圍繞着他自己和他的著作。他的任性自負，簡直叫人難以忍受。最糟糕的是：他是一個暴君。但是，瞧啊！她說，瞧他一眼吧。現在瞧瞧他吧。她瞧着他盤膝而坐，正在閱讀那本小書；那黃色的書頁她是熟悉的，但不知道上面寫些甚麼。那本書小巧玲瓏；字跡印得密密麻麻；她知道，在書後的襯頁上，他記下了他曾為晚餐花了十五個法郎，買酒花了多少，給服務員小費花了多少，所有這一切，在那一頁的下角都整整齊齊加在一起。但是，這本他經常放在口袋裏把書角都弄捲了的小書，其中究竟寫了些甚麼，她可不知道。他究竟在想些甚麼，他們誰也不知道。然而，他在全神貫注地閱讀，當他像現在那樣舉目仰望之時，他並不在看任何東西，他不過是要更加確切地把握住某種思想罷了。這個目的達到了，他的心思又飛了回去，他又埋頭閱讀起來。她想，他閱讀的時候，好像在為甚麼東西指引方向，或者在趕着一群羊，或者在一條羊腸小徑上不斷地往上攀登；有時候，他披荊斬棘迅速地筆直前進，有時候，好像有一條樹枝打着了他，一片荊棘擋住了他，但他決不讓自己被這些困難所打敗；他繼續奮勇前進，翻過了一頁又一頁。她繼續給自己講那個從沉船上死裏逃生的故事，因為，當他坐在那兒的時候，她是安全的；正如當年她覺得自己是安全的，那時她從花園裏躡手躡腳走進屋去，從架上取下一本書來，那位老先生突然放下手中的報紙，非常簡短地說幾句關於拿破崙個性的話。

她重新往後凝視大海，眺望那個島嶼。但這張樹葉已經失去了它鮮明的輪廓。它非常渺小，非常遙遠。現在大海比海岸顯得更為重要。波濤在他們四周翻騰起伏，一段木頭在一個浪濤的波谷裏打滾，一隻海鷗在另一個波濤的浪峰上翺翔。她把手指泡在海水裏想道，大約在這個地點，曾經有一條船沉沒了。於是她半睡半醒地喃喃自語：我們都滅亡了，各自孤獨地滅亡了。

11

莉麗．布里斯庫凝視着大海，在碧藍澄淨的海面上，幾乎連一個斑點也沒有，它是如此柔和，片片孤帆和朵朵白雲似乎鑲嵌在藍色的波濤中。她想，距離的作用多麼巨大：我們對別人的感覺，就取決於他們離開我們距離的遠近；因為，當拉姆齊先生乘着帆船越來越遠地穿過海灣之際，她對於他的感覺正在起着變化。它似乎在延伸，在擴展；他似乎離開她越來越遙遠了。他和他的孩子們似乎被那藍色的波濤、被那段距離所吞沒了；但是在這兒，在草坪上伸手可及之處，卡邁克爾先生突然打了一個呼嚕。她笑了。他從草地上一把抓起了他的書。他重新坐到椅子裏去，氣喘吁吁、鼾聲如雷，好像大海裏的甚麼妖魔鬼怪。那種感覺是完全不同的，因為他離得這樣近。現在又是一切都靜悄悄的了。她猜想，這時他們一定都起床了，她望着那屋子，然而毫無動靜。隨後她想起來了，他們總是一吃完飯就走開，去忙着幹他們自己的事情。這一切，和清晨時刻的這種寂靜、空虛、縹緲的氣氛完全協調。她逗留了片刻，注視着閃耀着陽光的長玻璃窗，和屋頂上羽毛一般的藍煙，她想，這是事物有時候特有的一種狀態：它們變得虛無縹緲了。當你旅行歸來或久病初愈，在各種習慣尚未織好它們的網路覆蓋住事物的外表之前，你會有同樣虛無縹緲的感覺，這種感覺是多麼令人驚異；你會感到有某種東西在浮現出來。這是最為生意盎然的時刻。你可以悠閒自在，了無牽掛。你可以不必穿過草坪，去迎接從屋裏走出來找個角落坐一會兒的貝克威斯夫人，並且非常輕鬆活潑地對她說：「噢，早上好，貝克威斯夫人！今兒天氣多好！您不怕坐在太陽裏曬着嗎？傑斯潑把那些椅子全藏起來了。您得讓我去給您找把椅子！」還有其他的一切客套話，也全都可以避免了。你甚麼也不必說。你抖動一下你的船帆，從各種事物之間滑行過去，把它們遠遠地抛在後面（在海灣裏出現了頻繁的活動，許多小船在揚帆出海）。海灣不再是空蕩蕩的，而是充溢着生命。她似乎深深地站在某種物質之中，在其中運動、漂浮、沉沒，是的，因為這些水域是深不可測的。已經有這麼多的生命傾注到這激流中去。拉姆齊夫婦的生命；孩子們的生命；此外還有各種各樣零零星星的事物。一位提着籃子的洗衣婦；一隻白嘴鴉；一根火紅的撥火棍；花卉的深紫和灰綠：某種共同的感覺，把這一切全都包含容納了。

十年以前，她幾乎站在相同的地點，也許就是某種像這樣圓滿完整的感覺，使她對自己說，她一定是愛上了這塊地方。愛有一千種形態。也許，有一些戀愛者，他們的天才就在於能從各種事物中選擇擷取其要素，並且把它們歸納在一起，從而賦予它們一種它們在現實生活中所沒有的完整性，他們把某種景象或者（現已分散消逝的）人們的邂逅相逢組合成一個緊湊結實的球體，思想在它上面徘徊，愛情在它上面嬉戲。

她的目光停留在拉姆齊先生的帆船這個棕色的斑點上。她猜測，到吃午飯的時候，他們一定可以到達那座燈塔了。但是，颳起了一陣更加強勁的風，蒼穹和大海發生了輕微的變化，一條條小船也在改變着它們的位置，在不久之前似乎還是奇蹟一般固定不動的景色，現在顯得不那麼令人滿意了。海風已經把懸在空中的那縷濃煙吹散了；那些船隻的位置有某種令人不快之處。

在那兒出現的不相稱的景象，似乎擾亂了她內心的和諧。她感到一陣無名的惆悵。當她轉過身來面對她自己的圖畫之時，這種惆悵之感更加強烈了。她一直在浪費今天早晨的大好時光。不知道為了甚麼原因，她沒有能夠在拉姆齊先生和那幅圖畫這兩種對立的力量之間維持微妙的平衡；而這種平衡是必要的。也許畫面的佈局有謬誤之處？她在思忖：那圍牆的線條是不是需要隔斷，那一叢樹木是不是畫得太濃密了？她露出了諷刺的笑容；因為，在她開始動筆之時，她不是認為自己已經把這個問題解決了嗎？

那末，問題何在呢？她必須試圖抓住某種從她手裏逃走的東西。當她想到拉姆齊先生之時，它從她手裏溜走了；現在，當她想到自己的圖畫之時，它從她手裏逃跑了。各種言辭和形象紛至沓來。美麗的畫面。美妙的言辭。但是，她想要抓住的，就是那對於神經的刺激，就是那事物本身，要在它被變成任何別的事物之前抓住它。她重新堅定地站在畫架面前，不顧一切地說：抓住它，從頭畫起；抓住它，從頭畫起。她想，人類的繪畫器官和感覺器官真是一種可憐的、低能的機械，它總是在緊要關頭出毛病；然而，你必須英勇頑強地堅持下去。她皺着眉頭，目不轉睛地瞧着。毫無疑問，那就是樹籬。但是，你苦苦哀求，卻一無所得。你望着圍牆的線條，或者回想——她戴着一頂灰色的帽子——結果你得到的回報，僅僅是被憤怒的目光瞪了一眼。她是驚人地美。讓它來吧，她想，如果它要來的話。因為，有時候你既不能思考，也沒有感覺。而如果你既不思考又無感覺，她想，那麼你在哪兒呢？

在這兒，在草坪上，在地面上，她想道。她坐了下來，用她的畫筆撥開一叢叢車前草，仔細察看。因為那片草坪很不平整。她想，她就在這兒，坐在地球上，因為她不能擺脱那種感覺，認為今天早晨的一切，都是第一次發生，或許也是最後一次發生，就像一個旅行者，即使他是在半睡半醒狀態中從火車的視窗望出去，他知道他現在一定要看一眼，因為，他永遠不會再看到那個城鎮，那輛驢車，或那個在田裏幹活的女人了。她瞅着卡邁克爾老先生，他的想法似乎和她的一致（雖然在這段時間裏他們一句話也沒説），她想，那片草坪就是這個世界，他們在這兒一起攀登到這個崇高的境地。也許她將永遠不會再見到他了。他日見蒼老。他也日益聞名。想到這一點，她望着吊在他腳上晃來晃去的拖鞋，不禁啞然失笑。人們説他的詩「非常美」。他們甚至去出版他四十年前寫的作品。現在出現了一位叫做卡邁克爾先生的知名人士，她微笑着想道，一個人可以有多少不同的形象啊，他在報紙上是一位那樣顯赫的人物，但在這兒，他還是依然故我。他看上去還是老樣子——就是頭髮更灰白了一點。是的，他看上去一點沒變，然而，她記得有人說過，自從安德魯·拉姆齊的噩耗傳來（他被彈片擊中，立刻就死了；不然的話，他會成為一位大數學家），卡邁克爾先生就「完全喪失了生活的興趣」。那到底是甚麼意思？她可不知道。當時他是否拿起一支手杖，大踏步穿過倫敦的特拉法加廣場？他有沒有坐在他聖約翰林的房間裏，把書翻了一頁又一頁，卻一個字也沒看進去？她不知道當安德魯去世時他幹了些甚麼，但是，她同樣能夠感覺到這個打擊在他身上引起的變化。他們只是在樓梯上相遇時，含糊地打個招呼；他們仰望着天空，隨口談談天氣的好壞。她想，然而這就是了解人的唯一途徑：只了解輪廓，不了解細節；就像一個人坐在自己的花園裏，望着山坡上一片紫色的遠景，延伸到遠處的石楠叢中。她就是通過這種方式來了解他的。她知道他已多少有所改變。她從來沒讀過他一行詩。然而她想，她知道他的詩唸起來是甚麼味道。它節奏緩慢，音律鏗鏘。它老練灑脫，韻味無窮。那是關於沙漠和駱駝的詩。那是關於夕陽和棕櫚的詩。它的態度是極其客觀的；它有時涉及死亡；它很少談到愛情。他本人就有一種超然物外的客觀態度。他對於別人沒有甚麼要求。當他腋下夾着報紙，不自然地搖搖晃晃走過客廳的視窗之時，他不總是想避開拉姆齊夫人嗎？為了某種原因，他不太喜歡她。因此，她當然總是設法要使他停下腳步。他會向她鞠躬。他會勉強止步，向她深深鞠躬。看到他對她一無所求，拉姆齊夫人在失望之餘，就會問他（莉麗聽見的）：您要不要大衣、毯子、報紙？不，他甚麼也不要。（這時他又鞠躬。）她具有某種他所不喜歡的品質。也許就是她頤指氣使、過於自信的態度和講究實際的脾氣。她是多麼直率。

（一陣聲音——鉸鏈的軋軋聲——引起了莉麗的注意，使她向客廳的窗戶望去。一陣清風在和那窗子嬉戲。）

莉麗想，一定有人不喜歡她（是的；她明知客廳窗前的石階上空蕩蕩的，但她對此並沒有甚麼感觸。現在她不需要拉姆齊夫人。）——他們認為她太自信，太嚴厲。也許她的美貌也會令人不快。他們也許會說：總是那副模樣，多麼單調！他們喜歡另一種類型的美——深暗的膚色，活潑的性格。她在她的丈夫面前太軟弱了。她讓他大發雷霆，不加制止。她是沉默寡言的。沒有人確切地知道她有過甚麼經歷。

而且（回過頭去談卡邁克爾和他所不喜歡的東西吧），你不能想像，拉姆齊夫人會整個早晨站在草地上繪畫，或者躺在那兒看書。這是不可想像的。她一句話也不講，手臂上挽着一隻籃子作為她出去辦事的唯一標誌，她動身到城裏去探望窮苦的人們，坐在甚麼人家悶熱狹小的臥室裏。莉麗經常發現，在人們的遊戲或討論進行到一半之時，她悄悄地離開，手臂上挽着一個籃子，身子筆挺地走開了。她也注意到她的歸來。她曾經一半覺得好笑（她多麼有條不紊地安放那些茶杯）、一半覺得感動（她的美是多麼驚人）地想過：那些現在痛苦地閉上的眼睛，剛才曾注視着你。你曾在那兒和他們待在一起。

拉姆齊夫人會因為某人遲到，因為黃油不新鮮，或茶壺有缺口而不高興。當她在嘮叨埋怨黃油不新鮮的時候，你會想起希臘的神廟，想起美神曾在那悶熱狹隘的小房間裏和那些貧民待在一起。她從來不提起這件事——她準時直接前往。她到那兒去是出於她的本能，就像燕子南歸和洋薊向陽一樣，本能使她不可避免地轉向整個人類，在他們的心窩裏築巢。而它和一切本能一樣，使沒有這種本能的人感到煩惱；對於卡邁克爾先生來說，也許是如此；對於她自己來說，則肯定是如此。對於拉姆齊夫人行動的無效和思想的崇高，他們倆具有共同的見解。她去探望窮苦人家，是對他們的一種譴責，是給予這個世界一種不同方向的逆轉力，結果導致他們提出異議；他們看見自己的偏見正在消失，就在它們化為烏有之前，緊緊地抓住它們不放。查爾士·塔斯萊先生也會幹那種與眾不同的事情；這是人們不喜歡他的原因之一。他破壞了別人的世界的平衡。她一面懶洋洋地用她的畫筆撥弄那一叢叢的車前草，一面猜測他的境遇。他已經獲得了研究員的職稱。他結了婚，住在戈爾德格林住宅區。

在大戰期間，有一天，她到一個大會堂去聽他演講。他正在譴責某種現象，指責某些人物。他正在鼓吹同胞友愛。她的全部感覺，就是他怎麼可能愛上他的同胞？他不能辨別兩幅不同的圖畫，他站在她後面抽粗劣的板煙（「五個便士一盎司，布里斯庫小姐」），他認為有責任來告誡她：婦女不能寫作，不能繪畫。他這樣說，並不是因為他相信這一點，不過是為了某種奇特的原因，他希望如此。他身材瘦削，漲紅着臉，粗着嗓子，在講壇上聲嘶力竭地鼓吹愛的福音（她的畫筆驚擾了在草叢間爬着的螞蟻——那些紅色的、精力充沛的、閃閃發光的螞蟻，真像查爾士·塔斯萊）。在一半座位空着的大廳裏，她在自己的位置上嘲笑地望着他向冷冰冰的空間傾注着友愛，在她眼前，又浮現出那隻陳舊的木桶，它隨着波濤的起伏一上一下地漂浮，還有拉姆齊夫人，在那些鵝卵石堆中尋找着她的眼鏡盒子。「噢，天哪！真討厭！又不見啦。別麻煩了，塔斯萊先生，每年夏天我要遺失一千個眼鏡盒呢。」一聽到這話，他把他的下頜縮回來緊貼着他的衣領，好像他不敢讚許這種過甚其詞的誇張，但是，它出自他所喜歡的人物之口，他可以忍受，於是他就十分可愛地微笑着。在一次長時間的漫遊之後，當人們分散開來各自回家之時，他一定已經向她傾吐了內心的秘密。拉姆齊夫人曾經告訴她，塔斯萊正在使他的小妹妹有機會唸書。他這種精神非常值得讚揚。她自己對他的看法是荒唐的，這一點莉麗知道得很清楚。她用畫筆撥弄着草叢。歸根結蒂，一個人對於別人的看法，有一半是荒唐的。這種看法完全出於一個人自己的個人動機。他在她的心目中擔當着「受鞭者」[3]的角色。當她怒不可遏之時，她發現自己在想像中狠狠地鞭撻他瘦骨嶙峋的兩脇。如果她想要認真地對待他，她就不得不借助於拉姆齊夫人的觀點，用她的眼光來看他。

她壘起了一座小山崗，讓那些螞蟻來攀越。她這種對牠們小天地的干擾，使牠們陷入猶豫不決的狂躁狀態。有些螞蟻奔向這邊，另外一些衝往那邊。

她思忖：一個人需要有五十雙眼睛來觀望。她想，要從四面八方來觀察那個女人，五十雙眼睛還不夠。在這些眼睛中，必然有一雙對於她的美是完全盲目的。

一個人極其需要某種神秘的感覺，它像空氣一般縹緲，可以穿過鑰匙洞眼，在她坐着結絨線、談天或獨自默坐窗前之時，把她包圍起來，把她的思想、她的想像、她的欲望蘊蓄珍藏，就像空氣容納了那輪船的一縷濃煙一般。對她說來，那籬柵意味着甚麼，那花園意味着甚麼，一個浪花的飛濺又意味着甚麼？（莉麗抬頭仰望，就像她曾經看到過拉姆齊夫人抬頭仰望；她也聽到一陣浪濤落到海灘上，浪花四散飛濺。）當孩子們在玩板球時喊道：「怎麼啦？怎麼回事？」這時有甚麼感覺在她心裏翻騰、顫抖？她會暫時停止編織絨線。她看上去正在屏息凝神。隨後，她又會陷入沉思，突然，正在踱方步的拉姆齊先生在她面前站住不動，某種奇特的戰慄通過她全身，在極度的激動不安之中使她震驚，這時拉姆齊先生站在那兒，彎下身來俯視着她。莉麗可以看見他的身影。

他伸出手來，把她從椅子裏攙扶起來。好像他以前也曾這樣做過；好像有一次他曾經以同樣的方式把她從一條小船裏攙扶出來，那條船離開一個島嶼好幾英寸，需要先生們來攙扶女士們上岸。那是一個老式的場面，它差不多要求女士們穿着有襯架擴撐的長裙，先生們穿着臀寬踝窄的陀螺形獵褲。讓他攙着她的手扶她上岸之時，拉姆齊夫人心裏想（莉麗猜測）：現在時機終於到來了。是的，現在她要把心裏的話說出來。是的，她願意和他結婚。於是，她從容、安詳地上了岸。也許，她只說了一個詞兒，讓她的手仍舊留在他的手心裏。也許，她讓他握着手對他說，我願意嫁給你；但是再也沒別的話了。在他們之間，一次又一次地產生同樣的激動——情況顯然如此，莉麗用畫筆在草地上給螞蟻掃平一條道路時想道。她並非虛構揑造；她不過是試圖把多年來隱藏起來的某種東西攤出來罷了；那是她曾經目睹的某種東西。因為，在那崎嶇不平、充滿波折的日常生活道路上，周圍還有那些孩子和賓客，你會不斷地有一種老調重彈的感覺——感到曾經有一樣東西掉下去的地方，又落下了另一樣東西，響起了一陣回聲，在空氣中振盪不已。

她想，然而這是一個錯誤。她想起了他們怎樣手挽着手一起走開，走過了那座暖房，去解開他們夫妻之間的疙瘩。她衝動而急躁；他陰鬱而易怒——那可不是一種單調平靜的幸福生活。噢，決不是。一大早，臥室的門就會砰的一聲猛然關上。他會在早餐桌上就開始大發脾氣。他會把他的盤子嗖的一聲從窗口扔出去。於是整幢房子裏就會有一種山雨欲來風滿樓的感覺，好像門戶在乒乒乓乓直響，窗簾在風中飛舞飄揚，人們匆匆忙忙四處奔跑，設法關上天窗、把被風颳散的東西整理好。有一天，她在樓梯上遇到保羅·雷萊，當時的情況就是那個樣子。顯然有一條蜈掉到他盤子裏去了。別人還可能會發現蜈蚣呢。他們笑個不住。

然而，像這樣嗖的一聲將碟子飛出窗外，砰的一聲把門關上——這可實在使拉姆齊夫人感到厭煩，感到氣餒。有時候，他們兩人之間會長時間地僵持沉默，這種心理狀態使莉麗感到煩惱，使她既憂鬱又憤慨。拉姆齊夫人似乎不能對這種風暴處之泰然，或者像他們一樣付之一笑，但是，在她的厭倦之中，也許還隱藏着甚麼東西。她低頭沉思，默然端坐。過了一會兒，他會悄悄地在她周圍流連——在她坐着寫信或談天的窗下徘徊，在他經過的時候，她會故意忙着幹些甚麼事情，來避開他，假裝沒瞧見他。於是，他就會變得像絲綢一般光滑柔軟，謙遜和藹，文質彬彬，試圖贏得她的歡心。她還是不容他接近，她一反常態，暫時擺出和她的美貌相應的傲慢驕矜的氣派，她會轉過臉去，或者轉過身去，老是面對着在她身邊的敏泰、保羅或威廉．班克斯。最後，站在圈子外面的那像條餓狼似的身影（莉麗站起來離開草坪，她望着石階和視窗，在那兒她曾經看到過他），他會呼叫她的名字，只叫一次，活像一條在雪地裏嗥叫的狼，但她還是不容他接近；他就會再叫她一次，這一次的聲調中有某種東西驚動了她，她就突然離開他們，走到他身邊，他們倆就會一起走開，在梨樹、菜畦和野莓叢中散步。他們會在一起坦率地解開心中的疙瘩。但是，當時他們是抱着甚麼態度，使用了甚麼語言呢？這時，在他們的相互關係之中，有一種莊嚴的氣氛，使莉麗、保羅和敏泰轉過身去，掩蓋起他們的好奇心和不快之感，開始摘花、扔球、談天，直到晚餐時刻，他們倆又回來了，像平時一樣，分別在餐桌兩端就座。

「為甚麼你們沒人研究植物學？……你們都有腿有胳膊，為甚麼一個也不去研究……？」就這樣，他們會像平時一樣，在孩子們中間又說又笑。一切都和平時一模一樣，只是有甚麼東西在顫動，好像有一把刀刃在空氣中閃晃，往他們中間砍將下去；好像在梨樹和菜畦之間散步了一個小時之後，孩子們坐在他們周圍喝湯這個司空見慣的景象，在他們倆眼中看來，也顯得特別新鮮。特別是拉姆齊夫人，莉麗想，她會瞅着普魯。她坐在中央，夾在兄弟姊妹們中間，似乎總是忙着、留神照應着，使一切都能順利進行、不出差錯，因此她自己幾乎不說話。為了落在牛奶裏的小蟲，普魯多麼埋怨責備自己啊！當拉姆齊先生把他的盤子從窗口扔出去時，她臉色變得多麼蒼白啊！父母之間長時間的沉默，又多麼使她頹喪啊！無論如何，現在她的母親似乎在給她彌補方才的損失，向她保證一切順利，向她許諾總有一天她會得到同樣的幸福。然而，她後來享受婚姻的幸福，還不到一年之久。

她讓她籃子裏的鮮花掉到地上了，莉麗想道。她把小眼珠兒往上一轉，往後退了一步，好像在看她的圖畫，然而，她並不在繪畫，她所有的感官都處於神思恍惚的夢幻狀態，她的外形呆若木雞，但內心以極快的速度活動着。

她讓她的花朵從籃子裏掉出來，撒落、滾散在草地上，她自己也帶着勉強猶豫的心情離去，但是沒有疑問或抱怨——她不是具有完全服從的本能嗎？田野和溪谷裏一片白色，遍地撒滿了鮮花——她本來應該那樣地把它描繪出來。那些山巒是質樸無華、巉岩陡峭的。波濤低沉地拍打着下面的岩石。他們走了，他們母子三人一起走了，拉姆齊夫人相當快地走在前頭，好像盼望到路角去和甚麼人相會。

突然，在她注視着的窗子後面，出現了白色的人影。最後終於有人走進客廳，坐在椅子裏了。上帝保佑！她在心裏祈禱：讓他們安安靜靜坐在那兒，千萬別亂哄哄地跑出來和她談話。謝天謝地，不管他是誰，他仍待在屋裏，而且碰巧在石階上投射出一個三角形的奇特陰影。它稍微改變了畫面的佈局。它非常有趣。它可能有點用處。她的興致又回來了。你必須死死地盯着它瞧，一秒鐘也不能放鬆那種緊張集中的情緒和決不迷惑上當的決心。你必須抓住那景象——就這樣——就像用老虎鉗把它牢牢夾緊，不讓任何不相干的東西攙雜進來，把它給糟蹋了。她一面用畫筆從容不迫地蘸着顏料，一面深思熟慮地想道：你必須和普通的日常經驗處於同一水平，簡簡單單地感到那是一把椅子，這是一張桌子，同時，你又要感到這是一個奇蹟，是一個令人銷魂的情景。歸根結蒂，這個問題是可能解決的。啊，但是出了甚麼事情？一陣白色的波浪掠過了玻璃窗。一定是那空氣的幽靈在房間裏引起了某種騷亂。她的心向她猛撲過來，抓住了她，折磨着她。

「拉姆齊夫人！拉姆齊夫人！」她失聲喊道，感到某種恐懼又回來了——不斷地欲求，卻一無所得。她還能克制那種恐懼的心情嗎？後來她安靜下來，好像她已抑制住自己，讓那種情緒也變成了日常經驗的一部份，和那椅子桌子處於同一水平。拉姆齊夫人——那個身影是她完美品德的一部份——就坐在椅子裏，輕巧地來回抽動着她手裏的鋼針，編織着那雙紅棕色的絨線襪子，並且把她的陰影投射到石階上。她就坐在那兒。

好像她有某種東西要和別人共用，然而她又幾乎離不開她的畫架，她心裏充滿着正在想到和看到的東西，莉麗經過卡邁克爾先生面前，手持畫筆一直走到草坪邊緣。現在那條小船又在哪兒？還有拉姆齊先生呢？她需要他。

12

拉姆齊先生差不多已經把書看完了。他的一隻手停留在書頁上方，好像已經準備好，書一看完就把那一頁翻過去。他坐在那兒，光着腦袋，完全暴露在陽光空氣之中，讓海風吹散了他的頭髮。他看上去非常蒼老。他的頭部一會兒襯托着那座燈塔，一會兒襯托着向開闊的海面奔流的茫無邊際的波濤，詹姆斯想，他看上去就像躺在沙灘上的古老岩石；他好像已經把一直存在於他們倆心靈背後的感覺——對於他們說來就是萬物之真諦的那種寂寞感——化為有形的軀體了。

他閱讀得非常迅速，好像他急於把書看完。他們現在確實已經非常接近那座燈塔。它赫然聳現在眼前，光秃秃、直挺挺地巍然屹立，黑白分明，十分醒目，而且你還可以看到浪花在飛濺，迸裂成白色的碎片，就像在岩石上摔得粉碎的玻璃。你可以看到岩石上的線條和褶縫。你可以清楚地看到燈塔的窗戶；在一扇窗上糊了一小塊白色的紙，在岩礁上有一小片綠色的青苔。一個男人走出來用望遠鏡瞭望他們，然後又進屋去了。詹姆斯想，這些年來隔海相望的燈塔，原來就是這般模樣；它不過是光秃秃的岩礁上的一座荒涼的孤塔罷了。但是它使他感到心滿意足。它證實了他對於自己性格的某種模糊的感覺。他想起了家裏的花園。他想，那些老太太們正拖着椅子在草坪上走。譬如說，那位貝克威斯老太太，她老是說它多麼美麗，多麼可愛，並且說他們應該為此感到多麼驕傲，多麼幸福。但實際上呢，詹姆斯望着屹立在岩礁上的燈塔想道，它不過如此而已。他瞅着他父親緊緊地盤着腿，狂熱地閱讀。他們有着共同的認識。「我們在一陣狂風之前疾馳——我們注定要淹沒，」他開始一半大聲地喃喃自語，就像他父親講這句話時一模一樣。

似乎好久沒人說話了。凱姆望着大海，感到厭倦了。一片片黑色的小木塊在水面上漂過，養在艙底的活魚已經死了。她的父親仍在看書，詹姆斯瞅着他，她也瞅着他，他們發誓要至死不渝地反抗暴君，而他仍在繼續閱讀，一點也沒意識到他們在想些甚麼。他就這樣逃避開去了，她想。對，他額角寬寬的，鼻子大大的，手裏緊緊地捏着那本色彩斑駁的小書，把它放在面前，他逃避到另一個世界裏去了。你也許想一把逮住他，但他像一隻展翅飛翔的鳥兒，飛到你不能達到的遠方，棲息在荒涼的樹樁上。她凝視着一望無際的大海。他們居住的那個島嶼變得如此渺小，它看上去幾乎不再像一片樹葉了。它看上去就像一塊岩石的頂端，比較大一點的浪濤就可以把它淹沒。然而，儘管它渺小脆弱，它容納了所有的小徑、平台、臥室——

那些數不盡的東西。但是，就像一個人在入睡之前，眼前的一切景物都簡化了，結果在無數瑣事之中，只有一樁有力量把它自己表現出來，因此，當她瞌睡地望着那個島嶼之時，她覺得所有那些小徑、平台和臥室都隱沒消失了，只剩下一隻淡藍色的香爐，它有節奏地在她的頭腦裏來回擺動。它是一個懸在空中的花園；它是一個山谷，其中到處是小鳥、鮮花、羚羊……她睡着了。

「來吧，」拉姆齊先生突然把書合攏說道。

到甚麼地方來？去參加甚麼不平凡的探險？她驀然驚醒了。到甚麼地方去着陸？到甚麼地方去攀登？他將率領他們到甚麼地方去？因為他在長時間的沉默之後突然開口，他說的話使他們吃了一驚。然而這是荒唐的。他餓了，他說。是吃午飯的時候了。此外，他又說，「瞧！那就是燈塔。咱們快到啦。」

「他幹得挺不錯，」麥卡力斯特說，「他舵把得穩極了。」

但是，他的父親可從來不讚揚他，詹姆斯反感地想道。

拉姆齊先生打開紙包，把三明治分給他們。現在他和那兩個打魚的一起吃着麵包和乾酪，覺得十分舒暢。瞅着他父親用小刀把黃色的乾酪切成薄片，詹姆斯想，也許他會喜歡住在小茅屋裏，在碼頭上閒逛，和別的老人一塊兒唾沫橫飛地說笑。

這下可對了，這就是那燈塔，凱姆一面剝着熟雞蛋一面繼續想道。現在她的感覺和當年她在書齋裏看着兩位老人家讀《泰晤士報》時完全相同。現在我可以繼續思考我所喜歡的任何問題，我不會從懸崖峭壁上摔下去，或者掉在水裏淹死，她想，因為他就在這兒注視着我。

這時，他們正在岩礁附近飛速航行，這十分令人興奮——好像他們在同時幹着兩件事情：他們在陽光下吃着午餐；他們又在一艘大船沉沒之後駕着小舟在暴風雨中掙扎，逃向安全地帶。她問自己：救生艇上的淡水足夠維持嗎？食物供應能夠支持下去嗎？她正在給自己講一個故事，但同時又完全明白，真實情況究竟如何。

拉姆齊先生對老麥卡力斯特說，他們不久就會脫離塵世，但是他們的子女還會看到一些新奇的事物。麥卡力斯特說，去年三月他七十五歲；拉姆齊先生今年七十一歲。麥卡力斯特又說，他從來沒瞧過大夫，沒掉過一顆牙齒。我就希望我的孩子們能過這種生活——凱姆認為她的父親一定會在心裏這樣想，因為他阻止她把一塊三明治扔到海裏去，並且對她說，如果她不想吃，就把它擱回紙包裏去，好像他心裏正在考慮着那些漁民和他們的生活。他說話的態度非常明智，好像他十分懂得這個世界上發生的一切事情，因此她立刻把麵包放了回去。隨後，他從自己的紙包裹拿出一塊薑汁餅乾遞給她。她想，好像他是一位高貴的西班牙紳士，正在把一朵鮮花獻給在窗口的一位女士（他就是那樣殷勤有禮）。他衣冠不整，其貌不揚，正在吃着麵包乾酪；然而，他正率領着他們去進行偉大的遠征，他們將要被波濤吞沒，雖然她知道這不過是幻想。

「那兒就是那條船沉沒的地方，」麥卡力斯特的兒子突然説道。

三個男子漢在我們現在這個地點淹死了，那老漁夫説。他親眼看見他們緊緊抱住那根桅杆不放。拉姆齊先生朝那個地點瞥了一眼，詹姆斯和凱姆擔心他會突然大聲吟誦：

但我曾捲入更加洶湧的波濤

如果他那麼幹了，他們可受不了，他們會尖聲怒吼，他們實在不堪忍受他內心沸騰着的熱情再次爆發，但是，出乎他們意料之外，他只説了一聲「啊」，好像他自己在思忖：那有甚麼可大驚小怪的？在暴風雨中自然會有人淹死，這是顯而易見的事情，而大海的深處（他把紙袋中的麵包屑灑到海面上）不過是海水而已。然後他點燃了煙斗，掏出他的懷錶。他全神貫注地看着錶；也許他在心裏計算着時間。最後他得意洋洋地說：

「幹得好！」他稱讚詹姆斯給他們掌舵就像一個天生的水手一樣。

你聽！凱姆想。她默默地向詹姆斯表示：你終於受到表揚啦。因為她明白，那是他夢寐以求的東西，她知道，現在他宿願已償，他是如此高興，他不會向她或父親或任何人瞧上一眼。他正襟危坐，一隻手放在舵栓上，看上去有點兒繃着臉，皺着眉頭。他是如此心滿意足，他不準備讓任何人來分享他的喜悅。他的父親讚揚了他。他們一定會以為他對此完全無動於衷。但是，現在你如願以償啦，凱姆想道。

他們已經在逆風中調整了帆篷的方向，現在他們正在飛快地航行，排山倒海的波濤一浪又一浪地推着他們不斷向前衝刺，帆船在那暗礁旁邊駛過，船身有節奏地劇烈顛簸跳躍。在左側，一排棕色的巉岩露出了水面，海水變淺了，顯得更加青綠；在一塊岩石上，一塊更高的岩礁上，浪花不斷地飛濺，迸射出一小股水柱，水滴像雨珠一般噴灑下來。你可以聽到驚濤拍岸，水珠濺落，海浪呼嘯之聲，那波濤滾滾而來，奔騰飛躍，拍打着岩礁，好像它們是一群野獸，毫無絆羈，永遠像這樣自由自在地翻騰嬉戲。

現在他們可以看到燈塔上有兩個人在瞭望着他們，並且準備迎接他們。拉姆齊先生扣好上衣的鈕釦，捲起了褲腿。他拿起了南希馬馬虎虎給他們紮起來的棕色大紙包，把它放在膝蓋上。就這樣，他完全作好了上岸的準備，坐在那兒回首眺望那個島嶼。也許他那雙遠視的老花眼可以清楚地看到那縮小了的像樹葉一般形狀的島嶼，聳立在一隻金黃色的盤子上。他能看到甚麼？凱姆在猜測。對她說來，望出去完全是一片模糊。現在他在想甚麼？凱姆可拿不準。他如此執着、如此專心、如此沉默地在探索甚麼？他們姊弟倆瞅着他光着腦袋坐在那兒，膝蓋上放着那隻紙包，凝視着那縹緲的藍色形象，它就像甚麼東西燃燒之後留下的一片煙霧。他們倆想要問他：您要些甚麼？他們倆想對他說：您不論向我們要甚麼，我們都願意把它給您。但他甚麼也沒向他們要。他坐着凝視那個島嶼，他可能在想，我們滅亡了，各自孤獨地滅亡了；或者他可能在想，我終於到達了，我終於找到它了。但是他甚麼也沒說。

隨後他戴上了帽子。

「拿着那些紙包，」他向着南希給他們包紮好準備帶到燈塔去的東西點點頭吩咐道，「那些給燈塔看守人的紙包。」他立起來站在船艄，身材魁梧挺直。詹姆斯想，他瞧上去活像他正在宣佈：「根本沒有上帝。」凱姆想，好像他正在向空中縱身一躍，他拿着紙包，像年輕人一樣輕快地一個箭步跳上岩礁，他們兩個站了起來，跟着他跳上岸去。

13

「他一定已經到達了，」莉麗．布里斯庫大聲地説，她突然感到疲憊不堪。因為，這座燈塔已經變得幾乎看不清了，已經化為一片藍色的濛濛霧靄，她努力集中注意凝視着燈塔，集中注意想像他在那兒登岸，這兩者似乎已經融為一體，這種翹首而望的期待，使她的軀體和神經都極度地緊張。啊，但是她鬆了口氣。那天早晨他離去之時她想要給予他的東西，現在她終於給了他了。

「他已經到了，」她大聲説，「大功告成啦。」接着，卡邁克爾先生懶洋洋地爬了起來，輕輕地喘着氣，站在她後面，看上去就像一個年邁的異教神衹，他蓬鬆的毛髮裏夾着海藻，手裏拿着海神尼普頓[4]的三叉戟（它不過是一本法國小説罷了）。他和她並肩站在草坪的邊緣，他碩大無朋的身軀微微搖晃，他伸出一隻手來遮在眼睛上方説道：「他們已經登岸了。」她覺得自己剛才想得不錯。他們並不需要交談。他們倆所想的如出一轍，而她甚麼也沒問，他就回答了她心中的問題。他站在那兒，好像伸開雙手遮蓋了人類所有的弱點和苦難；她想，他正在寬容而慈悲地審視他們最後的歸宿。現在他已宣佈這個意義重大的場面圓滿結束，她想；當他的手慢慢地放下來時，她好像看見他讓一隻紫羅蘭和長春藤編成的花環從高處落下，它慢慢地飄蕩，最後終於墜落到地面。

她好像忽然想起了在那邊的甚麼東西，敏捷地轉向她的畫布。它就在眼前——她的那幅畫。是的，包括所有那些碧綠湛藍的色彩，縱橫交錯的線條，以及企圖表現某種意念的內涵。她想：它會掛在閣樓上；它會毀壞湮滅。然而，她捫心自問：這又有甚麼關係？她重新提起了畫筆。她望望窗前的石階，空無人影；她看看眼前的畫布，一片模糊。帶着一種突如其來的強烈衝動，好像在一刹那間她看清了眼前的景象，她在畫布的中央添上了一筆。畫好啦；大功告成啦。是的，她極度疲勞地放下手中的畫筆想道：我終於畫出了在我心頭縈迴多年的幻景。

註釋：

[1] 在第一部第四章中，班克斯先生把這些孩子稱為「任性的凱姆，冷酷的詹姆斯，公正的安德魯，美麗的普魯」。

[2] 拉斐爾（一四八三—一五二零），意大利文藝復興時期大畫家，畫過不少抱着孩子的聖母像。

[3] 指宮廷中陪王子讀書而代他受老師鞭笞的少年。

[4] 尼普頓，羅馬神話中的海神，對於基督教國家來說，當然是異教之神。

天地外國經典文庫

①**到燈塔去**
［英］弗吉尼亞·伍爾夫 著　瞿世鏡 譯

②**鼠疫**
［法］阿爾貝·加繆 著　劉方 譯

③**動物農場**
［英］喬治·奧威爾 著　榮如德 譯

④**人間失格（附《女生徒》）**
［日］太宰治 著　竺家榮 譯

⑤**美麗新世界**
［英］奧爾德斯·赫胥黎 著　陳超 譯

⑥**都柏林人**
［愛爾蘭］詹姆斯·喬伊斯 著　王逢振 譯

⑦**局外人**
［法］阿爾貝·加繆 著　柳鳴九 譯

⑧**月亮和六便士**
［英］威廉·薩默塞特·毛姆 著　傅惟慈 譯

⑨**柏拉圖對話集**
［古希臘］柏拉圖 著　戴子欽 譯

⑩**愛的教育**
［意］埃德蒙多·德·亞米契斯 著　夏丏尊 譯

www.cosmosbooks.com.hk

書　　名　到燈塔去（To the Lighthouse）
作　　者　弗吉尼亞・伍爾夫（Virginia Woolf）
譯　　者　翟世鏡
編輯委員會　馬文通　梅　子　曾協泰
孫立川　陳儉雯　林苑鶯
責任編輯　林苑鶯
美術編輯　郭志民
出　　版　天地圖書有限公司
香港皇后大道東109-115號
智群商業中心15字樓（總寫字樓）
電話：2528 3671　傳真：2865 2609
香港灣仔莊士敦道30號地庫／1樓（門市部）
電話：2865 0708　傳真：2861 1541
印　　刷　美雅印刷製本有限公司
香港九龍官塘榮業街6號海濱工業大廈4字樓A室
電話：2342 0109　傳真：2790 3614
發　　行　香港聯合書刊物流有限公司
香港新界大埔汀麗路36號中華商務印刷大廈3字樓
電話：2150 2100　傳真：2407 3062
出版日期　2018年6月／初版

ISBN ： 978-988-8258-60-4
本書譯文由上海譯文出版社有限公司授權繁體字版出版發行